I, ETCETERA

9, 그리고 그 밖의 것들

나,
그리고 그 밖의 것들

수전 손택 | 김전유경 옮김

이후

M, 당신을 위하여

차례

결국에는 모두가 처음으로 돌아간다.

―김전유경

Susan Sontag

ea

인형

The Dummy

나는 지겨웠다. 나는 산이나 나무, 돌이 되고 싶었다.
내가 사람으로 남아야 한다면, 고독한 부랑자로 사는 것만이 내가
견딜 수 있는 유일한 삶이다. 그러니 인형이 '나' 이기를 그만둔다면,
내가 다시 그 자리로 가서 옛날처럼 살아야 하는 것이
얼마나 불가능한 일로 여겨졌겠는가.

나는 내가 처한 상황을 도저히 견딜 수 없었다. 그래서 뭔가 조치를 취하기로 했다. 나는 일본제 플라스틱으로 실물 크기의 인형을 하나 만들었다. 그것은 피부와 머리카락, 손톱까지 모두 실제 사람과 똑같았다. 내가 알고 지내던 전자공학 기술자가 꽤 큰돈을 받고 인형의 신체 내부 메커니즘을 만들었다. 인형은 말도 할 수 있고, 음식을 먹을 수도, 일을 할 수도, 걸을 수도 있으며 심지어 섹스도 할 수 있을 것이라고 했다. 그리고 탁월한 사실주의 화가를 고용하여 얼굴 이목구비를 완성했다. 나와 완전히 똑같은 얼굴을 만들기 위해 나는 열두 번이나 그의 모델이 되어 앉아 있었다. 인형의 넓은 코, 갈색 머리, 입술 선은 나와 똑같았다. 심지어 나조차도 인형과 나를 구별할 수 없었다.

이제 남은 것은 그 인형을 내 일상의 중심에 세우는 것이었다. 인형은 나 대신 출근하여 상사에게 결재를 받거나 야단을 맞게 될 것이다. 인형은 인사를 하고 머리를 긁으면서 열심히 일할 것이다. 나는 격주 수요일에 인형이 가져오는 수표만 받으면 된다. 그러면 나는 인형에게 교통비와 밥값을 줄 것이다. 하지만 그 이상은 주지 않을 것이다. 나는 인형이 벌어 온 돈으로 집세와 다른 세금을 내고, 나머지를 챙길 것이다. 인형은 또한 아내의 남편 노릇을 해 줄 것이다. 인형은 화요일과 토요일 밤마다 아내와 사랑을 나누고, 매일 저녁 아내와 텔레비전을 보고, 아이들을 어떻게 키울지에 대해 언쟁을 벌일 것이다. (아내는 직장에 다니고 있어서 자기 월급으로 생활비를 대고 있다.) 나는 또 인형에게 월요일 저녁마다 회사 볼링 팀과 볼링을 치게 할 것이며, 금요일 저녁에는 어머니를 방문하게 하고, 매일 아침 신문을 읽게 하며, 내 옷도 사게 할 것이다. (한 벌은 인형 것, 또 한 벌은 내 것이다.) 일이 생길 때마다, 그리고 그 일에서 벗어나고 싶을 때마다 나는 인형에게 일을 시킬 것이다. 나는 오직 즐거운 일만 하면서 살고 싶다.

야심에 찬 계획이라고? 하지만 안 될 것 없지 않은가? 이 세상의 문제는 오직 두 가지 방법으로만 진정으로 해결될 수 있다. 죽거나, 복제하거나. 우리 앞 세대는 첫 번째 방법만을 선택했다. 하지만 개인의 해방을 위해 현대의 훌륭한 과학기술을 이용하지 않을 까닭이 없다. 나는 선택할 수 있다. 자살하는 유형의 인간이 못 되는 나는 결국 나 자신을 복제하기로 마음먹었다.

　어느 화창한 월요일 아침, 나는 인형에게 무엇을 해야 하는지, 익숙한 상황에서 내가 어떻게 행동하곤 하는지에 대해 잘 알려 준 다음 태엽을 감았다. 자명종이 울렸다. 인형은 옆으로 굴러가 아내의 옆구리를 쿡쿡 찔렀다. 아내는 지친 듯 침대에서 일어나 자명종을 껐다. 아내는 슬리퍼를 신고 옷을 걸친 다음 뻐근한 발목을 느끼며 느릿느릿 욕실로 갔다. 아내가 욕실에서 나와 부엌으로 향하자 인형도 자리에서 일어나 욕실로 갔다. 인형은 소변을 보고, 양치질을 하고, 면도를 한 다음, 침실로 돌아와 옷장에서 옷을 꺼내고, 다시 욕실로 들어가 옷을 입고, 부엌으로 가 아내와 함께 앉았다. 아이들은 벌써 식탁에 앉아 있었다. 어젯밤에 숙제를 다 끝내지 못한 작은딸 때문에 아내는 딸애 선생님께 보내는 메모를 쓰고 있었다. 큰딸은 오만불손한 태도로 식어 버린 토스트를 우물거리고 있었다.

　"안녕, 아빠!"

　아이들은 인형에게 인사한다. 인형은 아이들의 볼에 가볍게 입을 맞춘다. 별일 없이 아침식사 시간이 지나간다. 나는 안도감을 느끼며 계속 관찰한다. 아이들이 자리를 뜬다. 아무도 이상한 점을 느끼지 못하고 있다. 내 계획은 대성공이다! 신난다. 혹시나 눈치 채면 어떡하나, 혹시나 기계 결함이 생겨서 인형이 내 지시를 따르지 못하면 어떡하나 얼마나 걱정했던지. 하지만 모든 것이 제대로 진행되고 있었다. 인형은 심지어 「뉴욕타임스」를 접는 방식도 나와 똑같았고, 해외 뉴스 면을 읽는 시간도, 스포츠 면을 읽는 시간도 똑같았던 것이다.

인형은 이제 아내에게 키스를 하고 현관을 나서 엘리베이터를 탄다. (기계들은 서로를 알아볼까?) 로비를 지나, 건물 밖으로 나간 뒤 인형은 적당한 보폭을 유지하면서 거리로, 지하철역으로 간다. 제시간에 떠났기 때문에 지각할 걱정은 없다. 침착하고 평온하게, 그리고 깔끔하게 (일요일 저녁에 인형을 깨끗하게 씻겨 놓았기 때문에), 아무런 걱정 없이 인형은 주어진 임무를 수행한다. 내가 만족하는 한 인형도 기분이 좋을 것이다. 나 또한 그렇다. 인형이 무슨 일을 하든, 사람들이 인형에게 만족한다면.

사무실에서도 아무도 이상한 점을 알아차리지 못한다. 비서가 인사를 하자 인형도 나처럼 미소를 지어 보인다. 그리고 인형은 내 자리로 가서 코트를 걸고 책상에 앉는다. 비서가 우편물을 가지고 온다. 인형은 우편물들을 훑어본 다음, 비서에게 몇 가지 지시를 내린다. 그런 다음에는 지난 금요일부터 하고 있던 업무 파일을 본다. 전화가 걸려 오고, 고객과 시외에서 점심 약속을 한다. 앗, 그런데 뭔가가 이상하다. 나는 아침에 주로 담배를 열 개비에서 열다섯 개비 정도 피우는데 인형은 일곱 개비만 피운 것이다. 하지만 일을 처음 시작했기 때문에, 사무실에서 여섯 시간 정도 일하고 난 뒤 느끼는 긴장감을 아직 느끼지 못했기 때문이라고 나는 결론짓는다. 나는 인형이 점심을 먹을 때 마티니를 두 잔이 아니라 한 잔만 마실 것 같다고 생각을 했다. 내가 옳았다. 하지만 이것은 사소한 일일 뿐이며, 누군가가 이를 알아차린다 하더라도 (그럴 일은 없을 것 같지만) 그는 인형을 칭찬할 것이다. 시외에서 고객과 만났을 때 인형이 취하는 행동은 모두 적절했다. 물론 미묘한 차이는 있지만, 이 또한 아직 경험이 없어서라고 생각한다. 다행히 인형은 사소한 실수도 저지르지 않았다. 식탁 예절 또한 적절하다. 음식을 깨작거리지 않고 맛있게 잘 먹는다. 그리고 신용카드를 쓰지 않고 수표에 사인을 해야 한다는 것도 잘 알고 있다. 회사는 이 식당과 신용거래를 하기 때문이다.

오후에는 판매 전략 회의가 있다. 부사장이 중서부 지역에서 시작할 새로운 홍보 전략을 설명한다. 인형은 몇 가지 제안을 내놓는다. 상사가 고개를 끄덕인다. 인형은 긴 마호가니 나무 책상을 연필로 톡톡 친다. 신중해 보인다. 인형이 줄담배를 피우고 있다는 것을 나는 깨닫는다. 이렇게도 빨리 스트레스를 느끼는 걸까? 대체 나는 얼마나 힘들게 살아온 것인지! 하루가 채 가기도 전에 인형은 피로와 눈물을 보인다. 나머지 시간도 별 탈 없이 넘어갔다. 인형은 집으로 와서 아내와 아이들과 재회하고, 저녁을 감사히 먹고, 아이들과 한 시간 동안 모노폴리 게임을 하고, 아내와 텔레비전에서 하는 서부극을 보고, 목욕을 하고, 직접 햄 샌드위치를 만들어 먹고, 잠자리에 든다. 어떤 꿈을 꾸는지는 잘 모르겠다. 하지만 편안하고 즐거운 꿈을 꾸길 바란다. 편안하게 잠을 자라고 내가 지시한다면 그는 그렇게 할 것이다. 나는 정말 내 피조물에 만족한다.

이제 인형이 작동하기 시작한 지 꽤 시간이 지났다. 무엇을 여러분께 보고할까? 훨씬 더 능숙해졌다고? 하지만 그건 불가능하다. 왜냐하면 처음부터 잘했기 때문이다. 처음부터 인형은 더 바랄 것 없이 나와 똑같았다. 일을 더 잘할 필요는 없으며, 단지 만족스럽게, 반항하지 않고, 기계적 실수도 없이, 그저 하던 대로 하면 되는 것이다. 아내도 만족스러운 듯했다. 최소한 나와 있을 때보다 더 기분 나빠 보이지는 않았다. 아이들도 아빠라고 부르며 잘 따랐다. 직장 동료와 상사도 인형에게 계속 일을 맡기고 있었다.

하지만 최근에, 정확하게 말해 지난주에 뭔가 걱정스러운 점을 발견했다. 새로 온 비서인 '사랑' 양에게 인형이 관심을 가지기 시작한 것이다. (그녀의 이름이 그 복잡한 기계 장치에 뭔가 변화를 일으킨 것은 아니었길 바란다. 하지만 기계이기 때문에 글자 그대로를 믿을 수도 있을 것이라는 생각도 든다.) 아침에 비서의 책상 앞에서 일 초쯤 머뭇거리는데, 비서가 인사를 하면 언제 그랬냐는 듯 자리로 간다. 나는 (그리고 최근까지는 인형도) 걸음을 멈추지 않고 그곳을 지나가는데 말이다. 게다가 비서에게 예전보다 더 많이 편지를 받아쓰게 하고 있다. 일에 대한 열정에 빠져 버린 걸까? 출근 첫날부터 판매 전략 회의에서 열심이긴 했다. 어쩌면 사랑 양을 회사에 더 오래 남아 있게 하고 싶어서는 아닐까? 그 편지가 꼭 필요한 걸까? 물론 인형은 그렇게 생각하는 것이 확실했다. 하지만 인형의 차분한 얼굴 뒤로 무슨 일이 일어나고 있는지는 알 수 없다. 물어보기도 겁난다. 최악의 상황을 알고 싶지 않기 때문일까? 혹은 인형이 사생활을 침해하는 것에 대해 화를 낼까 두려워서일까? 어쨌든 나는 인형이 먼저 입을 열 때까지 기다리기로 했다.

그러던 어느 날, 올 것이 왔다. 내가 두려워하던 소식이 온 것이다. 아침 8시에 인형이 나를 욕실 구석에 몰아세웠다. 그곳은 인형이 면도하는 모습을 내가 관찰하곤 하는 곳이다. 나는 인형이 어떻게 저렇게 잊어버리지도 않고 단 한 번 만에 내가 하듯이 똑같이 면도할 수 있는지 놀라워하곤 했다. 인형은 내게 속내를 털어놓았다. 생각했던 것보다 인형의 감정이 풍부한 것을 보고 놀랐다. 놀라기도 했고 조금은 부럽기도 했다. 인형이 저렇게 감정이 풍부할 것이라고는, 게다가 인형이 눈물을 흘리는 걸 보게 되리라고는 상상도 못 했다. 나는 그를 진정시키려 했다. 처음에는 타일렀고, 나중에는 꾸짖었다. 하지만 소용없었다. 인형은 이제 흐느끼기 시작했다. 깊이를 헤아릴 수 없는 그의 열정이 내 비위를 거스르기 시작했다. 아내와 아이들이 우는 소리를 듣고 욕실로 뛰어 들어왔다가, 정상적 반응이 불가능한 이 격해진 인형을 보게 될까 봐 겁이 나기도 했다. (우리 둘이 욕실에 있는 것을 발견할 수도 있을까? 그것도 가능하다.) 나는 샤워기를 틀고, 세면대 마개를 열고, 변기에 물을 내렸다. 인형이 내고 있는 그 고통스러운 소리를 지우기 위해서였다. 이 모든 것이 사랑 때문이라니! 사랑 양에 대한 사랑 때문이라니! 인형은 일이 아니고는 사랑 양에게 말도 제대로 건네 본 적이 없었다. 그러니 사랑 양과 잠을 자지 않았다는 것은 확실하다. 하지만 인형은 미치도록 지독한 사랑에 빠졌다. 인형은 아내를 떠나고 싶어 한다. 나는 인형에게 그것이 불가능하다고 설명했다. 첫째, 그에게는 의무와 책임이 있다. 인형은 아내와 아이들의 남편이자 아버지다. 아내와 아이들은 인형에게 의지한다. 인형의 이기적 행동이 아내와 아이들의 삶을 망가뜨릴 것이다. 그리고 둘째, 대체 사랑 양에 대해서 제대로 아는 것이 있나? 최소한 인형보다 열 살은 어려 보이고, 자기 상사가 자신을 좋아한다는 걸 전혀 알아차리지 못한 듯하고, 게다가 사랑 양에게는 결혼을 약속한 멋진 남자친구가 있을 것이다.

인형은 내 말을 듣지 않았다. 도저히 위로할 수도 없었다.

인형은 사랑 양을 선택하거나, 아니면 (이 대목에서 인형은 협박하는 듯한 몸짓을 취했다) 작동을 멈출 것이라고 했다. 머리를 벽에다 찧거나, 창문에서 뛰어내리거나, 미세한 기계 장치를 회복 불가능할 정도로 해체해 버리겠다고 했다. 나는 정말 놀랐다. 지난 몇 달 동안 그렇게 아름답고 평화롭게 휴식을 취할 수 있도록 만든 내 훌륭한 계획이 완전히 수포로 돌아가게 생긴 것이다. 다시 직장으로 돌아가고, 아내와 잠자리를 하고, 러시아워에 지하철에서 빈자리에 앉으려 아등바등하고, 텔레비전을 보고, 아이들에게 벌을 주는 내 모습이 그려졌다. 이전까지는 삶이 그저 견디기 힘들 뿐이었지만, 이제는 아예 그런 삶을 생각하기도 싫어졌다. 인형이 내 일상을 담당하는 동안 내가 어떻게 살았는지 생각해 보라. 인형의 운명에 대해 때로 호기심을 느끼는 때를 제외하고는 하등 아무 걱정 없는 때를. 나는 세상의 밑바닥으로 미끄러져 들어갔다. 나는 이제 아무 곳에서나 잠을 잔다. 싸구려 여인숙에서, 아주 늦은 시각 전철 안에서, 골목길에서, 현관문 앞에서. 이제 나는 인형에게서 월급을 받을 생각도 하지 않는다. 사고 싶은 건 아무것도 없기 때문이다. 아주 가끔 면도할 때를 빼곤. 옷은 찢어졌고 얼룩덜룩하다.

당신은 이런 내 모습이 우울하게 느껴지는가? 하지만 그렇지 않다. 결코 그렇지 않다. 물론 처음에 인형이 나를 일상에서 해방시켜 주었을 때에는, 나는 다른 사람의 인생을 살아

보겠다는 원대한 계획을 가지고 있었다. 나는 북극 탐험가, 피아니스트, 고급 남창, 세계적 정치가가 되고 싶었다. 나는 알렉산더 대왕이 되고, 모차르트가 되고, 그 다음엔 비스마르크가 되고, 그 다음엔 그레타 가르보가 되고, 그 다음엔 엘비스 프레슬리가 되려고 했다. 물론 상상 속에서. 이런 인물이 되어 본 적이 한 번도 없었기 때문에, 나는 그런 사람들이 되어 고통은 쏙 빼고 즐거움만 누릴 수 있을 거라고 상상했던 것이다. 왜냐하면 나는 언제든 도망갈 수 있고, 변신할 수 있기 때문이다. 하지만 실험은 모두 실패했다. 관심이 없어서든, 피곤해서든, 무엇 때문이든 말이다. 나는 내가 누군가가 된다는 것에 흥미를 잃었다는 것을 알게 됐다. 단지 과거의 내가 지겨웠던 것이 아니라, 누군가가 된다는 것 자체가 지겨웠던 것이다. 사람들을 지켜보는 것은 좋아했지만 사람들과 이야기를 한다거나 사람들을 즐겁게 혹은 불쾌하게 하는 것은 싫었다. 심지어 내 인형하고도 이야기하고 싶지 않았다. 나는 지겨웠다. 나는 산이나 나무, 돌이 되고 싶었다. 내가 사람으로 남아야 한다면, 고독한 부랑자로 사는 것만이 내가 견딜 수 있는 유일한 삶이다. 그러니 인형이 '나' 이기를 그만둔다면, 내가 다시 그 자리로 가서 옛날처럼 살아야 하는 것이 얼마나 불가능한 일로 여겨졌겠는가.

　나는 계속해서 설득하려고 노력했다. 눈물을 닦고 나가서 가족들과 아침을 먹으라고, 사무실에 출근해서 사랑 양에게 편지들을 받아쓰게 한 뒤 다시 이야기를 계속하자고 약속했다. 인형도 그러겠다고 했다. 그는 붉어진 눈으로 뒤늦게 식탁에 앉았다.

"여보, 감기 걸렸어?"

아내가 물었다. 인형은 얼굴을 붉히며 혼잣말을 주워 삼켰다. 나는 인형이 어서 서둘러 주기를 바랐다. 다시 무너질까 두려웠다. 인형은 식사도 거의 하지 못했고, 커피도 반 이상을 남겼다.

인형은 걱정스러워하는 아내를 뒤로 하고 슬픈 표정으로 아파트를 나섰다. 그리고 지하철 대신 택시를 잡아탔다. 나는 사무실에서 인형이 편지를 받아쓰게 하는 것을 엿들었다. 인형은 문장 사이사이에 한숨을 내쉬었다. 사랑 양도 뭔가를 눈치 챘다.

"무슨 일 있으세요?"

사랑 양이 쾌활하게 물었다. 그리고 오랫동안 아무런 말이 없었다. 나는 벽장 사이로 사무실을 엿보았다. 세상에! 인형과 사랑 양이 뜨겁게 포옹하고 있는 것이 아닌가! 인형은 사랑 양의 가슴을 애무하고 있었고, 사랑 양은 눈을 감고 있었다. 둘은 서로를 해칠 듯이 격렬하게 키스하고 있었다. 인형이 벽장 문 사이로 자신들을 노려보고 있는 나를 보았다. 나는 이야기 좀 하자고, 나는 네 편이니 돕겠다고 손짓 발짓을 했다. 인형은 황홀경에 빠져 있는 사랑 양을 품에서 천천히

놓으면서 "오늘 밤 어때?" 하고 속삭였다. 사랑 양은 "당신을 사랑해요." 하고 속삭였다. 그러자 인형도 "나도 사랑해. 당신을 만나야겠어." 하고 말했다. "오늘 밤." 하고 사랑 양이 속삭였다.

"우리 집에서. 여기 주소가 있어요."

한 번 더 키스를 한 뒤 사랑 양이 사무실을 나갔다. 나는 벽장에서 나가 사무실 문을 걸어 잠갔다.

"자, 이제 사랑 아니면 죽음이요."

인형이 말했다.

"좋아."

나는 슬프게 대답했다.

"이제 더 이상 너를 말리지는 않겠어. 좋은 아가씨 같군. 꽤 매력적이기도 하고 말이야. 만약 내가 이 자리에 있었고 저 아가씨가 일하고 있었다면, 누가 알겠어……."

하지만 인형이 무섭게 눈살을 찌푸리고 있어서 말을 끝내지는 못했다. 나는 말했다.

"그래도 시간을 좀 줘야겠어."

인형이 물었다.

"뭘 하려는 거요? 내가 보기에 당신이 이제 할 수 있는 일은 없는 것 같은데. 내가 사랑 양을 얻게 된 이 마당에, 다시 당신 집으로 가서 당신 아내와 아이들을 위해 일할 거라고 생각한다면……."

하지만 나는 다시 한 번 제발 시간을 달라고 애원했다.

나는 무슨 생각을 하고 있었을까? 간단히 말하자면 이렇다. 인형은 이제 처음의 나와 똑같은 상황에 처해 있다. 이제 인형은 현재 생활을 견딜 수 없게 된 것이다. 하지만 현실의 개인적 삶에 강렬한 욕망을 가지고 있는 인형은 세상에서 완전히 사라지려고 하지는 않을 것이다. 인형은 내 아내와 시끌벅적한 두 딸을, 딸린 식구도 없고 발랄한 사랑 양과 바꾸기를 원할 뿐이다. 그렇다면, 내가 과거에 그랬듯이 그에게도 똑같은 방식(자기 복제)으로 해결하면 되지 않겠는가? 무엇이되었든 자살보다는 나을 것이다. 내가 필요로 하는 시간이란 또 다른 인형을 만들 시간이다. 첫 번째 인형(나는 이제 그를 '진짜 인형'이라고 불러야 한다.)이 사랑 양과 눈이 맞아 도망가서 사는 대신, 그를 대신하여 내 아내와 아이들과 함께 살 다른 인형을 말이다.

그날 오전 늦게 나는 인형에게서 돈을 빌려 사우나에 가서 말쑥하게 목욕을 하고, 머리를 자르고 면도를 하고, 인형이 입고 있는 것과 똑같은 양복을 한 벌 샀다. 우리는 인형이 제안한 그리니치 빌리지에 있는 작은 식당에서 만났다. 그곳은 인형을 아는 사람이 아무도 없는 곳이었다. 나는 인형이 대체 무엇을 두려워하는지 알 수 없었다. 혼자 점심을 먹으면서 혼잣말을 하고 있는 것이? 아니면 나와 함께 있는 것을 누군가 보는 것이? 하지만 나는 이제 보기 흉하지 않다. 만약 우리가 둘로 보인다면, 비슷하게 옷을 입은 일란성 쌍둥이가 함께 점심을 먹으면서 진지하게 대화를 나누는 것으로 보일 것이다. 그게 뭐 그리 비정상적인 풍경이겠는가? 우리는 버터로 조리한 스파게티와 조개구이를 주문했다. 술을 석 잔 정도 마시고 나자 인형은 내 생각에 동의했다. 내 아내를 생각해서 (하지만 당신을 생각해 주는 것은 아니라고 인형은 몇 번이나 단호하게 강조했다.) 기다려 주겠다고 말했다. 하지만 길어야 몇 달이며, 더 이상은 안 된다고 했다. 나는 그 동안 사랑 양과 잠자리를 하지 말라고 요구하지는 않겠지만 바람 피는 것을 들키지 않게 조심하라고 말했다.

두 번째 인형을 만드는 것은 첫 번째보다 훨씬 더 어려웠다. 전 재산을 완전히 쏟아 부어야 했다. 인간의 살결과 가까운 플라스틱에서부터 다른 재료값, 기술자와 화가에게 지불해야 하는 인건비도 모두 일 년 사이에 엄청나게 올랐다. 하지만 인형의 월급은 전혀 오르지 않았다. 인형이 얼마나 회사에 유용한 존재인지에 대해 상사가 갈수록 절감하고 있는데도 말이다. 얼굴 생김새를 본뜨고 그리기 위해서 인형에게 화가의 모델이 되라고 하자 인형은 화를 냈다. 하지만 두 번째 인형이 나를 모델로 한다면 불완전한 복제가 될 수 있다고 내가 설득했다. 실제로 첫 번째 인형과 나 사이에는 외모 상으로 몇몇 차이가 생겨났을 것이다. 물론 쉽게 감지할 수는 없다고 해도 말이다. 나는 두 번째 인형이 첫 번째 인형과 똑같기를 바랐다. 나는 또한 첫 번째 인형이 그러했듯이, 두 번째 인형도 예측 못한 인간적 열정에 사로잡힐 위험을 감수해야 할 것이다.

마침내 두 번째 인형이 준비되었다. 첫 번째 인형은 나의 요구에 따라 몇 주 동안 두 번째 인형을 가르치고 훈련시켰다. (물론 그는 사랑 양과 시간을 보내고 싶어 했기 때문에 아주 미온적이었다.) 그러고 나서 그날이 왔다. 두 번째 인형은 토요일 저녁에 가족과 함께 야구 경기를 보다가 7이닝이 되었을 때 첫 번째 인형과 교체하기로 했다. 첫 번째 인형은 아내와 아이들을 위해 핫도그와 콜라를 사러 잠시 외출할 것이다. 외출한 것은 첫 번째 인형이고, 음식과 음료수를 싸들고 집으로 돌아가는 것은 두 번째 인형이다. 그러고 나서 첫 번째 인형은 택시를 잡아타고 사랑 양의 품속으로 달려갈 것이다.

이 모든 게 벌써 9년 전 일이다. 두 번째 인형은 예전의 나와 그다지 다르지 않은 방식으로 무덤덤하게 아내와 살고 있다. 첫째 딸은 대학을 다니고 있고, 둘째 딸은 고등학생이다. 그리고 아들도 태어났다. 지금은 여섯 살이다. 그들은 포레스트 힐스에 있는 조합 아파트로 이사했다. 아내는 직장을 그만뒀다. 두 번째 인형은 이제 부사장을 보좌하고 있다. 첫 번째 인형은 낮에는 웨이터로 일하고 밤에는 대학에 다닌다. 사랑 양도 대학으로 돌아가 교사 자격증을 땄다. 이제 첫 번째 인형은 건축사가 되어 다양한 경험을 쌓아 가고 있다. 사랑 양은 줄리아 리치먼 고등학교에서 영어를 가르친다. 둘 사이에는 아이도 둘이 있다. 아들 하나, 딸 하나다. 그들은 놀랍도록 행복하게 살고 있다. 때로 나는 내 인형들을 방문하곤 한다. 물론 아주 말쑥하게 차려 입고 말이다. 나는 그들의 친척이자 대부이며 아이들의 삼촌이기도 하다고 생각하곤 한다. 아마도 내 초라한 외모 때문에 그들은 별로 나를 보고 싶어 하지 않는 것 같다. 그렇다고 내색할 용기는 없다. 나는 절대 오래 머무르지 않지만, 늘 그들이 잘 지내기를 바란다. 그리고 내게 주어진 이 짧고 보잘것없는 생에서 부딪힌 문제를 그렇게 공정하고 책임 있게 해결한 것에 대해 자축하곤 한다.

Susan Sontag

지킬 박사

Doctor Jekyll

지킬이 스스로를 위해 세운 미덕의 요새 안에는,
하이드의 범죄를 감싸 주는 지경까지 자신을 몰고 간
자유로운 삶에 대한 낭만적이고도 진부한 갈망이 숨어 있는 것이다.

지킬 박사는 생각하고 있다. 어딘가에서 가브리엘 어터슨은 지킬 박사의 서류를 읽고 있을 것이다. 그 서류는 자줏빛 잉크로 깔끔하게 이니셜 'H'를 쓴 다음 자신의 성 '지킬'을 써 놓은, 약간 때가 묻은 두꺼운 갈색 서류철이다. 지킬 박사는 입 안에 들어간 모래를 혀로 밀어내면서, 5월의 토요일치고는 한산한 어느 비탈진 해변에 누워 있었다. 이제 아장아장 걷는 아기는 물가를 돌아다니고 있고, 아내는 젖은 비키니를 갈아입으러 스테이션왜건 자동차로 올라갔다. 등은 뜨겁게 그을린 모래에 대고, 배는 뜨거운 태양 볕을 쬐면서 지킬 박사는 전쟁에 대해 생각하고 있다. 어터슨은 예스러운 높은 의자(회전되지는 않는)에 앉아서 지킬 박사에 대해 생각하고 있다. 이 두 사람 사이에는 긴 나일론 줄로 선을 그을 수 있을 것이다. 둘의 외모에 대해서 말이다. 그것은 어터슨이 지나치게 경건한 제자를 당황하게 하려고 오늘 차고 나온 화려한 카우보이 벨트에서부터 시작해서, 이스트햄프턴에 있는 지킬의 오른쪽 발목까지 직선으로 그어질 수 있다. 어터슨은 색깔이 약간 들어간 이중 초점 안경을 쓰고 있다. 지킬이 한쪽 실을 너무 세게 잡아당기거나 갑자기 격렬한 동작을 취한다면, 어터슨은 의자 바깥으로 튕겨나가게 될지 모른다. 그래서 바닥에 넘어진다면 안경이 부서질 것이다.

지킬은 자신의 하얀 발가락을 쳐다보다가 움직여 보았다. 이 줄을 타고 내 말의 메시지가 전해질 수 있을까? 물론 코드 체계가 있어야겠지. 아니면 격렬한 동작만 전달되는 걸까? 지킬의 오른쪽 발목이 간지러워지기 시작했다. 메시지를 보낸다는 아이디어는 지킬이 몇 달 동안 곱씹고 있는 문제다. 확실히 어터슨은 지킬이 접근할 수 없는 정보원을 가지고 있는 모양이다. 지킬의 미끈한 다리는 부들부들 떨리기 시작했다. 어터슨도 이 메시지를 받을 것이다. 어터슨이 접속할 수 있는 회로가 있을까? 모래 위를 돌아다니는 게가 발가락을 물었다. 지킬은 오른발을 신경질적으로 마구 움직였다.

래브라도 반도에 6월 한 달 동안 세를 낸 오두막에서 이 훌륭한 지킬 박사는 일 년 내내 진찰실에서 쌓인 피로를 제대로 풀지도 못하고 있다. 지킬 박사는 어터슨을 생각하고 있다. 거칠거칠한 벽은 향기로운 냄새를 풍기고 있다. 침대 시트에서는 녹나무 냄새가 난다. 전나무가 북쪽에서 오는 열기를 상쾌하게 걸러 준다. 산이 높아서 낮이 너무 짧다. 태양은 아침 8시가 되어도 떠오르지 않으며, 5시쯤에는 눈 덮인 봉우리 너머로 미끄러져 내려가 버린다.

바깥에 있을 때는 어터슨에 대한 생각이 그렇게 자주 떠오르지 않는다. 때로 위험은 더욱 매력적으로 느껴진다. 지킬은 아무 걱정 없이 숲을 어슬렁거리면서 떨떠름한 자유의 맛을 입속에서 느낀다. 조심해서 등산하겠다고 아내와 건성으로 했던 약속을 깨고, 3시쯤 그는 가파른 산의 거의 정상까지 올라갔다. 비엔나에서 대학원 과정을 밟고 있을 때 이미 능숙한 알프스 등산가이도 했던 지킬에게 이 정도 등산은 아무 것도 아니다. 사고로 이어질 수 있는 가능성이 있는 사람은 지킬이 대동하고 있는, 별로 등산의 경험이 없는 사람이다. 그는 아내의 사촌이자, 휴가 첫 주를 오두막에서 함께 보내고 있는 리처드 엔필드다.

지킬은 한 손 한 손 민첩하게 옮기며 나아갔다. 엔필드는 운동을 별로 하지 않는 몸을 불굴의 의지로 이끌면서 지킬의 뒤를 따르고 있었다. 아래를 내려다보니 엔필드가 바위 하나와 씨름하느라 속도가 늦춰지고 있었다. 지킬은 즉시 멈춰서 서로를 묶고 있는 밧줄을 느슨하게 유지했다. 엔필드가 심각한 상태는 아니라는 것을 확신한 지킬은 장애물을 지나 기어오르는 손쉬운 방법을 엔필드에게 알려 주려다 그만두고 뒤로 돌아 멋지게 수직으로 산을 올랐다.

지킬은 즐겁게 공기를 마셨다. 왼쪽 팔꿈치를 암벽 틈에 고정시키고 있지만, 몸은 자유롭다. 등산화 밑창을 좁은 바위턱에 붙고서 선 지킬은 자신의 발이 무겁고 튼튼하다고 느꼈다. 지킬은 엔필드가 다른 쪽 다리를 들어 올려 바위를 지나자기 옆을 지나기를 기다리고 있었다. 지킬은 벼랑 끝의 눈더미에 감아 놓은 고리까지 연결되어 있는 밧줄이 팽팽한지 살펴보았다. 고리는 튼튼했다. 지킬은 위를 올려다보았다. 태양은 여전히 높이 떠 있었다. 지킬은 담배를 피우고 싶은 욕망을 억누르면서 자신의 길고 튼튼한 몸에 깨끗한 공기를 더 많이 채웠다. 지킬은 어터슨을 생각하고 있지 않다. 하지만 엔필드 대신 어터슨이 여기서 지킬의 허리에 밧줄을 감고 있다면 그 또한 엔필드처럼 서툴 것이다. 그렇다면 지킬은 밧줄을 잘라 버리고 어터슨에게 이 힘든 마지막 부분을 스스로 올라오라고 할 것이다. 하지만 어터슨이 공포에 사로잡혀 밧줄을 놓쳐, 돼지 멱따는 소리로 두 손을 공중에서 휘젓다 바위에 부딪혀 협곡 아래로 떨어지는 정도까지는 상상하고 싶지 않다.

캐나다 휴가에서 검게 그을려 건강하게 돌아온 지킬은 세계무역센터 북쪽 탑 아래 텅 빈 거리를 어슬렁거리며 하이드를 기다리고 있다. 하이드는 메시지를 가지고 오기로 되어 있다. 하이드는 보통 약속 시간보다 늦게 오는 편이지만 오늘은 많이 늦다. 지킬은 이 약속 때문에 점심도 건너뛰었다. 하이드가 세계무역센터에서 일요일에 만나야 한다고 주장했다는 건, 하이드가 아직도 멋진 재회에 대한 갈망을 잃지 않았다는 걸 보여 준다. 오늘 아침 이메일 관리 프로그램 샘플을 가지고 시내에 들렀던, 그리고 삼십 년 동안 한 끼도 건너뛴 적이 없는 어터슨은 지금 러시아 찻집에서 점심을 먹고 있을 것이다. 두 번째로 주문한 보르시치*와 피로즈키스 요리가 나오기를 기다리면서, 굶주린 눈빛으로 불도 붙이지 않은 파이프를 빨아대고 있겠지. 어터슨의 납작한 뒤통수에서부터 지킬의 줄무늬 넥타이까지, 혹은 새로 산 신발의 끈까지 직선을 그을 수 있을 것이다. 하지만 이 가능성에 대해서 지킬은 생각하지 않고 있다. 지킬은 하이드 생각에 골몰해 있기 때문이다.

지킬이 원한다면 언제라도 그 영혼을 육화시킬 수 있는 젊은이 하이드는 더 이상 시내에 자주 나타나지 않는다. 하지만 오늘, 하이드는 여기에 올 것이다. 그것은 덕망 있는 자칭 '분

---

*보르시치borscht는 빨간 순무가 든 러시아 스프이며 피로즈키스Pirojkis 역시 러시아 요리의 일종이다. 옮긴이

신'에게 특혜를 베푸는 차원에서다. 또한 하이드가 온다면 그는 사람들이 하이드를 묘사했던 것 같은 모습은 아닐 것이다. 과거에 도시에서 못된 짓을 저지르곤 했을 때, 하이드는 아주 몸집이 크고 보기 흉하다고 소문이 났다. 하지만 그것은 19세기 중산계급이 꾸며 냈고 20세기에 할리우드 괴물 영화를 통해 유포된 판타지에 불과했다. 놀랍게도 실제 하이드는 작고 병약하며 지킬보다 더 어렸다.

"당연하지."

하고 어터슨은 설명했다.

"자네 본성의 악한 부분은 좋은 부분보다 발달이 덜 되었기 때문이라네."

하지만 지킬은 그러한 육체적 불균형에 대한 어터슨의 알레고리적 해석에 동의하지 않았다. 왜냐하면 첫째 그것은 자기 자신을 너무 추켜세우는 것이고, 하이드를 너무 무시하는 것이 되기 때문이었다. 지킬은 그렇게나 선한 사람은 아니었다. 게다가 하이드가 그렇게 악한 짓을 많이 했단 말인가? 하이드가 난쟁이 같은 몸과 나약한 체력을 가지게 된 것은 좀 더 흔하고 단순한 생리적 원인 때문이 아닐까 지킬은 추측했다. 예를 들어 어릴 때 류머티즘열을 앓았는데 주치의가 오진하고 부모는 그냥 대수롭지 않게 넘겨 버렸다든지 하는 경우 말이다. 하이드는 괴물 같다기보다는 하층민 같아 보인다. 뾰족한 이빨은 야수 같다기보다는 상태가 나빠 보였다. 이십대 초반에 치아를 대대적으로 손봤는데도 말이다. 치료비는 지킬이 댔다. 게다가 하이드는 여전히 잇몸에서 피가 난다. 하이드의 몸에 난 털도 과장되어 묘사되었다. 덥수룩한 하이드에 비해, 전형적인 백인 남성인 지킬 박사는 상대적으로 털이 없는 편이다. 게다가 지킬 박사는 미장원에서 머리를 잘 관리하는 덕에, 이마와 관자놀이에 아직 흰 머리도 없고 숱 많은 갈색 머리를 잘 유지하고 있다. 반면, 어깨까지 내려온 하이드의 검고 번들거리는 머리카락은 벌써부터 빠지기 시작하고 있다. 어터슨은 완전히 대머리다. 지킬 박사는 바람에 날려갈까 봐 모자도 쓰지 않았다.

　지킬은 7월의 때 아닌 강풍에 벽 쪽으로 밀려가지 않도록 몸을 가누고 있었다. 아마도 카리브 해 쪽에서 때 이른 태풍이 오고 있는 모양이었다. 지킬은 하이드 만나는 것을 포기하고 집으로 가야겠다고 생각했다. 바로 그때 보도를 쿵쿵거리며 걸어오고 있는 왜소한 사람이 보였다. 몇 년 전 이스트빌리지 옷가게에서 훔친 검은 망토를 아직도 입고 있는, 지킬이 오랫동안 보호해 오고 있는 하이드였다. 하이드는 서둘러 가까이 오고 있었다. 그러더니 지킬을 보지 못한 듯, 빠른 속도로 지킬 곁을 지나치려 했다.

　"기다려!"

　지킬은 소리치면서 펄럭거리는 검은 망토를 움켜잡았다. 하이드는 갑자기 성큼성큼 뛰었다. 지킬은 한쪽 구석에서 그를 따라잡았다.

"상황이 안 좋아요."

하이드가 투덜거렸다.

"여기 있으면 안 돼요."

"이야기 좀 하자."

지킬이 말했다.

"그럼 시골집으로 오세요."

하이드가 쉰 목소리로 소리쳤다. 숨이 차는 것처럼 보였다.

"그 녀석이 지금 나를 기다리고……."

"어터슨이지, 그렇지?"

"아니, 절대 아니에요! 나 좀 괴롭히지 말아요!"

하이드는 지킬의 손아귀에서 빠져나가 코너로 달려갔다. 실망한 지킬은 그가 도망가게 내버려두었다. 그리고 생각에 잠긴 표정으로 길을 건너 카페로 들어가서는 창가 자리에 앉아 아이스커피를 주문했다. 웨이트리스가 커피를 가져온 순간, 그는 망토를 입은 깡마른 하이드가 다시 그곳으로 헐떡거리며 아까와 같은 속도로 서둘러 가는 것을 보았다. 지킬은 담배를 피워 물더니 다시 비벼 끄고(지킬은 담배를 거의 끊었다.), 커피를 홀짝거리면서 기다렸다. 커피의 3분의 2는 얼음이었다. 지킬은 손가락으로 얼음을 꺼내 재떨이에 떨어뜨렸다. 몇 분 뒤 하이드가 다시 코너로 돌아왔다.

지킬은 하이드가 오후 내내 그 곳을 뱅뱅 맴돌 거라는 생각이 들었다. 지킬은 그런 하이드의 모습을 좀 더 지켜보고 싶었다. 하지만 웨이트리스가 다가오더니 자리를 비워 달라는 뜻으로 계산서를 내밀었다. 지킬은 화가 나서, 카페가 텅 비어 있는데 무슨 소리냐고 했다. 하지만 그녀는 꼼짝도 하지 않았다.

"한 잔에 15분만 계실 수 있어요."

웨이트리스는 암송하듯 말했다.

"이곳 운영 규칙이에요. 내가 만든 게 아니라고요."

"하지만 당신이 규칙을 깰 수도 있잖소."

하고 지킬이 말했다.

"제가 어떻게요?"

웨이트리스가 대답했다.

지킬은 자신의 원칙을 고수할 것인지, 아니면 아이스커피를 한 잔 더 시킬 것인지 잠시 고민했다. 만약 지킬의 낙하산 기구(세계무역센터 꼭대기에서 뛰어내릴 만큼 그가 어리석은 경우에 한에서)에서부터, 지금 시간이면 오이스터 베이의 저택에 있을 것이라 짐작되는 어터슨의 왼쪽 팔목까지 연결하는 줄을 써서(하지만 어터슨은 여전히 그 찻집에서 보르시치를 세 그릇째 시끄럽게 비우고 피로즈키스를 여덟 그릇째 우걱우걱 씹고 있는 중이었다.) 어떻게든 하이드를 저 뺑뺑이에서 멈추게 할 수 있을 것이었다. 밧줄이 적절하게 팽팽하고 어터슨이 제자리에 있다면, 낙하산은 지금 지킬이 앉아 있는 카페의 북북서 방향으로 날아갈 것이고, 그러면 지킬은 다음 번 하이드가 블록을 돌아올 때 발을 걸어 넘어뜨릴 수 있을 것이다. 하지만 이런 재주를 부리려면 전적으로 어터슨의 도움이 필요한데, 어터슨이 실제로 얼마나 자신에게 호감을 가지고 있는지 지킬은 확신할 수 없었다.

"왜 나를 못 믿는다는 거지?"

어터슨이 말한다. 오이스터 베이에 있는 가짜 수도원 식당의 긴 타원형 식탁에 앉은 후 지킬에게 처음 던진 말이었다. 어터슨은 큰 출판사에서 편집차장으로 있는 카루 씨를 접대하고 있었다. 카루는 어터슨을 찬양하기도 하고 비판하기도 하는 추종자이며, 현재 절판된 어터슨의 천 페이지가 넘는 대표작 『카인과 아벨의 이상한 이야기』를 페이퍼백으로 재출간하기 위한 계획을 세우고 있다. 그리고 어터슨의 장래 제자이기도 하다. 지킬은 학교에 상주하는 직원 세 명과 몇몇 제자들과 함께 점심을 먹으러 이 자리에 합석했다. 어터슨은 늘 앉는 자리에 앉아 있다. 식사가 끝날 때쯤 어터슨은 책 출간으로 받게 될 인세를 요란하게 계산하면서 빚이 많다고 넋두리를 늘어놓고 있었다. 지킬은 어터슨이 제자들을 위해 디자인한, 꼿꼿한 등받이가 있는 의자에 앉아 있다.

"당신이 결코 알아들을 수 없을 이야기를 해 주겠어요. '업적'에서 앞서 나가는 사람만 이해할 수 있을 겁니다."

테이블에서 빈둥거리던 제자 두 명이 어터슨을 빤히 쳐다보다가, 지킬을 부럽다는 듯 응시했다. 어터슨은 그들 쪽을 쳐다보지도 않은 채 둘 중 하나에게 연구실에 가서 기다리고 있으라고 했고, 다른 하나에게는 앞뜰 잔디를 깎아 놓으라고 했다. 그러고는 그들이 조심스럽게 의자를 뒤로 빼고 자리에서 일어나 그곳을 뜨기 전까지는 아무런 말도 하지 않았다.

"미래에서 메시지를 받았어요."

다른 사람들이 자신에게 하는 이야기를 이미 모두 알고 있었다고 주장하는 어터슨의 습관에 답답함을 느끼면서도 지킬은 어터슨을 그다지 의심하지 않았다. 왜냐하면 어터슨은 너무나 침착하면서도 불가해한 통찰력을 종종 보여 주었기 때문이었다. 하지만 지킬은 어터슨이 건방지게 이야기하는 것은 들어 본 적이 없었다.

"그래서?"

하고 어터슨이 물었다.

"기분이 참 좋다는……."

"자네는 육체에 대해서 너무 많이 생각하네, 헨리."

하고 어터슨이 조급하게 말했다.

"그건 의사에게 당연한 일처럼 느껴질지 모르겠지만, 너무 한쪽으로만 치우쳤어. 그렇게 되면 영혼의 진실을 붙잡을 수 없을 거야."

지킬은 어터슨의 질책에 머리를 숙였지만, 그것은 부당한 비난이라고 고집스레 생각했다. 이 자세를 계속하고 있으니 어깨에 쥐가 나서 지킬은 등을 곧게 폈다.

"그러면 비밀은?"

하고 지킬이 말했다.

어터슨은 원형으로 된 연구실 중앙에 솟은 연단에 다리를 꼬고 앉아서 제자들에게 강연을 하고 있었다.

"원하는 대로 해 보면, 원한다는 것이 얼마나 불가능한지를 알게 될 거야."

영어는 어터슨의 모국어가 아니었으므로(어터슨이 자신의 본명이 아니듯), 어터슨의 영어는 엄숙하고도 음악적인 억양을 가지고 있었다.

"자네들이 좌지우지할 수 있는 부분은 아주 작네."

어터슨이 단언했다.

"그렇기 때문에 자네들에게는 의지가 없네."

어터슨은 계속해서 이렇게 말한다.

"자네들의 느낌을 인식하려고 노력하게."

어터슨은 설명한다.

"그래, 자신을 지켜보게. 하나의 기계인 것처럼 말이야. 행위를 제외하고는 자네들은 아무것도 아니야."

비유를 바꾸면서 이렇게 덧붙인다.

"그리고 자네들의 행동, 자네들의 말은 모두 흉내 낸 것이네."

나중에는 이렇게 말한다.

"내적 관조란 나쁜 거야. 들여다볼 내면이 없기 때문에."

또 이렇게 말한다.

"육체에서 시작하게. 그것만이 자네들이 가진 유일한 수단이야."

그동안 오후 진료를 끝낸 지킬 박사는 렉싱턴 애비뉴에 있는 사설 체육관에서 운동을 한다. 다른 쪽에서는 니카라과 출신 코치가 지킬의 샌드백 치는 기술을 칭찬한다. 지킬은 펀치를 날릴 때마다 몸속에 혈액이 도는 기분 좋은 느낌을 받는다. 지킬은 하이드에 대해 생각한다. 하이드는 단순한 물리적 힘으로는 희생자를 압도할 수 없기 때문에 고약한 무기를 사용해야만 하며, 그리고 그럴 때조차 자신의 긴장된 보기 흉한 얼굴, 영양실조에 걸린 것처럼 굽은 체형, 기괴하고 악마적인 복장으로 먼저 충격을 주어야만 한다. 지킬은 늘 하이드가 더 살이 쪘으면, 덩치도 커지고 키도 커졌으면 하고 바랐다. 하이드가 학교에서 잠시 머물렀을 때는 하이드에게 '운동' (어터슨은 "동작" 이라고 말했다.)을 시켜 그런 결과를 기대했다. 하지만 영적 운동은 충분하지 않다고 지킬은 결론 내리면서, 샌드백에 마지막으로 격렬하게 라이트 훅을 날렸다. 한 시간 동안 쉬지 않고 강의를 해서 넓적한 얼굴이 적갈색으로 달아오른 어터슨은 머리를 살짝 숙이고 반짝거리는 대머리를 비비고는 몸을 흔들며 웃었다. 어터슨은 자신이 조심성이 없어지고 있다고 결론 내렸다. 그리고 지금부터는 지킬에 대해 더 생각하는 것이 좋겠다고도 결심했다.

　　못생긴 사람이 점잔 빼는 신사에게 무관심하듯, 하이드는 지킬을 당연하게 생각했다. 지킬 또한 중년 남성이 청년을 보고 느끼는 것과 유사한 질투심을 하이드에게 느꼈다. 자신 있고 예민한 몸을 가지고 있으며 꽉 짜인 스케줄이 있음에도 지킬은 자신의 생명력이 저하되어 있다고 생각한다. ("오십 와트야." 하고 어터슨은 등 뒤에서 비웃은 적이 있다.) 아무리 뛰어난 의사라 하더라도 지킬은 자신이 처음에 비해 점차 뒤떨어지고 있다고 스스로를 책망했다. 하이드는 동의한다. 어터슨의 '인간 잠재력의 세뇌에서 벗어나기 위한 학교'는 이런 유형의 사람들에게 많은 공감을 일으키고 있다.
　　물론 하이드도 어터슨의 손에서 빠져나왔다는 점에서 예외라 할 수 있다. 약한 체격과 만성 감기에도 하이드는 늘 정상 상태로 돌아가는 사람이다. 하이드는 항상 진취적이었다. 지킬이 국제무역 고등학교의 정신과 의사로 있을 때 처음 피부병 치료를 받으러 왔던 하이드는 이미 성인처럼 보였다. 하이드는 당시에는 단지 차만 훔쳤을 뿐이고, 열세 살짜리 창녀와 남창을 모아 수지맞는 장사를 해 보려고 하고 있었다. 아이들이 바글거리는 가난한 집(그의 아버지는 청소부였다.)에서 태어난 하이드는 어릴 때부터 무언가를 가지고 싶다면 싸워야 한다는 것을 배웠다. 지킬은 부유한 가정에서 태어났고(지킬의 아버지는 지금도 다리엔에서 월스트리트까지 통근하고 있다.) 유명한 생화학자가 된 여동생이 하나 있다. '가브릴 우니아데스'에서 '가브리엘 어터슨'으로 오래전에 이름을 바꾼 어터슨은 자신이 업둥이였다고 한다. 어터슨은 자신에게 (사십 년 전에 초월의학을 함께 공부했던, 저 멀리 티베트에 있는 영적 형제를 제외하고는) 형제자매가 있을 가능성에 대해 격렬하게 부인했다. 하지만 틈만 나면 자신이 뉴욕 주에 있는 수많은 사생아들의 아버지라고 자랑을 늘어놓는다. 이제 막 사춘기에 들어섰으며, 어터슨의 방 앞 복도에서 잠을 자면서 어터슨의 몸종 노릇을 하고 있는 어린 제자 풀이 그들 중 하나가 아닐까 지킬은 생각한다.

풀은 하루 종일 어터슨을 뒤따라다니면서 청소를 하는데, 풀의 하루는 아침에 방으로 들어오라는 어터슨의 고함 소리에서부터 시작된다. 풀이 들어가 보면 어터슨의 침대는 축축하게 젖어 있으며 침구가 엉망으로 흩어져 있다. 다른 가구나 카펫 위에도 코를 찌르는 그런 얼룩이 묻어 있다. 화장실 벽에는 똥이 묻어 있다. 욕실 꼴이라니! 풀은 밤마다 화장실과 욕실에서 벌어지는 부득이한 생리적 사건에 대해 상상해 본다. 어터슨은 어쩌면 일부러 이곳을 엉망으로 만든 것일지도 모른다. 아마도 자신의 시중을 드는 그 소년의 의지, 어터슨의 표현에 따르면 "진실된 의지"를 실험하기 위한 것일 게다. 하지만 둘은 어터슨이 침대에서 아침식사를 끝낼 때까지는 청소를 시작하지도 못한다. 어터슨은 커피 한 잔을 마실 때도 마치 대학살극을 연출하듯 한다. 그는 커피를 침대뿐만 아니라 방 구석구석에 흩뿌려 버린다. 오후 늦게 직원과 제자들과 함께 방에서 커피를 마실 때도 가끔씩 그 짓을 하기 때문에 하루에 두 번이나 침대를 깨끗한 침대 시트로 갈아야 할 때도 있다. 때로 불경하고 호기심 많은 사람들이 풀에게 어터슨에 대해 물을 때가 있다. 하지만 풀은 어터슨을 시중드는 것을 큰 영예로 여기고 있어서 어터슨이 평소 어떻게 하고 사는지에 대해 설명해 주지 않는다. 단순히 커피를 마시거나 변을 보는 거대한 드라마를 연출하는 것 이상의 소문이 끈질기게 돌고 있기는 하지만, 어터슨의 평소 모습에 대한 자세한 설명이 그 소문을 더 명확하게 할지 아닐지에 대해서는 알 수 없다. 풀이 진정 증언할 수 있는 것은, 아침에 보이는 그 다양하고도 정도가 심한 무질서를 볼 때 전날 밤 그곳에서는 어떤 인간적 행위도 가능했으리라는 것이다.

베드 트레이로 가져가는 어터슨의 아침식사는 달걀과 스테이크, 커피다. 담요와 엉킨 시트 아래 누군가 얼굴을 묻고 어터슨 옆에 누워 있기도 하지만, 풀은 그가 누군지 알아볼 수 없다. 잘 훈련된 풀은 누구인지 짐작하려고도 하지 않는다. 풀은 화장실로 가서 벽을 살펴본 다음, 사닥다리를 가져와야 할지 생각한다. 그동안 지킬은 아내를 깨우지 않으려고 조심스럽게 침대에서 일어나 조용히 침실을 건너가서 부엌으로 가 아침을 만든다. 어터슨은 이미 잠을 깨서 낡은 보온병에서 따른 커피를 꿀꺽꿀꺽 마시고 있다. 지킬은 오이스터 베이에 있는 어터슨을 방해할까 봐 걱정이 되어서라기보다는 두꺼운 카펫을 밟는 느낌이 좋아서 맨발로 걸어 다니고 있다.

지킬은 땀을 흘리면서 입술이 하얗게 질린 상태로 센트럴 파크에서 조깅을 하고 있다. 해가 지고 있다. 옅은 황토색 장막이 나무 아래로 내려앉고 있다. 하지만 바람이 계속 불어 스모그를 퍼뜨리고 있다. 그래서 지킬은 아주 다양한 농도와 색조를 가진 황혼 속을 달린다. 5번가 애비뉴의 성벽에 시시각각 비치는 전광판의 역광을 받아, 황혼녘의 색깔은 어떨 때는 검고 어떨 때는 짙은 초록빛이며 어떨 때는 붉은 갈색이다. 지킬은 저수지를 따라 계속 뛰었다. 운동화 아래에서 자갈이 소리를 낸다. 누군가 자신을 따라온다고 생각한다면 멍청한 짓이 될 것이다. 다른 사람들도 공원에서 조깅을 하고 있으니 말이다. 하이드가 잠복하고 있다가 산책하는 사람이

나 아기를 보는 사람, 조깅하는 사람을 덮치는 곳도 이 공원이다. 하지만 지킬은 언제든지 여기에서 산책을 하거나 조깅을 할 것이다. 지킬은 무섭지 않다. 결국 무서워해야 하는 사람은 자기 자신이라는 것을 지킬도 알게 되었다. 지킬은 하이드에 대한 두려움을 극복했고 자기 자신을 극복했다. 도시에 사는 사람들의 정상 스케줄이 그러하듯, 지킬의 스케줄에도 늘 위험한 구석이 있다. 지킬은 계속해서 조깅을 한다. 그러면 그 목소리가 말을 걸어 온다.

'내 마음속의 목소리인가?'

지킬은 스스로에게 묻는다.

자신을 비난하는 다른 목소리가 들렸던 적도 있었지만, 지킬은 그것들이 모두 내면의 목소리라고 결론 내렸다. 그리고 그 내면의 목소리를 쫓아 버렸다. 목소리들은 사라졌다. 이제 이것 하나만 남았다. 하지만 지킬은 그 사실을 확신하지 못한다.

지킬은 속도를 늦춘다. 덤불 사이에 하이힐을 신은 발이 보였다.

'뛰어! 아니, 멈춰.'

심장이 두근거렸다. 지킬은 다시 되돌아갔다. 덤불 뒤를 보니 달라붙는 빨간 치마와 분홍색 새틴 블라우스를 입은 흑인 여자 한 사람이 신음하고 있었다. 지킬은 그녀 옆에 열린 채 놓여 있는 지갑을 보았다. 지킬은 그녀의 몸을 자신 쪽으로 돌려 보았다. 사십대 중반쯤 되어 보이는 쿠싱 증후군* 증상이 있는 여자였다. 얼굴에는 찢어진 상처가 있고 왼팔에 깊이 베인 칼자국에서는 피가 흐르고 있었다. 지킬은 일어서서 자신을 도와줄 사람이 있는지 살펴보았다. 여자는 신음했다. 황혼은 맥없이 어둠으로 향하고 있었다. 아무도 보이지 않았다.

지킬은 허리를 굽혀 여자를 업고 일어서려고 했지만 잘 되지 않았다. 최근까지도 비슷한 몸무게의 환자를 쉽게 안아 올린 적이 있었기 때문에, 지킬은 건강 상태가 나빠진 것인지 의아했다. 하지만 어터슨보다는 나을 것이다. 어터슨이 여기 덤불 옆에서 허리를 굽히고 무거운 사람을 들어 올리려고 했다고 했다면 말이다. 어터슨은 건강해 보이기는 하지만 그것은 뚱뚱해서다. 게다가 오른쪽에 난 염증은 가끔 통증을 유발했다. 어터슨은 허세 부리는 걸 좋아하니까, 만약 어터슨이 제자들 중 하나를 들어 올리려고 한다면 졸도해 버릴 것이 뻔하다고 지킬은 웃으면서 생각했다. 지킬은 순찰차나 택시를 찾으면서 여자를 업고 천천히 나아갔다.

---

*쿠싱증후군Cushing's syndrome이란 지방을 분해하는 글루코코르티코이드의 만성적 과잉 분비에 의해서 일어나는 병을 말한다. 뚱뚱하고 얼굴이 달덩이처럼 둥글고 살이 쪘지만 팔다리는 가늘다. 몸에도, 특히 목 뒤에 많은 살이 붙어 있다. 근육이나 뼈대에도 심한 타격이 있어서 근육이 거의 없어지고 뼈는 부러지기 쉽다. 심한 경우에는 정신병 증세를 보이기도 한다. 옮긴이

지킬은 대강당에 있는 360미터나 되는 벽난로 한쪽에 앉아 있다. 이곳은 오이스터 베이에 있는 어터슨의 저택 겸 학교 건물로, 1920년에 수도꼭지로 돈을 번 롱아일랜드의 어느 백만장자가 랑게도 성을 모방하여 만든 것이다. 이곳의 집세는 어터슨의 관대한 추종자이자 현재 버뮤다에 살고 있는 텍사스의 석유 왕 과부가 일 년에 한번 지불하고 있다. 빳빳한 셔츠를 입고 저녁 만찬 복장을 하고 있는 어터슨은 지킬 맞은편에 있는 커다란 의자에 엉덩이를 대고 앉아 물총을 가지고 장난을 치고 있다. 홀 저쪽에, 성배 이야기를 묘사하고 있는 열 장의 아르데코 풍 스테인드글라스 아래에서 어떤 제자가 무엇인가를 쓰고 있다. 지킬은 감시당하고 있다고 불평하기 시작했다. 전화는 도청되고 있고 편지는 누군가가 열어 보고 있다고 확신하고 있다.

다른 사람들의 이야기에 놀라움을 보인 적이 없을 뿐만 아니라 반대 의견도 말하지 않는 어터슨은 이번에는 비꼬듯 웃었다.

"아마 당국에 문제를 일으킬 만한 행동을 했나 보지. 예를 들면 전쟁에 대한 자네의 견해 같은 것 말일세. 아니면 불법 약품을 처방한다든가 하는 부정행위를 했거나, 말기 암 환자의 생명을 연장할 조치를 충분히 취하지 않았거나……."

"아니에요."

지킬은 머리를 흔들었다.

"그런 게 아니에요. 학교에서 온 누군가 그러고 있다는 게 확실해요."

"만약 그렇다면 내가 모를까?"

"그럼 안단 말입니까?"

지킬이 물었다.

"내가 미래를 볼 수 있다면,"

어터슨은 저쪽 구석에서 노트에 코를 박고 있는 제자를 흘긋 본 다음 지킬에게 윙크를 했다.

"현재도 똑같이 볼 수 있다고 생각할 수 있겠지."

"그래서 당신이 보기엔 날 미행하고, 나에 대한 정보를 캐고 다니고, 내가 하고 싶은 걸 못하게 협박하려는 위험인물이 없다는 겁니까?"

어터슨은 그 유명한 깔보는 표정을 지었다.

"자네 친구 하이드는 어떤가? 위험인물이라고 내가 말했잖나."

"말도 안 돼요."

지킬이 말했다.

"이제 하이드를 만나지도 않는 걸요. 게다가 그자가 지금 어떻게 됐는지 아세요? 그 자는,"

지킬은 잠시 말을 멈췄다.

"그자는 계속 뺑뺑이만 돌고 있어요."

"바보처럼 웃지 말게. 웃긴 이야기도 아닌데."

"나한테는 웃긴 걸요."

지킬이 말했다.

"나, 나, 나."

하고 어터슨이 으르렁거렸다.

"자네 말을 직접 들을 수 있어?"

어터슨은 물총을 지킬에게 겨누었다.

"'나'라고 말할 권리가 대체 누구한테 있지?"

어터슨은 물총을 바닥에 내동댕이쳤다.

"자네는 아니야! 무슨 말인지 알겠나? 그건 스스로 얻어 내는 권리가 아니야!"

지킬은 어터슨을 반항적으로 노려보았다.

"그럼 에드 하이드는요?"

지킬은 물었다.

"하이드도 '나'라고 말할 수 있습니까?"

"왜 안 되겠어?"

어터슨이 대답했다.

"자네 말처럼 계속 뺑뺑이를 도는 한 말이지. 이제 이해가 가나?"

지킬은 이해하지 못했다. 이해보다 더 좋은 생각이 떠올랐다. 어터슨이 지킬의 머리에 아이디어를 하나 준 것이다. 하지만 어터슨이 주려고 해서 준 것이 아니었기 때문에 어터슨의 커다란 대머리가 더 빛나지는 않았다. 대신 지킬의 머리가 약간 무거워졌다. 지킬이 의자에서 일어나 자신의 반대편에 앉아 있는 사람을 획 하고 덮쳐 지킬의 무거운 머리를 어터슨의 머리와 부딪힌다면(하지만 그건 신체적 힘의 균형이 약간 지킬 쪽으로 기울어져 있는 지금 당장 해야 한다.) 어터슨의 머리가 갈라져서 그 속에 있던 아이디어들이 쏟아져 나올 것이며, 인간의 조화로운 발전에 대한 비밀을 소유하는 사람은 이제 어터슨이 아니라 지킬이 될 것이다. 하지만 지킬은 그런 모든 지혜를 소유할 책임을 지고 싶지 않았다. 그 지혜가 어터슨을 얼마나 역겹고 교양머리 없으며 모순에 가득 찬 사람으로 만들어 놓았는지를 보라. 말이 없는 동시에 달변인 사람, 돈을 좋아하는 동시에 금욕적인 사람, 말만 늘어놓는 동시에 현명한 사람, 천박한 동시에 고귀한 사람, 교활한 동시에 순박한 사람, 속물적인 동시에 민주적인 사람, 냉정한 동시에 인정 많은 사람, 비현실적인 동시에 약삭빠른 사람, 성마른 동시에 인내심 있는 사람, 변덕스러운 동시에 신뢰할 만한 사람, 병약한 동시에 건장한 사람, 젊은 동시에 늙은 사람, 텅 빈 동시에 가득 찬 사람, 시멘트처럼 무거우면서 동시에 헬륨가스처럼 가벼운 사람.

어터슨은 한때 이렇게 말했다.

"나는 인용부호가 없는 인간이야."

지킬은 자신에 대해 그렇게 의기양양한 생각을 가지고 있지 않다. 하이드에 대한 새로운 아이디어를 어터슨에게서 슬쩍하는 것으로 충분하다. 그리고 그것 뒤에는, 만일 첫 번째 아이디어가 실패할 경우 사용할 수 있는 두 번째 아이디어가 있다. 하이드에 대해서.

　지킬은 첫 번째 아이디어를 가지고 여동생을 찾아갔다. 여동생은 록펠러 대학에서 일하고 있다. 지킬은 여동생에게 동료들과 함께 시간이 날 때 (알약이나 캡슐, 좌약, 시럽 등 어떤 형태로든 섭취 가능한 형태로) 어떤 처방법을 만들어 줄 수 없는지 물어보려고 한다. 그것은 정체성이라는 요새를 무너뜨리는 처방이다. 지킬이 생각하고 있는 처방은 가끔 젊은 친구 하이드가 될 수 있게 하는 요법인 것이다. 육체적으로 하이드가 된다는 말이다. 왜냐하면 지킬은 가끔 아직 발육이 덜 된 하이드의 몸에 머물고 싶기 때문이다. 그게 유용하다거나 자극이 된다고 생각할 때, 혹은 단순히 몸이 안 좋아진다고 느낄 때 그렇다. 그렇게만 되면 지킬의 에너지는 증가할 것이다. 하이드가 가지고 있는, 지킬의 것과는 종류가 다른 에너지 말이다. 게다가 신체 교환의 기간이 우선적으로 합의가 되기만 한다면, 지킬은 형제애라는 관점에서 하이드에게 자신의 지적이고 견고한 육체를 빌려 주고 싶기도 하다. 실제로 몸을 바꾸는 것은 공평할 것이다. 물론 하이드의 덥수룩한 손과 니코

틴에 절은 손가락, 씹혀 나간 손톱이 사랑하는 아내의 몸에 놓이는 것은 싫지만.

물론 몇 년 전에 지킬이 되고 싶었던 것은 악당이었다. 기괴한 범죄를 저지르는 하이드, 갱생하기 전, 대담함을 잃어버리기 전의 하이드, 어터슨에게 길들여져 온순해지기 전의 하이드, 시골 슬럼가로 이사하기 전의 하이드, 붉은 머리카락을 하고 한때 고고 춤 댄서였지만 지금은 모호크 비행사의 어엿한 스튜어디스가 되어 있는 어느 여자와 사랑에 빠지기 전의 하이드 말이다. 그녀는 하이드의 애정 공세에 지쳐 그레이트 넥에 사는 어느 자동차 딜러와 떠나 버렸다. 무적의, 음탕한, 막나가는, 냉담한 하이드가 사랑에 빠지다니! 하이드의 정신을 망가뜨린 건 사람들이 생각하듯 어터슨의 설교 때문이 아니라 예상치 못한 짝사랑 때문이었다고 지킬은 생각한다. 지킬은 할리데이비슨을 몰고 어두운 첼시아 부둣가를 질주하던 옛날의 하이드가 그리웠다. 이를 갈고, 오토바이 속도를 높이고, 안데스 산맥의 인디언 여성이 쓰는 작은 모자에다 우스꽝스러운 검은 망토를 바람에 날리던 하이드가 그리웠다. 할머니를 들이받고 마약을 운반하고 반전 단체의 사무실 창문으로 화염병을 던지던 하이드가 그리웠다. 가죽 잠바를 입고 칼을 세 개나 가지고 있는 얼치기 깡패가 등 뒤에서 자신의 허리를 껴안을 때도 그 무게를 견디던 예전의 하이드가 그리웠다.

지킬은 실험실에서 만든 물약이 처음에는 어떤 효과가 있었는지, 왜 자신의 연구를 끝까지 밀고 갈 수 없었는지, 유전자 암호 해독 기술을 가진 자신의 여동생이 어떻게 자신을 도울 수 있는지를 설명하고 있다. 하얀 가운을 입고 지킬처럼 꼿꼿한 등을 실험실의 반짝거리는 금속 문틀에 대고 서 있는 여동생은 오빠의 부탁을 거절한다. 국방부에서 새로운 지시가 떨어졌기 때문에 팀 사람들은 모두 바쁘다고 한다. 여동생 얼굴은 예쁘장하다. 지킬은 뛰어난 외모가 집안 내력이라는 것을 떠올린다. 지킬은 여동생의 거절 때문이라기보다 자신의 요구 자체에 대해 씁쓸함을 느끼면서 농담으로 무마하려고 꾸물거리고 있었다.

"이분은 초빙교수예요. 이쪽은 우리 오빠 지킬 박사고요."

동료들이 자기들 곁을 지나 현관으로 지나갈 때 여동생이 그들 중 하나에게 중얼거리면서 말했다. 여동생의 팀 사람들은 붉은색, 짙은 자주색, 엷은 초록색 등의 액체로 채워진 시험관 보관대를 들고 가고 있었다. 그 초빙교수와 악수를 하면서 지킬은 라니언에게 들러 진찰을 하고 주사를 한 대 놓아주기로 했던 약속을 떠올렸다. 30분 뒤 라니언의 사무실에서 지킬은 그 늙은 변호사를 청진기로 진찰하면서, 자신이 듣는 고동 소리는 어터슨의 심장 소리일 것이라고 상상했다.

다른 곳에서는, 즉 런던의 어느 교외에서는 한때 유명한 오페라 가수였던 여자가 의심 많은 어느 친구에게 어터슨에 대해 설명하고 있었다.

"사람을 미치게도 하고, 격분하게도 하고, 비참하게도 만들 수 있는 분이야. 하지만 실제로 그분을 뵈니 모든 것이 정당화되는 것처럼 보였어."

"하지만 그 사람은 돼지야! 맙소사, 그 끔찍한 이야기를 생각만 하면, 너한테 요구했던 걸……."

"그래, 그래."

한때 제자였던 그녀가 끼어들었다.

"이해하기 힘들다는 건 알아…"

그녀는 한숨을 내쉬었다.

"어떻게 설명할 수 있을까? 처음부터……, 처음 어터슨 씨를 뵈었을 때부터 뭔가 깊은 인연을 느꼈어. 그건 시간이 갈수록 더 강하게 느껴졌고. 어터슨 씨가 가르치는 걸 들으면 누구나 충고에서 자유로워질 수 있어. 그런 내면적 끌림(자기장이라고 부를 수도 있어.), 그 보이지 않는 유대 감정 때문에 나는 어터슨 씨가 **나와 제일 가까운 사람**이라고 느낀 거야. 그건 대부분 고통스러운 일이었지. 영원히 함께 하고 싶던 어터슨 씨의 '실제 모습'을 이따금 보게 되거든. 그건 '평소의' 어터슨 씨가 아니야. 때로는 부드럽고 때로는 아주 불쾌하고, 때로는 도망치고 싶은 그런 사람 말이야."

"광대야."

친구가 불쑥 참견했다.

"주정뱅이, 새디스트, 사기……."

"하지만 그럴 때조차도,"

하고 한때 제자였던 그녀는 말을 이었다.

"그와 함께 있을 수밖에 없어. '업적'은 거기에 달려 있으니까."

"그래도 너는 결국 떠났잖아."

하고 친구가 말했다.

"어터슨 씨가 날더러 떠나라고 했어. 이미 에너지가 충만해졌기 때문에 더 이상은 가질 수 없다고."

"그 남자를 그리워하는구나?"

"물론이지."

하고 그녀는 사납게 대꾸했다.

"하지만 살아 있는 동안에는 다시 보고 싶지 않아."

그러는 동안, 다른 날에, 어터슨은 오이스터 베이 저택의 대강당에 앉아서 론 뉴커멘에게 15분 동안 생각할 시간을 주고 있었다. 론 뉴커멘은 최근에 뜬 기상 캐스터로, 어느 날 자신의 소지품을 모두 짊어지고 히치하이킹으로 이 학교에 왔다. 어터슨의 제자가 되고 싶다는 희망을 품고. 어터슨은 뉴커멘을 받아들이기를 거부했다. 뉴커멘이 '업적'에 맞지 않는 인물이라는 것이다.

"자네는 어느 정도 갔다가 그만둘 걸세."

뉴커멘이 항의하면서 맹세를 늘어놓기 전에 어터슨은 말을 이었다.

"애원하지 말게. 불행하다고도 말하지 말게."

"하지만 전 불행해요! 절박하다니까요."

"나와 함께 '업적'을 시작하게 되면 훨씬 더 불행해질 걸세. 지금이야 의자에 편안하게 앉아 있지만."

"저는 편안하지 않아요."

뉴커멘이 외쳤다.

어터슨은 조급하게 손을 내저었다.

"이런 방식의 '업적'을 할 수도 없으면서 의자에서 일어나려고 한다면, 차라리 일어나지 않는 게 좋을 걸세. 한 번 떠나면 다시 처음 의자로 되돌아갈 수 없어. 평생 서서 지내야 하는 거야."

다른 날 똑같은 방에서는 어터슨의 문하생(워싱턴에 살고 있는 기자)이 어터슨에게 자신의 책을 끝낼 때까지 학교로 돌아올 수 없다고 말하고 있었다.

"책에 관해서는 잊게."

어터슨은 눈살을 찌푸리면서 말했다.

"지금 오지 않는다면 나중에는 늦네. 내년 봄에 오는 건 자기 팔꿈치에다 뽀뽀하는 것처럼 불가능한 일이 될 거야."

같은 시간, 사우스 브롱크스 병원 응급실에서 흐느껴 우는 아이를 진찰하고 있던 지킬은 팔꿈치에 날카로운 통증을 느꼈다.

맨발로 바닥을 굴리면서 지킬은 '연습 강당' 이라는 크고 텅 빈 높은 방에서 다른 아홉 명의 제자들과 함께 원 모양으로 서서 맨발로 바닥을 구르고 있었다. 이곳은 아치형 지붕틀로 지어져서, 마치 오래된 비행기 격납고 같았다. 문 너머에는 과수원을 내려다볼 수 있는 작은 창문이 딸린 침실 다락방이 있었다. 수년 전 이곳에서 유명한 리투아니아 출신의 여류 시인이 최후의 몇 달을 보냈다. 오이스터 베이에 오기 전 이미 다카우 나치 수용소에서 결핵에 걸렸던 그녀는 어터슨의 배려로 외양간을 쓰기로 되어 있었다. 하지만 몸이 너무 약해져서 글을 쓸 수 없게 되자 이곳으로 옮겨졌다. 피를 가득 토해 내기 전에 그곳에서 그녀가 경험했던 고독하지만 더없는 행복은 이 학교 최고의 전설이 되었다. 반항적 제자들은 어터슨이 그녀의 죽음에 책임이 있다고 생각했다. 하지만 어터슨은 아직도 '아침 연설' 에서 그녀를 언급한다.

"이미 가고 없는 우리 형제자매들을 기억하라."
하지만 정신적인 것과는 달리 그녀의 육체적인 건강이 실제로 무시당했는지에 대해 지킬은 알 길이 없다. 그녀는 지킬이 어터슨을 만나기 전에, 혹은 자킬이 학교의 존재에 대해 얘기를 듣기도 전에 죽었기 때문이다.

느린 타악기 리듬이 계속되고 있다. 지킬은 학교에서 주말마다 열리는 '생기 되찾기 수업'을 들으면서 어터슨이 고안했다는 팬터마임 연극을 하고 있는 중이다. 그것은 〈마법사의 투쟁〉이라는 제목의 연극으로, 열 명이 각각 다섯 명의 악한 마법사와 다섯 명의 선한 마법사로 분하여 공연해야 한다. 모두가 완전히 침묵 속에서 움직이고 있다. 동작은 그다지 어렵지 않다. 체육관에서 샌드백을 두드리고 역기를 들어 올리는 운동과는 정반대다. 어터슨은 그런 운동을 비난한다. 저쪽 끝에서 어터슨은 접이식 의자에 앉아 있다. 어터슨은 자신의 창백한 푸른 눈의 효력을 분산시켜 주는 이중 초점 안경을 쓰고 있다. 저자는 어떤 종류의 마법사일까?

선한 마법사의 역할을 하고 있는 지킬은 어터슨이 자신을 비웃고 있다는 것을 느꼈다. 지킬은 자신이 얼마나 선한지 의아했다. 선에 대해 말하려면 자신이 하는 선한 행동에 대해 이야기해야 하는데, 그것은 자신의 일관되고 품위 있는 습관, 의사로서 헌신하는 것, 남편이자 아버지로서의 기쁨 등이 될 것이다. 품위에 어울리지 않는 일이라면 하이드와 공모 관계를 맺고 있다는 것이다. 지킬이 스스로를 위해 세운 미덕의 요새 안에는, 하이드의 범죄를 감싸 주는 지경까지 자신을 몰고 간 자유로운 삶에 대한 낭만적이고도 진부한 갈망이 숨어 있는 것이다. 지킬은 자기 자신의 미덕을 사랑하지 못하고, 오랫동안 어터슨이라는 저 입술 두꺼운 사이렌의 노랫소리를 못내 그리워하게 만든 자신의 나약함을 저주했다.

"이제 됐어."

어터슨은 부드럽게 말했다. 그리고 자리에서 일어서서 사람들을 가로질러 지킬의 등에 손을 얹었다.

"자넨 너무 열심히 했어. 그냥 바닥에 서 있게."

으스스한 평화가 지킬의 몸에 퍼졌다.

어터슨은 땅딸막하고 엄숙한 어느 소녀에게 다가가서 팔을 허리에 감고는 볼에 몇 마디를 중얼거렸다. 소녀는 눈물을 터뜨리면서 미소를 지었다. 어터슨이 자리를 뜨자 나머지 여덟 명이 그 소녀를 둘러싸고 조심스럽게 그녀를 만졌다. 지킬은 하이드가 여기에 있었으면 좋겠다고, 그래서 따뜻하게 하이드를 안아 주고 싶다고 생각했다. 그들은 흐느끼는 소녀를 일으켜 세워 방 한가운데로 데리고 갔다. 그리고 그녀를 거기에 눕히고는 둘러앉았다. 누군가가 콧노래를 시작했다. 지킬은 그 소녀의 빛나는 얼굴을 바라보았다. 그는 하이드를 용서하고 스스로를 용서했다. 어터슨은 지킬 뒤에 서 있었다.

지킬이 그다지 자주 불안을 느끼는 것은 아니었다. 지킬이 두려움을 느낀 것은 어터슨과 정기적으로 만나는 것을 그만두었을 때였다. 지킬은 어터슨과 완전히 인연을 끊지도 못했다. 하지만 지킬은 일종의 폐소공포증이 있었다. 어터슨의 제자들 대부분은 방 안에서만 근근이 삶을 이어 가다 죽곤 한다. 그들은 어터슨에게 와서 에너지를 늘려 달라고 부탁한다. 하지만 그 늙은이는 그들에게 이상한 주술만 걸어놓는다. 지킬은 그 마술사의 주문에서 자유로워지려고 분투하고 있다. 하지만 지킬은 도움이 필요하고, 사랑이 필요하고, 어터슨의 손길이 필요하다.

오이스터 베이 저택의 경계에 지어진 돌로 된 목욕탕에서 어터슨은 음란한 이야기를 하면서 저녁 의식을 치르고 있다. 그리고 더 많은 것을 요구하고 있다. 당황한 제자들은 어터슨을 즐겁게 하기 위해, 의식을 잘 치르기 위해 최선을 다하고 있다. 링컨 센터 근처의 아파트에서 지킬은 아내를 부드럽게 쳐다보고 있다. 지킬은 자신의 얼굴을 아내의 긴 금발머리에 파묻고는 "사랑해." 하고 헐떡거렸다.

"내가 얼마나 사랑하는지 알기나 해?"

그들은 기하학적 무늬가 있는 거실 소파에 누워 있다. 아이들은 잠들었다. 목욕탕에서는 한 무리의 남자 제자들이 어터슨의 지시에 따라 터키에서 수입된 특수 황토를 몸에 발랐다. 그 황토는 몸의 털을 없애 주고, 피부를 부드럽고 탄력 있게 만들어 준다고 한다. 수건으로 엉덩이만 가린 제자들은 줄지어서 한증막으로 들어간다. 사랑을 한다는 것은 살이 찌는 것을 의미한다고 지킬은 생각한다. 그리고 사랑을 한다는 것은 살이 아주 많이 빠지는 것을 의미한다.

지킬은 에너지가 몸에서 빠져나가는 것을 느낀다. 그렇다면 이것도 사랑이다. 이 느리지만 쉴 새 없는 에너지 유출, 따뜻한 물이 채워진 욕조에서 혈관이 모두 풀어지는 듯한 느낌. 지킬은 일어나서 몸을 말린다. 그동안 어터슨은 오래된 제자들 중 하나의 엉덩이를 축축한 수건으로 채찍질하고는 웃음을 터뜨린다. 희끗한 머리를 한 그 쇠약한 남자는 갑작스러운 아픔에 뒤로 비틀거린다.

"이건 네가 한 번도 배우지 못한 거야."

어터슨이 떠들썩하게 소리친다.

"노는 법 말이야!"

당황한 그 남자는 뜨거운 한증막 한구석을 헤매면서 웃어야 할지 울어야 할지 고민한다.

"너무 심각하게 굴지 말라고!"

어터슨이 고함을 지른다. 어터슨은 카우보이가 올가미를 휘두르듯이 자신의 대머리 위로 수건을 빙빙 돌린다.

"놀아!"

지킬은 마음을 졸이다가 소파 가장자리에 다시 앉는다. 아내의 블라우스 단추를 풀면서도 지킬은 다른 손에 수건을 쥐고 힘껏 끌어당겨서 어터슨의 흉한 얼굴을 따뜻한 널빤지 위에 처박고 싶다.

누워서, 몸과 마음을 편안하게 하고, 떠다니고, 잠을 자고, 만지고, 미끄러지고, 올라간다. 어둠, 눈부심. 따뜻한 냄새, 낡은 시트. 하지만 오래 가지 않는다.

아내와 침대에 누워 지킬은 급속도로 멍해지는 것을 느꼈다. 말할 필요도 없이 그것은 몸의 감각상실과 함께 온다. 아내는 처음에는 지킬의 포옹에 당황했다가 스스로 적응했다. 처음 얼마간은 이런 식으로 잘 되어 갔다. 아내는 자신의 몸을 기분 좋게 지킬에게 바짝 붙였다. 하지만 지킬은 이해를 못하는 듯하더니, 심지어 속도를 늦추기까지 했다. 이제 아내는 기운이 빠져 버렸다. 한숨을 쉬면서 아내는 남편의 귓불을 당기며 속삭였다.

"자기, 지금 정신을 어디에 두고 있는 거야?"

어터슨은 커다란 침대 옆에서 밤마다 하는 팔굽혀펴기를 하고 있다. 그 정도의 나이와 몸집에, 뭐든 그렇게 절도 없이 먹고 마셔 대지만 몸매는 괜찮았다. 지킬은 깔끔하게 정돈된 침대에서 어터슨을 기다리면서 누워 있는 사람이 누구인지 알 수가 없었다.

"자기야!"

기가 죽은 지킬이 미소를 지었다.

"무슨 소리가 난 것 같아서."

지킬은 속삭였다.

"애기 말이야?"

"아니. 내 머릿속에서. 상관없어."

지킬은 계속 미소를 지었다.

"상관있는 것처럼 보여."

"그건 내가 항상 자기만 생각하고 있어서 그런 거야."

지킬은 의기소침하게 대답했다.

"자기 가까이 있어도 말이지."

"아니, 그게 핵심이야."

아내가 말했다.

"자기는 나와 가까이 있지 않아."

어터슨은 왼쪽 가슴에 갑자기 뭐가 갉아먹는 듯한 통증을 느끼면서 급하게 침대로 기어 올라갔다. 담요 아래 있던 인물이 기다렸다는 듯이 담요를 열어젖혔다. 지킬은 독서용 램프를 켜고 시간을 확인했다.

지킬은 자신의 에너지를 다른 사람들에게 나누어 주는 어터슨의 기이한 능력에 대해 생각한다. 지킬은 이 유명한 능력을 여러 번 경험한 적이 있다. 다른 사람들에게 나누어 주는 것을 본 적도 있다.

그다지 괴롭지 않았던 지난날로 플래시백. 어터슨과의 대화가 너무 즐겁다는 것을 느꼈던 날들. 어터슨의 말이 그다지 숨 막히게 현명하지는 않았지만. 수년 전 지킬은 자살을 생각할 정도로 심각하게 우울했던 적이 있었다. 지킬은 미리 전화도 하지 않은 채 오이스터 베이로 차를 몰고 갔다. 그날따라 몹시 친절하고 자애로웠던 어터슨은 침실에서 손님을 맞았다. 어터슨을 보자 지킬은 흥분과 초조함을 느꼈다. 머릿속이 쿵쾅거리기 시작했다. 아내와 침대에 누운 오늘처럼.

"자네는 아파 보이는군."

어터슨은 한쪽 팔을 지킬의 어깨에 둘렀다.

"아무 이야기도 하지 말게."

그러고는 지킬을 의자에 앉게 했다.

"커피를 갖다 주지."

어터슨은 너무나 부드러운 목소리로 말했다.

"따뜻할 때 마시게."

어터슨이 뜨거운 접시 위에 있는 낡은 보온병에서 커피를 내리는 동안 식탁에 앉아 있었던 것을 지킬은 기억한다. 지킬은 어터슨에게서 눈을 뗄 수가 없었다. 그러다 어터슨이 아주 지쳐 보인다는 걸 깨달았다. 어터슨은 어느 누구에게도 그렇게 피곤한 모습을 보인 적이 없었다. 지킬이 몸을 구부려 커피를 홀짝이자, 갑자기 자기 몸 안에서 에너지가 솟아오르는 것을 느꼈다. 어터슨에게서 엄청난 전류가 흘러나와 자신의 몸으로 들어온 것만 같았다. 지킬의 몸에서 피로가 빠져나가는 것을 느끼자마자 어터슨의 엄청나게 무거운 몸이 축 처지기 시작했다. 그리고 온몸의 피가 빠져나간 사람처럼 얼굴이 창백해졌다. 지킬은 놀라서 어터슨을 쳐다보았다.

어터슨은 다급한 목소리로 중얼거렸다.

"자넨 이제 괜찮네. 나는 가 봐야겠어."

지킬은 벌떡 일어나 어터슨을 도우려 했다. 어터슨은 지킬에게 가라는 손짓을 하고는 비틀거리면서 방을 나갔다.

지킬은 기억한다. 지킬은 몸이 훨씬 좋아졌다는 강렬한 느낌을 즐기면서 멍하게 어터슨을 기다리고 있었다. 어터슨이 다른 사람에게 에너지를 전달하는 것은 어터슨의 입장에서는 커다란 희생을 치르는 일이라는 것을 (지금도 그러하다.) 그때 알게 되었다. 하지만 어터슨은 에너지를 재빨리 회복하는 방법도 알고 있음에 분명했다. 지킬이 자신의 변화에 놀라워하고 있은 지 채 15분도 되지 않아 어터슨이 다시 침실로 돌아왔기 때문이다. 어터슨은 거의 청년이 된 것처럼 미소를 짓고 있었고, 기분이 아주 좋고 동작이 민첩해 보였다. 어터슨은 오늘의 만남이 행운이라고 말했고, 둘에게는 모두 긍정적인 경험이라고 했다. 그러고 나서 어터슨은 지킬과 단 둘이서 식사를 하겠다고 말했다. 점심은 진수성찬이었다. 어터슨은 오래된 고급 브랜디 알마냑을 땄다.

지킬은 기억한다. 풍성한 점심식사를 한 후, 어터슨은 대체 괴로운 일이 뭔지 지킬에게 이야기해 보라고 했다. 하지만 지킬은 이야기하기가 쉽지 않았다. 당시 전혀 문제가 없는 것 같은 기분이었기 때문이었다. 평생 그렇게 기분이 좋았던 적은 없었다. 마침내 자신의 슬픔과 공포에 대해 이야기를 하자 어터슨은 별 말 없이 지킬의 이야기를 다 듣더니, 지킬의 이야기는 전혀 중요하지 않다고, 걱정할 것은 아무 것도 없다고 말했다. 플래시백 끝.

지금 아내를 안고 있는 지킬은 다시 울적함을 느끼고 있다. 지킬의 명치 끝에서 시작하여 어터슨의 통통한 오른손까지 선을 이을 수 있을 것이다. 그리고 우울의 징표로 그 줄을 당길 것이다. 어터슨은 오이스터 베이에 있건, 시내에 있건, 그 줄이 당겨지는 압박감을 느낄 것이며, 지킬에게 문제가 있다는 것을 깨달을 것이다. 그러면 그 파란 전깃불을 켤 것이고, 그 광선이 줄을 타고 지킬의 가슴으로 곧바로 전달될 것이다. 그러면 지킬은 에너지가 다시 차오르는 것을 느낄 것이고, 기분이 좋아질 것이며, 자신의 문제가 아무것도 아니라고 느끼게 될 것이다. 하지만 그렇게 되려면 신성한 일이든 세속적인 일이든, 어터슨이 지금 하고 있는 일이 그다지 바쁜 것이 아니어야 할 것이다. 그리고 지킬의 신호를 정확하게 감지하는 동시에, 그것이 수많은 과거 반항적 제자들 중 누구에게서 오는 것인지를 알아야 할 것이다. 그리고 어터슨은 최소한 잠시나마 자신의 힘을 위태롭게 해야 할 것이다. 최소한 잠시나마 어터슨은 아주, 아주 피곤해져야 할 것이다.

의사 가운을 입은 채로 지킬은 3층 진료실의 직원 휴게실에 있는 의자에 몸을 기댔다. 그는 두 시간 동안 어느 환자의 생명을 구하는 수술을 했다. 이제 담배를 한 대 필 수 있다. 어딘가에서 전쟁이 일어나고, 폭격이 계속되고, 누군가는 총탄에 맞거나 불에 타고, 대나무 벽과 초가지붕으로 된 병원이 폭격 대상이 되고 있는 동안, 지킬은 자신의 유능한 손등을 쳐다보고 있다. 털구멍마다 짧고 흰 털이 솟아 있고, 각 털구멍을 잇는 조그마한 선이 거미줄처럼, 항공지도처럼 얽혀 있다.

간호사가 환자의 상태에 대해(빨리 회복되고 있다는) 최종 보고를 하면서 지킬과 노닥거리는 동안에도 전쟁은 계속된다. 뼈의 통증, 내장의 통증, 심장의 통증. 텔레비전은 그날치의 잔인함을 채우기 위해 민간인들의 머리 위로 날아다니는 헬리콥터의 모습을 보여 준다. 골격이 작고 얼굴이 수려한 수많은 사람들, 남자들은 솜털 없는 부드러운 얼굴에 여자들은 허리까지 내려오는 검은 머리를 하고 있으며 중년인데도 아직 어려 보이는, 총검을 든 사람들이 매일 학살당하고 있다. 그들은 어떻게 다시 그 땅을 채울 수 있을까?

일부일처주의자인 지킬은 아내의 다리를 떠올리면서 간호사의 다리보다 더 아름다울 뿐만 아니라, 자신이 이제껏 본 그 누구의 다리보다 아름답다고 생각한다. 간호사는 회복실에서 아직 의식을 되찾지 못하고 있는 환자에게 새로운 약물을 5cc를 투여하라는 지시를 받고 휴게실을 떠난다.

어터슨은 전쟁에 마음 졸이는 것은 영혼을 낭비하는 일이라고 단언했다. 인간의 어리석은 짓은 늘 계속될 것이다. 그리고 대부분의 사람들은 평생 잠만 자면서 바보처럼 인생을 허비하지만, 깨어 있고자 노력하는 몇 안 되는 사람들은 자기를 수양하기 위해 노력해야 한다고 말했다. 전쟁에 대해 느끼게 되는 우울에 대처하기 위해 어터슨은 몇 가지 정신적이고도 육체적인 격렬한 운동을 추천한다. 그리고 『카인과 아벨의 이상한 이야기』의 109장을 다시 읽을 것을 권한다. 자아라는 고통스러운 악기를 조율하는 데 지친 지킬은 자신이 하이드가 될 수 없다고 해도 하이드의 도움을 구할 수는 있겠다고 생각한다.

지킬을 태운 택시가 뉴욕 플랫츠버그 외곽의 큰길가 우편함 옆에 서자, 하이드는 깨진 창유리 너머로 밖을 내다보면서 즐겁게 소리쳤다.

"야아, 누가 이런 곳을 구경 왔는지 보라고!"

뚜껑 열린 우편함에는 광고 전단과 팸플릿이 가득했다. 지킬은 커다란 잔디 광장을 가로질러 현관으로 가서, 젖은 신문지 더미를 넘어서 안으로 들어갔다. 신문은 한 부씩 접혀 고무 밴드에 묶인 채로 현관문 앞에 쌓여 썩어 가고 있었다. 비바람이 치는 날이었다.

하이드는 (초인종도 없고 문 두드리는 고리쇠도 없는) 열린 문에서 빙글 돌면서 지킬의 개버딘 레인코트를 받아 한쪽 구석, 보기 흉한 검은 망토가 걸려 있는 옷걸이에 던졌다. 하이드가 문을 꽝 닫는 소리를 들었을 때 지킬은 쇠사슬을 잠그는 철컥, 소리를 듣기를 기대하는 마음이 반쯤 있었다.

"이것 좀 보시게."

하이드가 으르렁거렸다.

"여전히 인물 좋고 몸도 좋고만. 하나도 안 변했어!"

지킬은 그 칭찬에 대꾸할 수 없었다. 세계무역센터 주변을 계속 빙글빙글 돌아다니는 하이드를 만난 지 석 달 만에, 자기보다 젊었던 그 남자는 무섭게 늙어 있었다. 머리도 많이 빠졌다. 면도도 안 한 지 며칠이 되는 것처럼 보였다. 하이드는 지킬만큼 나이 들어 보였다. 지킬은 아버지 같은 안타까움을 느꼈다.

하이드는 지킬을 종이 상자 위에 밀어 앉히고는, 길다랗고 파란 유리잔에 오렌지 주스를 따른 뒤 무언가를 탔다. 지킬은 곧 그것이 술이라는 걸 깨달았다. 그러고 나서 하이드는 다른 종이 상자 위에 기분 좋게 앉았다.

"웬일이신가요, 의사 양반?"

하이드가 낄낄거렸다.

부서진 등나무 테이블 위에 놓인 두 개의 유리잔은 지킬에게 이상하게 보였다. 지킬이 알기로 하이드는 여자 친구가 떠난 뒤로 혼자 살고 있다. 잔이 두 개라는 건 손님이 올 거라는 걸 미리 알고 있었다는 건가? 내가 올 거라는 걸? 지킬은 하이드에게 오늘 밤 방문하겠다는 편지도 쓰지 않았고 전화도 걸지 않았다. (하이드에게는 전화가 없다.) 누군가가 하이드에게 내가 온다고 이야기했나?

음료를 홀짝거린 후 지킬은 하이드의 집에 대해 물었다.

"이 볼품없는 집에 대해서 불평하려고 여기까지 오신 건 아닐 테지요!"

지킬은 그렇게 매력적인 위험으로 가득한 도시에서 살다가 지금은 시골에서 생활하고 있는 하이드가 혹시 지루하지는 않은지 궁금했다. 희생자를 뒤쫓는 스릴, 경찰에게 쫓기는 흥분감 같은 도시 생활이 없는 곳에서 말이다.

"닦달하지 말게."

지킬이 말했다.

"미안해요."

하이드가 투덜거렸다.

"무슨 생각하고 있는지 들으려고 맨땅에 헤딩하는 기분이네요."

"무슨 일인지 이미 알고 있다는 듯한 행동인데?"

지킬이 대담하게 말했다. 하이드가 어터슨의 통찰력을 얻었을 경우를 대비하여.

"알죠."

지킬은 불안감을 억눌렀다.

"그렇다면 그렇게 성급하게 굴 이유가 없잖나."

"망할. 그렇다고 모든 걸 다 아는 건 아니잖아요."

하이드가 투덜거렸다.

"난 자네가 왜 여기서 계속 사는지 여전히 궁금해."

지킬이 말했다.

"불평 말라고요. 처음 이사 왔을 때 얼마나 쓰레기 같은 집이었는지 봤어야 해요."

하이드는 생각에 잠긴 듯 말했다.

"학교에서 그랬던 것처럼 여기에서도 혼자 작업했어요. 내 두 손으로 직접."

"알아."

지킬은 하이드의 힘줄이 불거진 손을 바라보면서 심란하게 말했다. 하이드의 손등은 거무스름한 털로 덮여 있었다. 시골 생활의 고요함도 하이드의 손톱 물어뜯는 버릇을 고쳐놓지는 못했다는 것을 깨달았다.

"그것 봐요."

하이드가 작은 눈을 의기양양하게 빛내면서 말했다.

"다 알고 있잖아요."

지킬은 우울하게 대꾸했다.

"지금 내 문제를 생각하면 그렇게 비꼬는 건 정말 악취미야."

"악취미란 말이죠."

하이드의 목소리가 불쾌하게 울렸다.

"그게 내 전공이잖아요."

하이드는 쭈그러든 주먹을 그러쥐었다.

"한 번 보여 줘요?"

"아니."

지킬이 말했다.

악취미는 어터슨의 전공이기도 하다. 하지만 슬럼에서 자란 환경에다 선행에는 일절 관심도 없는 하이드에게는 악취미가 자연스러워 보이는 반면, 어터슨의 경우는 지킬에게 고민거리였다. 그것은 아마도 어터슨의 지배 아래 놓인 모든 사람들에게 마찬가지이리라. 어터슨의 상스럽고도 가학적인 유머는 영적인 지도자임을 강조하는 그의 모습과 일치되지 않았다. 어터슨의 동물 같은 냄새가 교활하지만 부인할 수 없는 신성함의 향기와 섞여 있듯이. 하이드에게는 아무런 문제를 느끼지 않는다. 음침한 거실에서 풍기는 화장실 악취는 지킬을 혼란스럽게 하지는 않았다. 의사로서 지킬은 결벽증을 부릴 수 없다. 하이드는 그냥 하이드다. 하지만 어터슨은 늘 어터슨 이상이다. 혹은 그 이하다. 게다가 어터슨은 추종자들에게 자신의 모든 것을 받아들이라고 주장한다. 어떤 것도 빼거나 더해서는 안 된다.

어터슨의 입에서 흘러나오는 말도 마찬가지였다. 어터슨

은 말을 하고 있지 않을 때조차도 입을 벌리고 있다. 음란한, 게다가 긴 이야기. 선한 삶에 대한 진부하고 상투적인 말들. 그리고 참되고 섬세하며 거의 비인간적인 지혜. 그렇지만 어 터슨은 처음 두 가지는 버리고 세 번째만 받아들여서는 안 된 다고 한다. 모든 것을 받아들여야 한다. 그것이 조화로운 발 전, 원만한 성격, 한쪽으로 치우치지 않는 공평함의 비법인 가? 만일 그렇다면 지킬은 길을 찾을 수 없을 것이다. 무능력 하다. 게다가 그것은 비법일 수가 없다. 어터슨은 다른 사람 에게 자신을 따라 하라고 격려하지 않는다. 반대로 제자들을 비웃고 괴롭히는 어터슨의 모습은, 마치 자신의 방자함은 자 신에게만 용인된 것이며 제자들에게는 허용되지 않는다는 것 을 암시하는 듯하다. 그렇지 않다면 왜 학교에서 제자들과 직 원들 모두에게 여섯 시에 일어나 하루 종일 가지를 치고 정원 의 채소를 가꾸고 소젖을 짜고 식사를 준비하고 옷을 꿰매고 잔디를 깎고 도로를 포장하고 새 건물을 짓게 하면서, 자신은 늦잠을 자고 일어나 느긋하게 아침식사를 즐기겠는가? "노동 하라!"는 것은 제자들을 위한 어터슨의 기본 가르침이다. 변 덕스러운 권위와 자유로움의 바다에서 둥둥 떠다니는 것은 오직 자신에게 허용된 것이다.

지킬은 황량한 거실 벽에 걸려 있는 채찍을 발견한다. 그것 은 하이드의 가학적이고 자학적인 탈선행위의 기념품일 것이 다. 어터슨은 마치 야생동물을 길들이듯 제자들을 대한다. 하지만 정신적으로도 육체적으로도 새디즘과 멀지 않으면서도 어터슨은 채찍에 대해서만은 비난한다. 모든 사람이 빛을 내고 에너지를 발산한다는 사실(어터슨에 따르면 이것이 인간의 본질을 구성한다)을 발견한 어터슨은 자신이 발산할 수 있는 에너지의 음역을 사용한다. 제자들을 제압하고, 복종시키고, 괴롭히고, 지배하고, 마침내 해방시키고, 그래서 하나의 진정한 의지가 되도록 하기 위해서. 하지만 지킬은 채찍을 좋아하는 편이다.

그동안 지킬은 담뱃불에 지진 흔적이 가득한 플라스틱 의자로 옮겨 앉았다. 하이드는 잠시도 가만히 있지 못하고 계속 이곳저곳을 왔다 갔다 했다. 하이드는 술을 더 많이 부으면서 오렌지주스를 마시고 있었다. 이번엔 주스보다 술이 더 많았다. 하이드의 취향이 어떻게 그를 악마에서 기인으로 변질시켰는지 보면서, 지킬은 그래도 오렌지주스에 대해서는 호의적으로 생각하기로 했다. 하이드는 늘 비타민 C 결핍이었기 때문이다. 지킬은 손을 흔들어 두 번째 잔을 거절했다.

"망할 놈의 사랑 같으니."

하이드가 탄식했다.

"뭐라고?"

지킬이 물었다.

"내 말은,"

하이드는 거친 목소리를 낮춰 으르렁거렸다.

"망할 놈의 사랑이라고요."

하이드는 두 모금 꿀꺽하더니 잔을 비웠다. 하이드는 도덕적 비열함에 대한 취미를 상실했을 뿐만 아니라, 이렇게 술을 마셔 대면서 성격도 많이 죽은 것 같았다. 지킬은 낙심했다.

"망할 놈의 사랑 같으니라고."

하이드는 한 번 더 씩씩거렸다.

하이드는 등나무 테이블로 가서 병을 비우고 다시 종이 상자로 갔다가 다시 테이블로 가는 등 거실을 왔다 갔다 하고 있었다. 마치 언짢은 고릴라 같았다. 지킬은 하이드가 왔다 갔다 하는 걸 보는 데 지쳐 연한 자주빛 의자에 등을 기대앉았다. 지킬은 물에 잠긴 것처럼 졸렸다. 얼마나 오래 하이드를 쫓아다녀야 하는 걸까? 계속 쫓고 쫓아야 하는 걸까? 지킬은 결코 하이드를 따라잡을 수 없을 것이다. 이상한 걸음걸이에도 하이드는 놀랄 만큼 몸이 가볍고 빨리 걸었다. 올가미로 하이드를 잡을 수도 없다. 어터슨을 올가미로 잡는 건 상상할수 있어도. 육중하게 움직이면서 웬만하면 의자에 앉거나 침대에 누워 있으려고 하는 황소 같으니까. 지킬은 어터슨을 올가미로 잡아서 여기로 끌고 와 하이드와 대화를 계속하는 것을 상상했다. 하지만 지킬이 이야기하려는 사람은 어터슨이 아니라, 방을 빙빙 돌고 있는 이 미친 무지렁이다.

최소한 의사로서 지킬은 하이드의 저런 소모적인 별난 짓에 별 두려움을 느끼지 않았다. 지킬은 하이드의 몸이 좋지 않다는 걸 눈치 챘다. 단추 두 개가 떨어져 나간 구겨진 셔츠 사이로 보이는 새가슴을 보고, 하이드가 살이 빠지고 있으며 기침을 심하게 하고 있다는 걸 읽을 수 있었다.

　　지킬은 심리적 통일성에 대한 자신의 유창하고도 참을성 있는 열망을 다시 한 번 불러일으켜 보기로 했다. 지킬은 의자에 앉아 자신의 열망을 하이드에게 총처럼 겨누었다. 그리고 하이드에게 독백을 시작했다. 하이드는 지킬이 자신의 불만을 이야기하고 인생을 바꾸고 싶다는 진정 어린 욕망에 대해 설명하는 동안에도 계속 잔에 술만 따르고 있었다. 그동안 어터슨은 오이스터 베이에 있는 '인간 잠재력의 세뇌에서 벗어나는 학교'에서 어중이떠중이 제자들과 함께 야영을 하면서 비난을 받고 있다.

　　"하지만 '업적'은 당신한테도 효과가 있지 않았나요?"

　　하이드는 여전히 돌아다니면서 웅얼웅얼 말했다.

　　그것이 큰 효과가 있었다는 것을 어떻게 지킬이 부인할 수 있겠는가? '업적' 없이는 오늘날 이렇게 재능 있는 의사가 되지도 못했을 것이며, 이렇게 침착하고 자제력 있으며 꾸준하고 자기 성찰적 인간이 되지 못했을 것이다. 그리고 동료나 부하 직원, 환자에게 그렇게 쉽게 신뢰를 주고 자신의 의지를 관철시키지 못했을 것이다.

"어터슨이 문제는 아니야."

지킬은 인정했다.

"문제는 바로 나야."

"이해가 안 되는데요."

하이드는 별안간 구석에 풀썩 주저앉으면서 투덜거렸다.

"그건, 모든 걸 포기하고 싶은 거야. 내가 되고 싶은 건……. 웃지 마! 나는 네가 되고 싶어."

"얼씨구!"

하이드는 쥐같이 생긴 이마를 손바닥으로 쳤다.

"중산계급의 헛소리 그 자체로고만! 내가 되고 싶다고?"

그는 바닥에서 비틀거리면서 일어났다.

"내 쓰레기 같은 인생을 살고 싶다고? 이봐 당신! 당신은 언젠가 친애하는 그 머리를 깨끗이 청소해야 할걸."

지킬은 말했다.

"하지만 자네 인생이 그렇게 우울하면 왜 다시 도시로 돌아가지 않는 거지?"

"그래서 경찰에 잡혀가라고? 고맙기도 하셔라!"

"모든 걸 준비해 줄 수 있어. 알잖나. 라니언에게 이야기해 놓을게."

"그 개자식한테?"

하이드는 술병을 빙빙 돌렸다.

"노망난 늙은이."

"아니야. 게다가 자넨 지금 취했어."

"당신이 그 가짜 변호사에게 주사를 놓아 살려놓는다고 해서 그 인간의 건강까지 변호해야 할 필요는 없죠."

하이드가 핏대를 올렸다.

"라니언은 기저귀 훔치다 걸려서 교도소 신세 지게 된 어린아이를 감형시켜 줄 지방검사도 제대로 구하지 못할 걸요."

"너무 많이 마시지 말게. 간이 어떻게 되겠나?"

"이보세요, 진정하시죠."

절뚝거리면서 돌아다니던 하이드가 발을 멈추고 비웃었다.

"자국을 보고 싶어요?"

하이드는 셔츠 왼쪽 소매를 더듬거리더니 팔꿈치까지 끌어올렸다.

"자, 이제 나는 완전히 깨끗하다구요! 이게 다, 술 덕분이지!"

하이드는 술병을 두들기더니 등나무 테이블 위에 쾅 하고 내려놓았다. 어터슨은 알마냐 잔을 높이 올리고는 식당의 긴 타원형 테이블을 훑어본 다음 건배했다. 건배할 때 그가 가장 좋아하는 주제는 멍청이에 관한 것이다. 몇 년 전 아주 기분 좋게 저녁식사를 하면서 어터슨은 정신적 지진아에 대한 분류법을 만들어 냈다. 그 '멍청이들'은 영리한 범주와 하위 범주들로 나눌 수 있는데, 어터슨은 당시 테이블에 있었던 사람들 각각에게 어떤 멍청이인지를 지정해 주었다. 그 놀이는 지금도 계속되고 있으며, 제자들은 자기들끼리 신경질적으로 질문을 주고받는다. 어터슨이 마지막 결정을 내리는 결정권자다. 어터슨은 알마냑을 홀짝거리면서 히죽 웃었다.

지킬은 계속 이야기하고 있다.

"도시로 돌아가는 게 싫다면, 다른 곳으로 가서 사는 건 어때? 우리는……."

그는 잠시 머뭇거리다가 눈 딱 감고 말했다.

"우리는 다른 곳으로 함께 갈 수 있어. 내 말은, 내가 자네와 함께 가겠다고."

그러자 잠시 동안이긴 했지만 하이드가 동작을 멈추었다.

"대체 뭣 때문에 그러는 건데? 이봐요, 정말 맛이 갔고만!"

지킬은 머리 가죽이 쭈뼛거리는 걸 느꼈다.

"미친 소리처럼 들리는 거 아네."

지킬이 잠시 말을 멈추었다.

"하지만 한 곳에서만 살 필요는 없어. 일 년 내내 여행을 할 수도 있고."

"어이, 그게 뭔 말이에요? 지금 나한테 치근덕거리는 건가? 오랫동안 행복하게 결혼 생활을 하다가 어느 날 동성애자라는 걸 알았다는 그런 식은 아니겠죠. 아, 이것 봐, 너무

심한 거 아냐!"

그러더니 하이드는 바닥에 쓰러져 개처럼 벌렁 드러눕더니 배꼽을 잡고 웃었다.

"그만 해, 에디!"

의자에서 몸을 앞으로 기울이고 있던 지킬은 당황했다.

"그런 게 아니라는 걸 알잖아. 그건, 내가 부족하다고 깨달은 건, 상상력이야. 무슨 말인지 알겠어?"

하이드는 가냘픈 다리를 공중에서 흔들면서 손을 갈비뼈에 대고 웃음을 참으려고 애쓰고 있었다.

"그래서, 나하고 같이 다니면,"

하이드는 켁켁 대며 기침을 하면서 자리에 앉았다.

"훨씬 더, 상상력이 풍부해질 수 있다?"

"물 좀 마셔."

하이드는 무뚝뚝하게 손을 흔들면서 휘청거리며 일어섰다.

"이해를 못 하겠어."

하이드는 씨근거렸다.

"경력이고 나발이고 다 쓰레기통에 처넣고, 아파트도 버리고, 아내도 떠나고……."

"아니."

지킬이 끼어들었다.

"아내는 같이 데리고 갈 거야."

"멋진데!"

하이드는 코웃음을 쳤다.

"좋아, 아파트도 버리고, 아내도 일상에서 끌어내고, 어터슨하고도 작별하고, 당신이 무슨 슈바이처 박사나 되는 줄 알고 병원에서 줄 서서 기다리는 그 불쌍한 흑인들도 모두 퇴짜 놓고, 그 예쁜 간호사들도 다 버리고……."

지킬이 고개를 끄덕였다.

"대체 뭣 때문에?"

"왜냐하면 나는 자유롭지 않으니까."

"자유!"

하이드는 술에 취해 폭발했다.

"철 좀 들어요, 이 다 큰 어린애야."

"하지만 그게 사실이야. 내 삶은, 모든 것이 잘 짜여 있어. 새로운 일이란 생기지 않을 것 같아. 내 말은, 내 삶이 너무 뻔하다는 거야. 나는 서른아홉이고, 건강상으로나 가족력으로나 아흔 살까지는 살 거야. 하지만 벌써 부고문까지 쓸 수 있을 정도야."

"다 큰 마마보이로고만!"

"그 이야기는 아까 했잖아."

"자유라고!"

하이드는 주먹으로 눈을 비볐다.

"완전히 늙은이야!"

"맞아."

지킬이 말했다.

"그래서 자네와 있는 게 나는 좋은 거야."

"쳇. 내가 당신을 도와줄 거라고 생각하지 말아요! 내 문제도 잔뜩 있는데."

하이드는 다시 방을 빙빙 돌기 시작했다.

"조금만 더 있으면 행복에 대해서 이야기하겠군."

그는 걸음을 멈추고 지킬을 노려보았다.

"아니면 사랑이든지."

조그만 눈이 반짝거렸다.

"이것 봐, 에디, 그 여자는……. 어쨌든 정말 유감이야."

하이드의 거무스름한 얼굴이 낯빛으로 변했다.

"일이 그렇게 되어서, 정말 유감이야."

"망할 놈의 사랑 같으니라고."

하이드는 신음했다. 그러고는 왼쪽 손등으로 코를 쓰윽 닦더니 잔에 술을 따랐다.

하지만 아무리 절망했다고 하더라도 하이드는 쉼 없이 계속 흉측하게 움직여 댔다. 지킬은 잠이 오기 시작했고, 지금이 몇 시인지 생각했다. 지킬은 의자에서 일어나 머리 위로 손을 뻗었다.

"집에 가지 말아요!"

하이드가 새된 소리를 질렀다. 지킬이 손을 내리자 하이드가 지킬 쪽으로 풀썩 뛰어왔다.

"어쨌든 오늘밤엔 여기에서 자고 가야 해."

하이드는 시계를 지킬의 가슴 쪽으로 갖다 보이면서 거의 횡설수설하듯이 속삭였다.

"당신은 마지막 기차를 놓쳤어."

지킬은 고개를 끄덕였다. 하지만 자리에 앉지는 않았다.

"이젠 또 뭐가 문제지?"

하이드가 싸움할 기세로 물었다.

"배가 고픈데."

"어떡하지?"

하이드는 곁눈질을 했다.

"나는 배가 별로 안 고픈데."

지킬은 하이드를 한쪽으로 밀어 버리고 복도의 화장실로 향했다. 변기 물을 내리려 하자 하이드가 문을 두들기기 시작했다. 지킬은 고리를 잡아당겼지만 별로 반응이 없었다.

하이드는 계속 문을 두들겼다.

"어이!"

그는 문을 걷어찼다.

"엄마한테 뭐든 후딱 만들어 달라고 하지."

"여기 어머니하고 같이 살아?"

지킬이 문 안쪽에서 물었다.

"그럼."

하이드는 다시 문을 걷어찼다.

"그때 그 좌파연합 이후로……."

"하지만 자넨 어머니를 싫어하잖아! 예전에 그렇게 얘기했 잖아?"

"그래서, 뭐요!"

하이드가 소리쳤다.

"엄마는 엄마대로 살고, 나는 나대로 사는 거지. 방해 안 해."

지킬은 문을 열었다.

"내 문제로 자네를 귀찮게 하는 게 아니었는데."

하이드는 바로 바깥에 있었다.

"별 거 아냐!"

하이드의 입이 친밀감의 표시로 경쾌하게 일그러졌다. 그 러자 치석 낀 이빨이 드러났다.

"어쨌든 들러 줘서 기뻐. 머리가 돌아서 여기 왔다고 해도 기분은 죽이는데."

지킬은 하이드를 설득하겠다는 희망을 이미 버렸지만, 다 시 한 번 얘기했다.

"내 입장이 되어 보려고 노력해 봐."

지킬은 덧붙였다.

"농담해요? 내가 왜 그래야 하는데?"

하이드가 으르렁거렸다. 그 순간에 어터슨은 앉아 있는지 누워 있는지 모르겠지만, 제자들 중 하나에게 자기 말을 잘 들으면 진리가 얼마나 우스운 것인지 알게 될 것이라고 말하는 중이었다.

다음 날 아침, 창백한 얼굴을 한 하이드의 어머니가 머핀 한 조각과 네스카페 한 잔을 침대에 누운 지킬에게 가져다주었다. 그동안 어터슨은 졸린 눈을 한 풀에게서 아침식사 시중을 받고 있었다. 지킬은 하이드에 대해 물어보고 싶었다. 일어는 났는지, 숙취로 고생하고 있는 건 아닌지. 하지만 단념하고는 다시 잠드는 척하면서 배를 감싸고 드러누웠다. 그 할머니한테 질문을 했다가는 두 배로 돌려받게 될 것이었다. 지킬은 전쟁의 규칙을 기억했다. 진주만에서처럼, 주변 소음 때문에 진짜 신호, 즉 다른 메시지를 알아듣기 어렵다는 규칙말이다.

하이드의 어머니가 다락방을 나가자 지킬은 침대에서 일어나 머핀을 먹었다. 키 큰 플라타너스 나무가 창밖 색 바랜 슬레이트 지붕 위로 뻗어 있었다. 길거리 도랑은 나뭇잎으로 막혀 있었다. 캐시미어 실내복을 입은 어터슨은 복도로 나가더니 제자들에게 밖에 가서 나뭇잎을 갈퀴로 긁어모으라고 소리를 질렀다. 지킬은 입고 왔던 무명 바지와 코듀로이 자켓을 걸쳐 입고 부엌으로 통하는 계단으로 내려갔다. 부엌에서 하이드의 어머니는 방송에서 나오는 전쟁 장면을 보느라 꼼짝 않고 있었다. 지킬은 거실로 들어갔다. 하이드가 구석에 무릎을 꿇고 앉아 자전거를 고치고 있었다. 할리데이비슨이 아니라 자전거를 탄 하이드를 생각하니 이상했다.

"일어난 지 좀 됐나 보네?"

하이드는 지킬을 올려다보며 끙끙거렸다. 어젯밤과는 전혀 다른 사람인 것 같았다. 눈은 반짝거리고, 몸은 더 인간답고 더 생기 넘치며 잔인하고 섬뜩해 보였던 것이다. 하이드는 드라이버로 머리 벗겨진 부분을 긁었다.

"날씨가 무척 좋군. 그렇지 않나?"

지킬이 계속 이야기했다.

"잘난 척 좀 그만 해요."

하이드가 위협적인 어조로 말했다.

"나도 원하기만 하면 얼마든지 당신들 대학 나온 사람처럼 말할 수 있다고."

하이드는 다시 자전거로 몸을 돌려 펜치를 들고 작업을 계속했다. 지킬은 우물쭈물 서 있다가 하이드 쪽으로 한 발 더 다가갔다.

"일요일 기차 시간표가 어떻게 되지?"

"이제 집에 가시려고?"

"저녁때까지는 들어가야 해."

하이드는 바닥에 펜치를 쿵 하고 내려놓고는 면도날처럼 마른 엉덩이 위에 손을 올려놓았다.

"같이 어딘가로 떠나서 영원히 행복하게 살자는 거 아니었어요? 은행이나 털면서? 보니와 클라이드처럼?"

하이드는 목소리를 높였다.

"맞아."

지킬이 말했다.

"그런데 기차 시간표는 어떻게 되는데?"

"남편께서 집에 제시간에 들어가실 수 있게 3시 40분 기차가 있죠."

지킬은 부아가 나서 몸을 돌렸다.

"잠깐!"

하더니 하이드는 일어서서 연장통과 자전거 사슬을 건너 지킬 앞에 섰다.

"지난밤에 했던 시답잖은 이야기에 대해 생각해 봤는데 말이야……."

지킬은 외면했다.

"들어 봐, 생각이 있어요. 당신은 내가 필요 없어. 그냥 혼자서 하도록 해요."

"무슨 소리야?"

지킬이 물었다.

"아무 거나 하라고요! 폭력적인 걸로."

하이드가 소리를 낮추었다.

"눈먼 신문배달부를 털어. 어린아이를 추행해. 호모를 습

격해. 어터슨을 목 졸라!"

지킬의 얼굴이 창백해지는 것을 본 하이드는 말을 멈추고 허벅지를 쳤다.

"딱 걸렸군. 그렇지?"

하이드는 지킬을 놀렸다.

"이런, 그 밝히는 늙은이가 당신 거시기를 꽉 잡고 있나 보네. 그 작자가 가진 것 중에서 당신한테 좋은 것만 가지고 도망쳐 버려. 나처럼 말이야."

자신의 말을 증명이나 하듯 하이드는 한쪽 발로 방을 깡충거리며 뛰어다녔다.

"이봐요, 당신 범죄라는 걸 저질러 본 적이 있어?"

지킬은 대답하지 않았다. 지킬은 자신이 상상 속에서 저질렀던 그 모든 범죄에 대해, 그리고 상상도 해 본 적이 없는 모든 실제 범죄에 대해 생각했다. 힘만 있다면, 육체적인 힘이 아니라 도덕적인 힘만 있다면, 어터슨의 두꺼운 목에 손을 갖다 댈 것이다.

"당신도 알잖아요."

하이드가 비웃으며 말했다.

"폭력 말이야. 폭, 력."

"나도 알아."

지킬이 으르렁거렸다. 지킬은 심장이 수축되는 통증을 느꼈다.

"그런데 무슨 폭력이냐고?"

"글쎄……."

하이드는 생각하는 듯한 몸짓을 과장해서 취하면서 잠시 말을 멈췄다.

"설마 어터슨을 죽일 생각은 아니겠지. 그렇죠? 그러면, 좀 쉬운 걸로 시작하는 게 어때요? 학교에 불을 지른다든지 말이야. 당신은 아무도 죽기를 바라지 않을 테니까."

"내가 할 수 있을 거라고 생각해?"

"시도는 할 수 있지."

하이드는 멈춰 서서 코를 팠다.

"아마 누군가에게 도와 달라고 할 수도 있고."

"도움은 필요 없어."

"어, 그러서? 지난밤에는 그런 분위기가 아니었던 것 같은데."

집으로 가고 싶은 지킬은 코트가 걸린 옷걸이 가까이 서 있었다.

"생각해 봐요."

마치 새로운 에너지를 얻은 것처럼 하이드가 낮게 말했다.

"누군가가 벌써 학교를 파괴하려고 계획하고 있다고 한다면 말이죠."

"정말인가?"

"믿지 못하는군."

하이드의 얼굴이 붉어졌다.

"자네가 그걸 어떻게 아는지 설명해 준다면 믿지."

"내 정보원을 밝힐 수는 없죠."

하이드는 목청을 가다듬더니 바닥에 침을 뱉었다.

"언제인지는 가르쳐 주죠. 이번 달, 10월 16일 밤이에요."

지킬이 느끼는 것은 부러움인가, 공포인가?

"어터슨한테 얘기할 건가?"

하이드는 대답하지 않았다. 하이드는 자전거 주변을 깡총거리며 돌아다녔다.

"얘기해야 돼!"

지킬이 말했다.

"왜요?"

하이드가 사납게 소리쳤다.

"그 자식은 텔레파시도 있고 초능력도 있고, 있을 건 다 있잖아? 그 불쾌한 놈이 스스로 알아내게 내버려두자고요."

지킬은 여기에 대해서 대답하지 않았다. 그건 마치 싸구려 함정 같았다. 우리는 모두 같은 공간에 살고 있지 않은가? 지킬은 범죄에 대해 생각했다. 그리고 어터슨에 대해 생각했다.

어터슨의 말을 인용하면, "악마가 너무 오래 갇혀 있으면 으르렁거리며 뛰쳐나오기 마련이다." 지킬은 깨진 유리창 너머 구름 사이로 보이는 파란 하늘에서 무언가가 자신을 향해 오고 있다는 느낌을 받았다. 바깥의 소리, 냄새, 온도에서도 뭔가가 오고 있었다. 자신이 멀리하려고 하는 그 무언가가. 그러다 지킬은 자신을 그저 내맡겨 두었다. 어떤 목소리가 계속해서 속삭이고 있었다.

"자유, 자유, 자유!"

한때 지킬은 다음과 같은 장면을 목격한 적이 있었다. 어느 나이 지긋한 백발 신사가 여름날 밤에 리버사이드 드라이브를 따라 걷고 있었다. 그 신사는 컬럼비아 대학에서 학생들을 가르치고 있는 독일계 유대인 망명학자일 것이다. 그리고 젊고 작으며 검은 가죽잠바를 입은 또 다른 사람이 노신사를 향해 걸어오고 있었다. 둘이 서로 가까워지자 노신사는 위엄 있고 근엄하게 고개를 끄덕이더니 발걸음을 멈췄다. 아마도 길을 물어 볼 모양이었다. 어딘가를 가리키고 있었다. 평온하고 아름다운 얼굴이었다. 키 작은 청년은 들고 있는 기타를 툭툭 치면서 노신사를 쳐다보고 대답도 하지 않고 그저 서 있었다. 그러더니 낡은 비행기의 프로펠러처럼 청년은 서서히 분노에 몸을 떨기 시작했다. 청년은 진흙이 묻은 발을 쿵쾅거리면서 기타를 휘둘러대기 시작했다. 노신사는 놀라거나 두려워한다기보다는 역겹다는 표정으로 한 걸음 물러섰다. 아마도 미친 사람들이 거리를 돌아다닌다는 이야기는 들었을 것이지만 한 번도 만나 본 적은 없었을 것이다. 노신사는 다시 한 걸음 더 물러섰다. 키 작은 청년은 기타로 노신사를 때리기 시작했다. 갑작스러운 타격이 희생자의 머리와 가슴, 다리에 사정없이 가해졌다. 노신사는 신음하면서 한 번 혹은 두 번 경련을 하더니 움직이지 않았다. 청년은 콧노래를 흥얼거리면서 반항도 하지 않는 시체를 계속해서 패고 쑤셔 댔다.

문간에 서서 거리를 내려다보던 지킬은 그 청년의 노래를 함께 흥얼거렸다.

"무슨 상관이야?"

하고 목소리가 말했다. 가난하고 버림받은 수많은 사람들이 죽어 가는 것을 본 지킬, 그리고 수많은 생명을 살리고 수많은 몸을 이어 붙여 건강을 되찾아주었던 지킬이었기 때문에 한 번, 단 한 번 동정심 없이 사태에 개입하지도 않고 꿈을 꾸듯 모든 것을 쳐다보았다는 것은 용서받을 수 있을 것이다. 저 노신사의 뼈를 부러뜨려 놓은 저자는 누구인가? 만약 하이드였다면 말렸어야 했으리라.

지킬은 자신만의 행동을 하면서 살 수 있는 에너지를 찾고 있다. 마음속으로는 내일 아침 라니언에게 받아쓰게 시킬 새로운 유언장을 벌써 작성하고 있는 중이었다. 하이드가 도움을 줄 가능성은 희박해 보였다. 지킬은 자신이 괴물들의 세계에 홀로 남겨졌다는 것을, 선한 마법사와 악한 마법사 사이의 투쟁이란 환상이거나 착란에 불과하다는 것을 깨달았다. 지킬은 자신의 지도자를, 두목 마법사, 선과 악을 넘어선 유일한 사람, 자신을 혼란스럽게 하기도 하고 유혹하기도 하는 사람을 찾아가야 한다. 어터슨에게 열려 있는 모든 줄을 통해 에너지를 보내 달라고 하자. 그리고 이번에는 결코 되돌려주지 않을 것이다.

어터슨이 오이스터 베이에 있는 침대에서 뒹굴면서 풀이 카펫을 문지르는 것을 쳐다보고 있는 동안, 그리고 하이드가 플래츠버그에서 다시 자전거에 몸을 웅크리고 앉아 있는 동안, 함께 플래츠버그에 있던 지킬은 코트에 팔을 넣고 있었다. 하이드는 다시 지킬을 올려다보았다.

"기다려요!"

하이드가 소리쳤다.

"생각이 바뀌었어요."

가슴에 느껴지는 통증에 의식을 집중하면서, 푸른빛이 이 순간 어터슨에게서부터 나오는지 아닌지에 대해 생각하던 지킬은 찌르는 듯한 불안을 느꼈다.

"뭔데?"

"당신이 옳았을지 몰라요. 어젯밤에 말했던 것 말이야."

하이드의 목소리에는 뭔가 기이하고도 냉정한 암시가 있었다.

"도시로 다시 돌아가는 것 말이죠."

"어머니는 어떡하고?"

지킬은 필사적이었다.

"뒤지든지 말든지."

하이드는 흥겹게 소리쳤다.

"당신하고 같이 갈래요!"

그러더니 하이드는 자전거 주위를 춤을 추면서 돌았다. 코사크 사람들이 그러는 것처럼 말라빠진 다리를 앞으로 차면서, 왼쪽 팔은 머리 위에 올리고, 오른손에 있는 망치로 오토바이 흙받이를 두드리면서 춤을 췄다.

"이 자전거를 고치고,"

하이드는 앞쪽 흙받이를 망치로 세게 두들겨 움푹 들어가게 했다.

"그런 다음 위층에서 청바지와 스웨터를 가지고 와서……."

"따라오지 마!"

지킬이 고함을 질렀다.

"들어 봐요, 이 친구야."

하이드는 커다란 펜치를 들고 으르렁거리면서, 앞바퀴 살을 하나씩 잡아당겼다.

"원한다면 기차를 탈 수도 있어요. 여기는 자유국가 아니겠어?"

지킬은 옷걸이에서 검은 망토를 홱 낚아채더니 하이드에

게로 달려가 하이드를 망토로 덮고는 바닥에 있던 자전거 체인을 움켜쥐었다. 지킬이 체인으로 하이드를 한 번, 두 번, 세번 치자 하이드는 암탉 소리를 내면서 몸을 버둥거렸다. 결국 하이드를 죽이지는 못했지만, 그 순간 지킬은 정말 죽일 생각이었다. 똑같은 순간에 어터슨은 오이스터 베이에 있는 침대에서 전화기를 들고 경찰서로 다이얼을 돌렸다.

어터슨은 연구실의 칠판 앞에 서 있다. 지킬은 어둡고 축축한 감방의 침대 가장자리에 앉아 있다. 지킬은 이미 두 달 동안을 독방에서 보냈다. 독방에 있는 이유는 그의 살인미수가 너무 중죄이기 때문이 아니라, 수감된 지 일주일 되었을 때 식단을 개선해 달라는 수감자의 파업에 동참했기 때문이었다. 파업은 폭동으로 변해서 인질로 잡혀 있던 간수 두 명의 목이 잘렸다. 죄수들은 대부분 흑인이거나 푸에리토리코계 사람들이었는데, 그들과 공동 전선을 구축하는 것이 자신의 의무라고 인정한 지킬은 결국 다른 사람들보다 더 가혹한 처벌을 받게 되었다. 간수들은 지킬을 학대했고, 알바니에서 왔다는 협상자와 교섭할 때 대변인으로 자신을 뽑았던 죄수들은 지킬이 너무 강경하게 나가는 바람에 주지사가 주방위군에게 쉽게 서쪽 교도소를 일망타진하라는 명령을 내리게 되었다고 생각하고 있었다. 방위군의 공격으로 죄수 열세 명이

사살되었고, 이 와중에 지킬을 제외한 다른 주동자들이 모두 죽었다.

날씨가 몹시 추웠다. 몇 년 만에 가장 춥다는 1월의 어느 날이었다. 지킬은 아직도 12월이라고 생각하고 있다. 12월이건 1월이건 간에 혹한은 사그라들지 않을 거라고 했다. 교도소는 기술적으로는 난방이 되고 있다고 말할 수 있었다. 석탄이 정기적으로 배달되고 있으며, 배달된 석탄은 아궁이로 들어가고 있었기 때문이었다. 하지만 열기는 지킬을 비롯하여 독방에 감금된 죄수들의 감방까지 들어오지는 않았다. 지킬은 코가 항상 차가운 것이 걱정이었다. 발도 그랬다. 죄수가 교도소에 처음 도착하면 슬리퍼가 제공된다. 낡기는 했지만 놀랍게도 진짜 가죽으로 되어 있는 슬리퍼였다. 하지만 사이즈가 너무 컸다. 죄수들은 양말을 신을 수 없다. 한때 건강광이었던 지킬은 지금은 64킬로그램밖에 나가지 않을 정도로 극도로 쇠약해졌다. 어터슨이 연단에서 너무 많이 돌아다닌다면 지킬은 쓰러져 버릴 것이다.

연구실에서 어터슨은 젊고 열정적인 제자들에게 이렇게 말하고 있었다.

"이미 가고 없는 우리 형제자매들을 기억하라."

오늘이 12월 14일이라고 생각하고 있는 지킬은 지난 일요일이 아내의 생일이었다는 것을 기억해 냈다.

아내의 사촌인 리처드 엔필드는 교도소 동쪽으로 이감된 지킬에게 면회를 왔다. 그곳은 독방이 아니라 둘씩 수감되는 감방이었다. 어제 침대 위층에서 뛰어내리다 사고가 난 지킬은 오른발에 깁스를 하고 있었다. 지킬은 그 덕분에 바닥에서 천장까지 창살로 나뉘어 있는 긴 직사각형 모양의 면회실에서가 아니라 자신의 감방에서 방문객을 맞으라는 허가를 받았다.

"그런 짓을 하려고 하다니, 정말 어리석었어요."

엔필드는 스스럼없이 말하려고 노력했다. 처음에 지킬은 엔필드가 자신의 아킬레스건과 발목을 부러뜨린 멍청한 짓에 대해 이야기하고 있다고 생각했지만, 곧 하이드를 죽이려 했던 일을 이야기하고 있다는 것을 깨달았다. 하지만 기분 나쁘지는 않았다. 이미 점심때 사랑하는 아내를 면회했기 때문이었다. 아내는 초콜릿 한 박스와 양념 통닭을 한 마리 가져왔다. 지킬은 폭동 때 간수의 목을 땄던, 과거 헤로인 거래를 하다 들어온 감방 동료와 초콜릿을 나누어 먹었다. 하지만 감방 동료가 다행히 통닭은 먹으려 하지 않아서, 지킬 혼자 다 먹었다. 지킬은 벌써 살이 약간 붙었다. (68킬로그램까지 쪘다.) 감방도 그다지 춥지 않았다. 하지만 엔필드는 지킬이 정말 안좋아 보인다고 생각했다.

지킬은 자신이 수갑을 차고 있다고, 그리고 팔목에서 시작되는 쇠사슬이 어터슨의 침실 손잡이까지 이어져 있다고 상상한다. 만약 자신이 손을 확 잡아당긴다면 어터슨의 침실 문을 열 수 있을 것이다. 물론 문이 열릴 때 열네 살짜리 하인 풀의 머리를 치지 않게 조심해야 한다. 그러면 그 방에서 한밤중에 벌어지고 있는 음란한 행위를 볼 수 있을 것이다.

"필요하신 건 없어요?"

엔필드가 물었다.

"물론."

지킬이 말했다.

"누군가 죽었다는 소식을 갖다 줘."

엔필드는 연민과 역겨움으로 몸을 돌리고는 간수에게 문을 열어 달라고 했다.

"문 닫을 때 조심해."

지킬이 말했다.

"외풍이 들어오지 않게."

지킬의 감방 동료는 위층 침대로 올라가서 초콜릿 묻은 얼굴을 베개에 묻고 불쾌한 듯 구시렁거리고 있었다. 낮잠을 자고 난 어터슨은 커다랗고 불결한 침대 위를 뒹굴면서 풀에게 커피를 갖다 달라고 소리를 질렀다. 이제 일어나 연구실에 있는 제자들에게 가서 내면의 단련과 이기심의 적절한 사용에 대해 강의할 시간이다. 지킬은 문이 쾅하고 닫히는 것을 지켜본다.

마침내 늙고 병약한 라니언이 지킬이 고대하던 소식을 가지고 왔다. 하이드가 자살했다는 것이다. 지하실에서 목을 맸다고 한다.

이제 이 주일이 지났기 때문에 지킬은 면회실에서 라니언을 만나야 했다. 하지만 아침에 침대에서 변기 쪽으로 목발을 짚고 비틀거리면서 가다가 왼쪽 발목에 다시 금이 갔다. 의사는 방금 퇴근했고, 새로 한 분홍색 깁스는 아직도 축축했다.

"당신 변호사로서 말하자면, 이 소식이 당신의 가석방에 영향을 끼칠지 아닐지 잘 모르겠소."

내 발, 하고 지킬은 생각했다. 아니, 내 발이 아니다.

라니언은 여전히 계속 이야기하고 있었다.

"살인하려 했던 희생자가 어떤 이유에서든 곧 죽었다고 하더라도, 살인미수는 살인미수지요."

"메모를 남겼나요?"

지킬은 쉰 목소리로 물었다.

라니언은 지킬에게 작은 봉투를 넘겼고, 지킬은 그것을 열어 보았다. 그 안에는 공책에서 뜯은 종이가 있었고, 그 위에 커다란 입술이 찍혀 있었다. 라니언은 지킬의 어깨 너머로 보려고 했지만, 지킬은 즉시 종이를 구겨서 오른쪽 깁스 안으로 쑤셔 넣었다.

"뭐라고 되어 있죠? 가석방 위원회에 넘길 서류에 유용하게 쓸 수도 있는데."

지킬은 고개를 흔들었다.

"다른 메모는 없나요?"

지킬은 냉담하게 물었다.

"어터슨에게요."

"뭐라고 되어 있던가요?"

"10월 16일에 학교를 방화하려 했다고 인정하더군요."

"허세를 부리다니, 불쌍한 녀석 같으니라고."

지킬은 실망감을 감추면서 말했다.

"시끄러워! 잠 좀 자자!"

위층 침대에 있는 살인범이 투덜거렸다.

잠시 침묵이 흐른 뒤 지킬은 자신의 잘생기고 깡마른 손을 내려다보면서 물었다.

"그래, 어터슨은 거기에 대해서 뭐라고 하던가요?"

"어터슨을 알잖소."

라니언은 귀에 거슬리는 소리로 웃으면서 말했다.

"만약 하이드가 성공했다고 하더라도 자기는 괜찮다고 하더군요. 누구든 자신이 하고 싶은 걸 할 자유가 있다고."

"아, 자유라……."

지킬은 아내가 그날 아침 가져다준 바닐라 과자를 우적우적 씹었다. 침대에 편안하게 기대어 장딴지 중간까지 깁스를 한 두 다리를 여분의 베개 위에 올려놓고 지킬은 미소를 지으면서 말했다.

"나한테 자유에 대해서 이야기하지 마시오."

Susan Sontag

미국의 영혼들

American Spirits

미국이여, 그대에게 경의를 표한다. 특히 아름답지 못한 부분에 대하여. (…) 밖에서는 친절하고 재미있으면서 안에서는 비열한 그대와 그대의 국민들을 나는 최대한 좋게 보려고 노력했다. 나는 내 인생을 그대를 발견하는 데 보냈다. 다시 말하면, 나 자신을 발견하는 데.

이 이야기는 어느 복잡한 곳, 예를 들면 좀 더 세련되기는 했지만 어쨌든 그레이하운드 버스 정류장과 비슷한 어느 곳에서 시작된다. 주인공은 흠잡을 데 없는 백인 청교도 집안에 균형 잡힌 몸매를 가진 대담한 젊은 여성이다. 그녀가 가진 눈에 보이는 유일한 결점이 있다면, 그녀의 이름 '평면얼굴(플랫페이스)'이 보여 주듯 얼굴이 다소 납작하다는 것이다.

무의식적으로 쏠리는 시선에 희롱 당한 평면얼굴 아가씨는 자신만의 색정의 역사를 만들어 가기로 마음먹었다. 벤저민 프랭클린과 토마스 페인*의 영혼이 쉰 목소리로 그녀의 귀

---

*벤저민 프랭클린Benjamin Franklin과 토마스 페인Thomas Peine은 미국 독립전쟁 초기에 영향을 미친 저술가들로, 독립적이며 근면성실하고 금욕적인 삶을 강조했다. 옮긴이

에 유혹의 말과 경고의 말을 속삭였다.

평면얼굴 아가씨는 치마를 들어올렸다. 모두들 헐떡거리는 소리가 들렸다.

"섹스는 안 돼, 섹스는 안 돼."

하고 군중들이 노래했다.

"누가 그런 얼굴에 성욕을 느끼겠어?"

평면얼굴 아가씨는 흰 타일로 덮인 벽에 기대면서 "나랑 해 봐." 하고 용감하게 중얼거렸다. 그들은 미동도 않은 채 계속 평면얼굴 아가씨를 비웃었다.

그러자 하얀 반바지와 격자무늬가 있는 셔츠를 입고 외눈 안경을 쓴 '음란' 씨가 방으로 뛰어들어왔다. 음란 씨는 평면얼굴 아가씨에게 추파를 던지고는 평면얼굴 아가씨가 입고 있는 나일론 블라우스를 단추도 풀지 않고 찢어 젖히면서 말했다.

"당신들의 문제는 말이지, 원칙을 가지고 있다는 거지. 지나치게 심미적인 게 당신들의 문제야."

음란 씨는 강조라도 하듯이 평면얼굴 아가씨를 한 번 확 밀었다. 평면얼굴 아가씨는 놀라서 그를 뚫어지게 쳐다보았다. 눈꺼풀이 바르르 떨렸다.

"솜털 보송보송한 비둘기 다루듯 부드럽게."

음란 씨는 이렇게 말하면서 넋 나간 관객들에게 보란 듯이 평면얼굴 아가씨의 왼쪽 가슴을 그러쥐었다.

"어이, 알다시피 난 당신 남편이라고."

어느 건장한 젊은 사내(그의 이름은 짐이었다.)가 군중 속에서 나왔다.

"평면얼굴 아가씨는 저 여자의 처녀 시절 이름이야. 집에서는 평범한 짐 존슨 여사라고. 자랑스러운 아내이자 세 아이의 엄마, 게다가 어린 보이스카우트 대원들의 지도자이고, 우리 애들이 다니는 그린그로브 학교 학부모회 부회장이야. 지역 여성유권자동맹의 기록 담당이기도 하고 말이야. 경품권을 아홉하고도 4분의 3권이나 가지고 있는데다가, 올즈모빌 자동차를 몰지. 내가 당신을 그냥 봐줬다가는, 저 여자의 엄마, 그러니까 우리 장모님은 완전히 미쳐버릴걸."

짐은 말을 잠시 멈추었다.

"내 말은, 당신, 음란 씨 말이야, 당신을 그냥 봐줬다간 말이지."

"그게 나을걸."

하고 음란 씨는 말했다.

"짐."

평면얼굴 아가씨가 심술궂게 불렀다.

"소용없어, 짐. 나는 변했어. 집으로 돌아가지 않을 거야."

여러 마리의 얼룩말이 끄는 마차처럼 생긴 것이 반투명 유리로 된 현관문 앞에 섰다. 음란 씨는 어떤 거절도 용납할 수 없다는 듯한 몸집으로 뒷좌석으로 뛰어올라 평면얼굴 아가씨를 불렀다. 말발굽 소리를 내면서 두 사람은 재빨리 질주했다. 신음 소리와 킬킬거리는 소리가 들려왔다.

'존슨 여사'였던 평면얼굴 아가씨는 동네에서 쓰레기를 깨끗하게 버리기로 유명했다. 하지만 음란 씨가 사는 집은 위생 법칙이라고는 전혀 지키지 않는 것 같았다. 반쯤 베어 먹은 농익은 복숭아가 회반죽 바른 나무 바닥에 구르고 있었다. 남자와 여자의 성기가 그려진 하늘색 규격 용지가 구깃구깃 뭉쳐진 채로 방구석에 내팽개쳐져 있었다. 한 번도 갈아 준 적이 없는 듯한 다마스크 식탁보에는 와인 얼룩이 여기저기 묻어 있었다. 잡지에서 뜯은 말론 브란도 사진이 립스틱으로 더럽혀진 채 옷장 안쪽에 핀으로 고정되어 있었다. 창틀의 먼지는 한 번도 닦은 적이 없는 것 같았다. 평면얼굴 아가씨는 하루에 한 번 양치질할 시간도 없었다. 게다가 침대의 상태, 특히 작은 털이 잔뜩 묻어 있는 베개는 정말 믿기 어려울 정도였다.

창문 밖으로 평면얼굴 아가씨는 바다를 볼 수 있었다. 그리고 회전목마와, '허리케인'이라는 이름의 롤러코스터, 둘씩 짝 짓거나 가족 단위로 모인 사람들이 산책길을 오가는 모습도 보였다. 여름이었다. 기름기가 덕지덕지 묻은 선풍기가 몇 대 돌아가고 있었지만 열기를 식혀 주지는 못했다. 평면얼굴 아가씨는 바다로 나가 씻고 싶은 마음이 간절했다. 하지만 코를 찌르는 몸 냄새를 씻어 내는 건 꿈도 꾸지 못할 일이었다. 음란 씨가 그 냄새를 좋아했기 때문이다. 솜사탕이 먹고 싶다는 욕망은 의외로 쉽게 채워졌다. 먹고 싶다고 말을 하자마자 문 앞에 신문지로 싸인 솜사탕이 놓여 있었기 때문이다. 하지만 이빨로 그 분홍색 솜털덩어리를 즐겁게 벗기면서 반도 채 먹기 전에 음란 씨가 침대로 뛰어 들어와 그녀를 덮쳤다. 침대 스프링이 삐걱거리면서 흔들리는 사이, 끈적끈적한 솜사탕 덩어리는 바닥으로 굴러 떨어졌다.

때로 사람들이 저녁을 먹으러 왔다. 음란 씨는 참나무 테이블 끝에 앉아 있었고, 거무스름한 사람들이 모여 앉아 공산주의니 자유연애니 인종 혼합이니 하는 이야기를 주고받았다. 어떤 여자들은 긴 금 귀걸이를 하고 있었다. 어떤 남자들은 끝이 뾰족한 신발을 신고 있었다. 평면얼굴 아가씨는 영화에서나 외국인을 보았다. 하지만 빵을 손으로 찢어 먹는다든지 하는, 식사 예절이 형편 없다는 것에 대해서는 전혀 몰랐다. 마늘이 잔뜩 들어간 스튜나 거품투성이 커스터드 같은 음식도 비위에 맞지 않았다. 식사가 끝나면 모두들 엄숙하게 트림을 했다. 평면얼굴 아가씨도 즐겁게 함께 트림을 했다.

걸쭉한 음식만큼이나 대화하는 내용과 기세에 때로 눌리기도 했지만, 평면얼굴 아가씨는 이제 음란 씨에 대해 제법 신뢰를 가지게 되었다. 음란 씨는 손님들의 상태가 어떠하든 간에 늘 깨끗하게 차려입고 단정하게 단추를 채우고 있었다. 평면얼굴 아가씨는 또한 음란 씨가 인쇄물을 소지하고 다니면서 저녁식사 테이블에서조차 가끔 펴 보는 모습 때문에 더욱 신뢰감이 깊어졌다. 저건 좋은 징조야, 하고 평면얼굴 아가씨는 생각했다.

'여기에는 최소한 체계라는 것이 있어.'

언제든지 즐길 준비가 되어 있는 사람들. 이것이 평면얼굴 아가씨가 손님들에 대해 생각했던 것이다. 음란한 조각상이 테이블을 돌 때면 옆에 앉아 있는 사람이 그녀에게 관심 있다는 표시로 사타구니를 슬쩍 만지기도 했다. 때로 손님들 중 한 쌍이 테이블 아래로 들어가 잠깐 테이블을 흔들어 놓은 뒤, 붉게 달아오른 부스스한 모습으로 다시 나타나곤 했다.

음란 씨가 자신을 자랑하고 싶어 한다는 것을 눈치 챈 평면얼굴 아가씨는 최대한 친근하게 사람들을 대하기로 했다. 자신이 할 수 없는 것을 요구하는 일만 없기를 바랄 뿐이었다.

"자네 귀엽고 아담한 여자를 구했군."

어느 흑인 친구가 말했다. '정직한 에이브' 라는 이름으로 불리는 남자였다. 에이브는 재떨이 삼아 쓰는 금박 카메라 조리개에 담배를 털고는 의자 깊숙이 앉았다.

"자네 가져."

음란 씨가 친절하게 손을 흔들면서 말했다. 그러더니 클립 보드에 뭔가를 써 넣었다.

"글쎄. 잘 모르겠는데."

정직한 에이브가 말했다. 에이브는 즐겁다는 듯 턱수염을 문질렀다.

평면얼굴 아가씨는 의아했다. 저 덩치 큰 흑인이 저렇게 깡마른 음란 씨를 무서워하는 건가? 아니면 내가 별 매력이 없다고 생각하는 건가?

"얼굴이 좀……."

바로 그거였군! 평면얼굴 아가씨의 눈에서 눈물이 솟으려고 했다.

"게다가 백인 여자는 내 인종하고는 안 맞아서 말이야. 예언자가 그렇게 말하더라고."

"에이브!"

음란 씨가 위협하듯 말했다.

"알았어, 음란 씨. 알았다고요, 두목. 알겠습니다, 선생님."

정직한 에이브는 냅킨을 떨어뜨리고 무릎에서 빵가루를 우수수 떨어뜨리면서, 어쩔 수 없다는 듯 큰 몸집을 일으키며 일어났다.

"자, 아담한 아가씨, 우리 둘이서 뭘 할 수 있는지 한번 봅

시다. 뭐, 큰 해가 되기야 하겠소."

에이브가 킬킬거렸다.

평면얼굴 아가씨도 벌떡 일어섰다. 흥분으로 배가 희미하게 울렁거렸다. 제임스 페니모어 쿠퍼*와 베시 로스**의 영혼이 쉰 목소리로 유혹의 말과 경고의 말을 속삭였다.

"이건 내 의무겠지?"

평면얼굴 아가씨는 음란 씨에게 물었다. 자신의 완벽한 결심을 손상시킬 의심의 기운을 억누르기 위해서였다.

"내 말은, 국가적 의지에 따른 행위, 국가의 목적, 그리고 국가의 존재 말이야."

"할 일이나 해."

음란 씨가 냉담하게 말했다.

"이건 결국 미국의 딜레마야."

음란 씨는 클립보드에 메모를 하고 손님들에게 돌아갔다.

정직한 에이브는 조심스럽게 밤색 벨벳 재킷을 벗어 의자에 걸었다. 그러고는 겨드랑이에 감아 놓은 트랜지스터 라디오를 풀었다.

'저기에서 음악이 나왔던 거구나.'

---

*제임스 페니모어 쿠퍼(James Fenimore Cooper, 1789~1851)는 미국의 소설가이자 저술가다. 격렬한 움직임과 서스펜스가 풍부한 로맨스를 많이 썼다. 옮긴이

**베시 로스(Betsy Ross, 1752~1836)는 성조기를 처음 만들었다는 미국 여성이다. 옮긴이

평면얼굴 아가씨는 생각했다.

두 사람의 결합은 욕조에서 이루어졌다. 욕조의 단단하고 하얀 에나멜 표면에는 파란색, 자주색, 갈색, 노란색 등의 원색 목욕 수건이 걸쳐져 있어, 마치 무슨 추장의 텐트 안에 있는 것 같은 느낌이었다. 수도꼭지 위에는 누군가가 사려 깊고 경건하게 성조기를 걸어 놓았다.

'다른 냄새가 나.'

평면얼굴 아가씨는 생각했다.

'하지만 기분 좋은 냄새야. 옛날에는 왜 그렇게 이 사람들을 무서워했을까. 밤에 담배를 사러 갔을 때나 영화관에 갔을 때 (그때는 꼬마였다.) 덩치 큰 흑인 남자가 내 곁에 앉기만 해도 정말 무서웠는데.'

침침한 거리에서 폭동을 일으키면서 벽돌을 던져 대는 그들의 모습을 뉴스에서 보았을 때에도 정말 무서웠다. 하지만 가까이 함께 있게 되면 전혀 무섭지 않다.

'그들도 인간으로서 모든 권리를 누릴 수 있는 거야.'

평면얼굴 아가씨는 이렇게 결론을 내렸다.

낮이 밤으로 바뀌고, 밤이 다시 낮으로 바뀌는 여러 날 동안 그들 모두는 방종한 쾌락을 누렸다. 때로 평면얼굴 아가씨는 자신의 얼굴이 아직도 납작한지 궁금했다. 하지만 음란 씨는 엄격한 감독관이었다. 음란 씨는 평면얼굴 아가씨가 거울 근처에도 가지 못하게 했다. 그리고 외모와 재능, 혹은 운명에 대한 그 어떤 질문에도 대답하지 않았다.

평면얼굴 아가씨는 철도 엔지니어의 미망인이자 지금은 세인트루이스에 살고 있는 자신의 어머니에 대한 생각은 한 번도 하지 않았다. 엽서 보낼 생각도 물론 하지 않았다. 가끔, 아주 가끔은 짐과 세 아이들에 대해 생각했다.

'짐은 올즈모빌 자동차를 팔았을까. 차가 두 대나 있을 필요는 없잖아.'

하지만 대답을 들을 수는 없었다.

어느 날 평면얼굴 아가씨는 음란 씨에게 말했다.

"당신에게 힘이 있는 건 사실이야. 하지만 왜 사람들이 당신을 두려워하는 거지?"

헨리 애덤스*와 스티븐 크레인**의 영혼이 쉰 목소리로 평면얼굴 아가씨에게 유혹의 말과 경고의 말을 속삭였다.

'질문하는 것까지 금지되어 있는 건 아니잖아? 여기는 자유국가인데.'

"내 말은, 어떻게 짐이 그렇게 쉽게 내가 떠나게 내버려 둔 걸까?"

음란 씨는 평면얼굴 아가씨를 깊숙이 안은 채 아무런 말도 하지 않았다. 단지 평면얼굴 아가씨의 생기 넘치는 얼굴에 베개를 얹었을 뿐이다.

평면얼굴 아가씨는 베개를 집어던졌다.

"그리고 정직한 에이브는?"

평면얼굴 아가씨는 음란 씨의 차분하고 멍한 눈을 쳐다보면서 말했다.

"그 남자는 왜 당신을 무서워하는 거지?"

여전히 대답이 없었다.

"그 남자는 당신보다 더 크잖아, 키가."

음란 씨는 계속 평면얼굴 아가씨의 몸속을 헤집었다. 격렬한 무언가가 몸속에서 일어났다. 어딘가에서 덧문이 벽에 부딪히는 소리가 들렸다.

평면얼굴 아가씨는 다시 주의가 산만해졌다. 파리 한 마리가 침대 협탁 위 식어 버린 커피를 핥고 있었다. 다음에는 바닥에 팽개쳐져 있는 음란 씨의 새로 산 승마용 바지 상표가 눈에 들어왔다. 그 다음에는 음란 씨가 전화번호부에 자기 이

---

*헨리 애덤스(Henry Adams, 1838~1918)는 『헨리 애덤스의 교육』이라는 자서전으로 유명한 미국의 역사가이자 언론인, 소설가다. 중세의 통일적 세계를 동경하고 미국 사회와 문화에 대하여 회의적 입장을 보였다. 옮긴이

**스티븐 크레인(Stephen Crane, 1871~1900)은 미국의 소설가이자 시인이다. 『붉은 무공훈장』 등에서 심리적 사실주의의 길을 열었다. 조롱과 연민, 환상과 현실, 절망과 희망 등 상반되는 주제를 극적으로 엮어 냈다. 옮긴이

름을 올리기 힘들지 않았을까 생각했다.

"집중해!"

음란 씨가 평면얼굴 아가씨에게서 물러나면서 소리를 질렀다. 음란 씨는 돌아누워 평면얼굴 아가씨의 몸에 설탕을 가볍게 뿌렸다.

"집중하고 있어."

"거짓말하지 마. 전혀 집중하고 있지 않잖아."

"다른 것 좀 생각하면 어때? 항상 그것만 생각하고 있으란 법은 없잖아? 생각한다고 그게 잘 안 되는 건 아니잖아?"

"이것 봐."

음란 씨가 말했다.

"이건 상호 균형 잡힌 운동이야."

"글쎄, 무슨 말인지 모르겠는데."

평면얼굴 아가씨가 고집스럽게 말했다.

"하지만 이게 힘든 일이 되어서는 안 된다는 것쯤은 알아."

"시치미 떼지 마! 모두들 공짜로 여기에서 놀고먹으려는 건 아냐."

가슴 위에서 윙윙거리는 파리에 맞춰 평면얼굴 아가씨도 가쁜 숨소리를 냈다. 열린 문 바로 너머에서 공군 장교 네 명이 브리지 게임을 하고 있는 것이 보였다.

"나는 저 사람들이 있는 줄도 몰랐어."

평면얼굴 아가씨가 항의했다.

음란 씨가 툴툴거렸다.

"정말이라니까."

"어렸을 때 정말 식성이 까다로웠겠군."

음란 씨가 중얼거렸다.

"아니, 정말 아니라니까……."

음란 씨는 다시 베개로 평면얼굴 아가씨의 얼굴을 가렸다. 평면얼굴 아가씨는 쾌락에 굴복했다.

'질문이야 다른 때 하면 되지.'

"이렇게 사니까 어때?"

음란 씨는 어느 날 오후 평면얼굴 아가씨의 다리에 얼굴을 묻고는 물었다.

"아아."

평면얼굴 아가씨가 비명을 질렀다.

"이렇게 살 수 있을 거라곤 상상도 못 했어!"

"계속 이렇게 살고 싶어?"

음란 씨가 물었다.

"당연하지!"

어릴 때부터 그녀는 그다지 당연하지 않은 상황에서도 늘 "당연하지!" 하고 말하곤 했다.

"누가 다르게 사는 걸 원하겠어? 상상도 못 하겠는데."

그녀는 때 이른 이런 이야기에 불안을 느끼면서 대답했다.

"아, 이런."

음란 씨는 엉망으로 구겨진 축축한 시트에 꼿꼿하게 앉아 평면얼굴 아가씨의 허벅지를 애무하면서 한숨을 쉬었다.

"이미 그렇게 했잖아. 지금보다 다르게 사는 게 불가능하다고 생각해선 안 돼. 다른 삶도 상상할 수 있고, 가능하고, 심지어는 그게 더 좋아 보일 수도 있는 거야."

"내가 뭘 했다고 그래?"

평면얼굴 아가씨는 음란 씨가 왼쪽 눈에 안경을 끼는 것을 보고 실망해서 외쳤다. 음란 씨는 심오한 육체적 탐구에 탐닉할 때는 안경을 벗기 때문이다.

"남자들한테는 익숙한 위업에 삶을 걸려고 하지만 않는다면, 수단과 방법을 가리지 않는 난교 파티 같은 거 말이지, 나는 당신을 보내 줄 거야. 물론 추천서도 함께. 그리고 첫 주 동안 쓸 수 있는 현금도 말이지."

'수단 방법을 가리지 않는 난교 파티라고? 마약 말인가? 고문 도구를 사용한다는 말인가? 아니면 변태 행위? 1미터나 되는 인공 남근?'

평면얼굴 아가씨는 생각하느라 고개를 숙였다. 윌리엄 제임스*와 패티 아버클**의 영혼이 쉰 목소리로 평면얼굴 아가씨에게 유혹의 말과 경고의 말을 속삭였다. 음란 씨는 손가락 끝으로 평면얼굴 아가씨의 배를 두들기며 리듬을 맞추고 있었다. 평면얼굴 아가씨가 결정을 내리기를 기다리는 것이었다.

평면얼굴 아가씨는 용감한 아가씨이긴 했지만, 그렇게까지 용감하지는 않았다. 그렇게 되려면 교육을 받아야 한다. 평면얼굴 아가씨는 죽기 위해 전 남편을 떠난 게 아니라 살기 위해 떠난 것이다. 평면얼굴 아가씨의 쾌락에도 한계가 있었다. 그 모든 경험에도 순수함을 잃지 않았던 평면얼굴 아가씨는 자신의 가치에 대한 감각을 잃지 않았다.

"동전 던져서 결정할래?"

음란 씨는 연한 오렌지색 립스틱으로 평면얼굴 아가씨 배꼽 근처에서 평면얼굴 아가씨의 성기 윤곽을 나른하게 스케치하고 있었다.

"그럴 거 없어. 난 갈 거니까."

평면얼굴 아가씨가 말했다.

---

*윌리엄 제임스(William James, 1842~1910)는 미국의 심리학자이자 철학자다. 육체의 물리적 변화 때문에 감정이 생겨난다고 주장했다. 옮긴이

**패티 아버클(Fatty Arbuckle, 1887~1933)은 미국의 희극 배우다. 본명은 루스코 콘클링 아버클Roscoe Conkling Arbuckle. 한창 전성기를 구가하던 도중, 파티에서 어느 여배우를 강간하여 죽음으로 몰고 갔다는 스캔들이 터져 몰락의 길을 걸었다. 옮긴이

누군가가 주크박스에 동전을 넣었다. 저 노래의 제목은 '뜨거운 가슴의 소유자라면 누구나 나를 사랑할 거야.' 일 것이라고 평면얼굴 아가씨는 생각했다. 음란 씨는 호주머니에서 거울을 잽싸게 꺼내더니 치장을 하기 시작했다. 처음에는 콧구멍을 살펴보았고, 다음에는 뱃살이 처지지 않았는지 손으로 톡톡 두들겨 보았다. 평면얼굴 아가씨는 평생 그렇게 커다란 실망감을 느껴 본 적이 없었다. 갑자기 세상에 홀로 남겨진 것 같은 끔찍한 기분이었다.

하지만 평면얼굴 아가씨는 이곳에서 자기가 혼자가 아니라는 것을 알고 있었다. 다른 감독관들의 책임하에 있는 젊은 미국 여자들이 또 있었다. 아니면 그들 모두 음란 씨의 지도 아래 있는 것인지도 몰랐다. 평면얼굴 아가씨는 거기에 대해서는 생각하지 않기로 했다.

해변가 집들은 모두 습기가 차서 축축했고, 이제 겨울이 다가오고 있었다. 노동자들이 평면얼굴 아가씨의 방으로 밀려왔다. 페인트 통, 뻣뻣하게 버려진 붓, 페인트 롤러, 테레빈유油 캔, 페인트가 묻은 커다란 사다리들로 방은 더 지저분했다. 집 수리에 들어갔고 평면얼굴 아가씨는 울적해졌다.

음란 씨를 구경도 못 한 채 하루하루가 흘러갔다. 평면얼굴 아가씨는 음란 씨에게 빚진 모든 것을 떠올리려고 애썼다. 처음에는 자신의 분노가 욕망이라고 생각했다. 하지만 그렇지 않았다. 평면얼굴 아가씨는 고맙게 여기는 것이 아니라 오히려 복수를 갈망했다. 심지어 계획까지 세웠다. 다른 사람들을 설득하여 함께 떠나는 것이다. 그러면 음란 씨는 평면얼굴 아가씨를 추방하기로 한 자신의 변덕을 후회하게 될 것이다.

누구를 데리고 갈까? 평면얼굴 아가씨는 여자들만 데리고 가기로 결심했다. 남자를 끌어들이는 건 일을 더 복잡하게 만들게 될 것이다. 평면얼굴 아가씨는 예전에는 자신이 페미니스트라고 생각해 본 적이 한 번도 없었다. 짐의 아내이자 세 아이의 엄마일 때는 확실히 그랬다. 하지만 이제는 성적 충실함이 자신을 끌어당기는 것을 느꼈다. 이디스 워튼*과 에델 로젠버그**의 영혼이 쉰 목소리로 평면얼굴 아가씨의 귀에 유혹의 말과 경고의 말을 속삭였다.

'아니면 그거였나?'

---

*이디스 워튼(Edith Wharton, 1862~1937)은 미국의 여성 소설가다. 청교도적 배경의 상류 계층 인물들에 대한 심리소설을 썼다. 옮긴이

**에델 로젠버그(Ethel Rosenberg, 1915-1953)는 미국의 여성 공산주의자로, 남편 줄리어스 로젠버그와 함께 핵무기 비밀을 소련에 넘기려 했다는 죄목으로 처형되었다. 옮긴이

그날 밤 평면얼굴 아가씨는 파란 꽃무늬가 있는 실내복을 아무렇게나 걸치고 복도를 기어 다니면서 사람들의 말소리를 듣고 열쇠구멍을 들여다보았다. 쾌락을 즐기는 장면이 평면얼굴 아가씨의 마음을 아프게 찔렀다.

'내가 잃어버린 건 에덴동산인가?'

그렇다면 다른 사람들도 평면얼굴 아가씨처럼 쫓겨나야 할 것이다.

복도에서 평면얼굴 아가씨는 아무것도 걸치지 않고 트렌치코트만 달랑 입고 있는 검은 머리의 말괄량이 아가씨에게 말을 걸었다.

"당신은 믿을 만한 사람인 것 같군요."

평면얼굴 아가씨는 쾌활하게 말했다.

"나는 이제 이곳을 떠나려 해요. 내 말은, 즐길 만큼 즐겼다는 거죠. 나랑 같이 나갈래요? 바다에서 목욕도 하고, 롤러코스터도 타고 싶지 않아요? 하고 싶은 대로 마음껏 하면서도 속옷바지는 늘 벗고 있을 필요가 없는 곳으로 말이에요."

그 아가씨는 순식간에 트렌치코트를 더듬어 검은 금속 물체를 꺼냈다.

'총인가?'

평면얼굴 아가씨는 깜짝 놀라 뒤로 물러섰다.

'아니, 카메라구나.'

아가씨는 그 차가운 물체를 눈에 대더니 놀란 평면얼굴 아가씨의 얼굴을 클로즈업해 금세 아홉 장이나 사진을 찍었다.

"아침까지 현상이 될 거예요."

그녀가 말했다.

"갖고 싶으시다면 드릴게요."

"하지만 왜 사진을 찍는 거지요?"

평면얼굴 아가씨는 이 아가씨와 음모를 꾸미는 건 시작도 못 했다는 생각을 하면서 물었다.

"앨범을 위해서예요."

평면얼굴 아가씨가 이해를 못하는 듯 쳐다보자 그녀는 덧붙였다.

"사진집 말이에요."

"사진집이라고?"

"사회학과 과목 학정번호 1046y. 결혼과 가정."

아가씨가 대답했다.

"2학년 연구 프로젝트예요. 4학점짜리죠."

여전히 어리둥절하기는 했지만 평면얼굴 아가씨는 이제 이곳이 보이는 것처럼 무질서한 소굴이 아니라는 것을 확신하게 되었다. 그렇지 않고서는 놀랄 만한 속도로 속기를 할 수 있을 것 같은 이 활달한 비서 타입의 아가씨를 어떻게 설명할 것인가? 평면얼굴 아가씨는 자신이 구닥다리처럼 느껴졌다.

아가씨는 커다랗고 하얀 이를 드러내면서 미소를 짓더니 복도 아래쪽으로 사라졌다.

"기다려요."

평면얼굴 아가씨가 불렀다.

"나도 사진을 갖고 싶어요. 내가 어떻게 나왔는지 보고 싶어요."

"그러세요."

아가씨가 말했다.

"내일 아침에 드릴게요. 이름은 밝히지 않을 거예요. 모두 익명이니까. 그러면 프로젝트가 훨씬 더 과학적으로 보이죠."

'과학적이라고! 그것 참 좋은 생각이다! 왜 전에는 그 생각을 못 했을까?

큰 단체라면 기계가 필요할 것이고, 이곳도 마찬가지일 것이다. 평면얼굴 아가씨가 할 일은 기계 장치를 통제하는 것이다. 그것이 바로 혁명인 것이다. 단순히 힘을 사용하는 것이 아니라, 권력의 도구를 지배하는 것. 평면얼굴 아가씨는 서둘러 보일러실로 갔다. 바닥은 이미 물이 차 있었고, 곰팡이가 슨 축축한 책이 오렌지 상자 위에 아슬아슬하게 놓여 있었다. 오줌 냄새도 코를 찔렀다. 하지만 그곳에 있는 유일한 기계 장치는 일렬로 놓여 있는 텔레비전 화면이었다. 각각의 화면은 다른 이미지를 보여 주고 있었고, 제일 꼭대기에 있는 화면에는 몇 개의 이미지가 반복되고 있었다. 화면 아래에는 가시가 삐죽삐죽 나온 커다란 탁자가 있었으며, 그 위에는 스위치와 버튼, 다이얼, 지렛대가 설치되어 있었다. 그리고 탁자 앞에는 하얀 비닐 후드를 쓴 몸집 큰 사람이 버튼을 조작하면서 이어폰을 가지고 장난을 치며 앉아 있었다.

"음란 씨."

평면얼굴 아가씨는 최악의 상황이 벌어질까 두려워하면서 속삭였다. 긴장하는 것보다는 곧바로 비난을 받는 것이 낫겠다는 생각이 들었다.

그 사람은 뒤도 돌아보지 않은 채 발작적으로 다이얼을 조정하고 있었다. 제일 위에 있는 화면은 롤러스케이트 경기 장면에서, 다리를 벌리고 아이를 낳고 있는 여자의 모습으로 변했다. 롤러스케이트 경기 장면은 아래쪽에 있는 화면에서 계속되었다.

"당신이 누군지 제발 이야기해 줘. 여기에 있어서는 안 된다는 걸 나도 알아."

이미지들과 경쟁하면서 평면얼굴 아가씨는 대답을 들을 수 없을지도 모른다는 공포에 사로잡혔다. 하얀 비닐 후드를 쓴 그 남자는 스위치 하나를 눌렀다. 하얀 이를 드러낸 대머리 주지사가 인종차별주의자들의 집회에서 연설하는 장면이 맨 위 화면까지 일렬로 켜졌다. 롤러스케이트 경기에 비하면 산모의 진통은 훨씬 더 차분해 보였다. 주지사의 연설은 몇

분 동안 계속되었다. 그러다 평면얼굴 아가씨가 처음부터 보았던 이미지가 다시 나왔다. 성기가 엄청나게 크게 발기된 일본계 미국인 청년이 두 여성과 음란한 행위를 하고 있는 장면이었다.

평면얼굴 아가씨는 억지로 화면에서 눈을 뗐다.

"음란 씨, 당신을 사랑해."

이제 소용없는 거짓말이었다.

새로 나온 데오드란트 광고가 아까의 음란한 장면을 지웠다. 미동도 없던 그 남자가 몸을 돌렸다. 평면얼굴 아가씨는 몸을 떨면서 그를 유혹하려고 실내복을 열어젖혔다. 여기까지는 좋았다. 이제 그 남자의 눈이 자신에게 집중되었기 때문이다. 남자의 손이 평면얼굴 아가씨의 차가운 허벅지를 더듬었다. 음란 씨보다 더 가느다란 것 같은 손이었다.

"좋아, 좋아."

평면얼굴 아가씨는 남자의 손에다 몸을 기대면서 외쳤다.

하지만 바로 그 순간 광고가 끝나고, 다시 일본인 2세가 두 여성과 함께 행위를 시작했다. 후드를 쓴 남자의 섬세한 손이 공중에 뜨더니 평면얼굴 아가씨와 도구 패널 사이를 왔다 갔다 했다. 몇 초가 몇 시간 같았다. 결국 기계가 이겼다. 그 손은 다이얼로 향했다. 평면얼굴 아가씨는 수치심에 실내복으로 허리를 감싸고 방으로 되돌아왔다.

짐을 떠난 후 처음으로 한참을 울었던 평면얼굴 아가씨는 다음날 아침 눈이 붉어진 채로 요란한 노크 소리에 잠을 깼다.

"로라!"

회색 외투를 입고 회색 중절모를 쓴 남자가 말했다.

"로라?"

남자는 다시 말했다. 이곳에서는 누구도 평면얼굴 아가씨의 이름을 부른 적이 없었다.

"로라 플랫페이스 양이죠?"

평면얼굴 아가씨는 놀랐지만 호기심이 일었다.

"나를 소개하죠."

그 남자는 평면얼굴 아가씨에게 명함을 내밀었다. 거기에는 '저그 탐정' 이라고 씌어 있었다. '예약 고객에 한함' 이라고도 씌어 있었다.

"단도직입적으로 말하죠."

모든 일이 끝났다는 듯 저그가 말했다. 저그는 자리에 앉았지만 모자를 벗지는 않았다.

"누가 내 이름을 불러도 된다고 했어요?"

평면얼굴 아가씨는 화가 나서 소리쳤다.

"이것 좀 봐요, 로라."

그 남자가 달래듯 말했다.

"겁주려던 건 아니었어요. 당신이 하고 있는 일이 뭔지 낌새를 챘죠. 믿을 수가 없어요. 아니, 그냥 믿을 수가 없다는 거예요. 저 아가씨들이랑 텔레비전은 여기에 그대로 있고, 당신만 여기를 떠나야 해요. 여기 우두머리가 당신에게 그렇게 이야기하라고 하더군요."

지난밤 거절당한 일이 생각난 평면얼굴 아가씨는 저그 탐정도 자신에게 매력을 느끼지 못하는지 실험해 보기로 했다.

"음악 들으시겠어요? 와인도 좀 드려요?"

"괜찮다면 그렇게 하죠."

"그냥 로라라고 불러요."

에디 듀친*과 존 필립 소사**의 영혼이 쉰 목소리로 경고의 말을 속삭였지만 평면얼굴 아가씨는 최근 유행하는 팝 발라드를 틀었다. 4인 혼성 그룹의 목소리와 전율하는 전자기타 소리가 방에 울렸다. 새로운 것에 적응을 잘하는 평면얼굴 아가씨는 금방 그 음악에 매료되었다. 하지만 저그 탐정은 확실히 옛날 세대였다.

---

*에디 듀친(Eddie Duchin, 1909~1951)은 1930년대와 1940년대에 큰 인기를 누렸던 미국의 피아니스트다. 옮긴이

*존 필립 소사(John Philip Sousa, 1854~1932)는 '미국 행진곡'을 작곡한 것으로 유명한 작곡가다. 옮긴이

"음악 좀 꺼요."

저그가 넥타이를 풀면서 악을 썼다.

"저렇게 꽥꽥거리는 소리를 어떻게 참을 수 있지?"

"난 좋아요."

평면얼굴 아가씨는 상냥하게 말하면서 저그의 무릎으로 몸을 낮추었다.

"어, 지금 뭐 하는……."

그때 누군가가 문을 두드렸다.

"망할!"

평면얼굴 아가씨가 중얼거렸다.

문을 두드린 것은 검은 머리의 사회학과 아가씨였다. 약속을 지키러 온 것이다. 아가씨는 마닐라 지로 된 봉투를 조용하게 내밀었다.

평면얼굴 아가씨는 봉투를 뜯어 자신의 얼굴 사진을 기쁘게 바라보았다. 다행히 그다지 나빠지지는 않았다. 얼굴이 보기 흉하게 튀어 나오지는 않은 것이다. 평균만큼도 튀어나오지 않았다. 하지만 확실히 얼굴에 변화가 보였다. 납작하던 얼굴이 분명히 조금은 앞으로 나와 있었다. 여기에는 의심의 여지가 없었다. 기쁨에 넘쳐 평면얼굴 아가씨는 그녀의 목에 팔을 감고 키스를 했다.

"거기 누구요?"

탐정이 물었다. 평면얼굴 아가씨의 관심을 뿌리치긴 했지만, 자신이 무시당하고 있다는 느낌이 들었던 것이다. 오늘 저그는 단순히 직업상의 의무에만 신경을 쓰는 것 같지는 않았다.

"친구도 들어오라고 하지 그래요?"

저그는 스스럼없다는 듯이 말했다. 음란 씨가 여기에 대해서도 보고서를 쓸 수 있을 거라는 생각이 스쳐 지나갔다.

"좋아요."

아가씨가 말했다.

"사진집을 위해서."

그녀는 평면얼굴 아가씨에게 이렇게 설명했다.

"좋아, 좋아."

탐정이 말했다.

"여기 예쁜 한 쌍의 아가씨가 있군. 하나는 나이가 조금 들었고,"

저그는 평면얼굴 아가씨를 가리켰다. 평면얼굴 아가씨는 자기가 먼저 언급되어 기뻤다.

"하나는 더 어리고,"

하면서 '결혼과 가정' 수업을 듣는 학생을 가리켰다.

"하나는 금발이고,"

다시 평면얼굴 아가씨.

"다른 하나는 갈색머리이고."

다시 학생.

"하나는 무릎에 보조개가 있고,"

저그 탐정은 평면얼굴 아가씨의 무릎을 애무했다.

"하나는 테니스 선수 같은 무릎이고."

저그 탐정은 학생의 다리를 어루만졌다.

"하나는 점이 있고……."

"저그 탐정!"

슬프게도 여기에서 저그 탐정의 해부학적 목록 작성이 끝났다. 난롯가에서 음란 씨가 검은 옷을 입고 커다란 날개가 달린 박쥐처럼 팔을 벌리고 서 있었다. 외눈 안경이 햇빛에 반사되어 번쩍거렸다. 그 때문에 다른 눈은 더욱 검고 냉혹해 보였다. 이빨은 더 자라난 것 같았고, 얼굴은 노여움으로 가득했다. 비웃음이나 연민의 흔적도 전혀 보이지 않았다. 저그 탐정은 얼굴이 창백해졌지만 자신의 위치를 고수했다. 즉 두 여자의 엉덩이에 올려놓은 손을 치우지 않았다.

"당신이 나한테 그런 식으로 이야기하면 안 되지."

학생이 저그 탐정의 손을 뿌리치고 치마를 내렸다.

"당신은 내가 가장 신뢰하는 조수였는데, 저그."

음란 씨가 매정스럽게 말했다.

"그 신뢰를 배신하다니. 내 좌우명을 알잖소. '사람들은 각자 해야 할 일이 있다.' 나는 내 할 일을 알고 있소. 당신도 그랬어야지."

저그 탐정은 눈에 띄게 기가 꺾였다. 그렇게 탐욕스럽게 엉덩이를 더듬던 저그 탐정의 손에 힘이 빠지는 걸 느끼고 평면얼굴 아가씨는 옆으로 비켜섰다. 저그 탐정이 만졌던 곳에서 불쾌한 냉랭함이 느껴졌다.

음란 씨는 손을 갈고리 모양으로 하고는 다가왔다.

"하지만 음란 씨……. 음란 선생……."

이 정중한 말투를 듣자 평면얼굴 아가씨는 게임이 끝났다는 걸 깨달았다. 저그 탐정은 다른 사람들이 그러하듯 음란 씨에게 맞설 수 없을 것이다. 정글의 왕은 영원한 왕일지니, 하고 평면얼굴 아가씨는 결론을 내렸다.

"당신!"

하고 음란 씨가 평면얼굴 아가씨를 무섭게 불렀다.

"이 훌쩍거리는 사기꾼을 손 좀 봐줄 테니 거기서 기다리고 있어. 할 말이 있으니까."

"가지 마, 로라."

저그 탐정이 애원했다.

"처음에 여기 왔을 때에는 내가 얼마나 업무에 충실하려고 했는지를 좀 이야기해 줘. 나는 나쁜 짓은 하지 않았잖아. 이야기 좀 해 줘, 로라. 이야기! 로라!"

음란 씨는 뾰족한 이빨을 저그 탐정의 어깨에 박았다.

"여기에서 나가는 길 알아?"

평면얼굴 아가씨는 문가에 웅크리고 있는 아까 그 검은 머리 학생에게 물었다. 학생은 말없이 어딘가를 가리켰다. 평면얼굴 아가씨는 질주하는 말발굽 소리를 들었다.

"탈출이라고 생각해."

평면얼굴 아가씨는 두 남자에게 이렇게 말했다.

"잡고야 말겠어."

음란 씨가 소리를 질렀다.

"여기에서 누구도 탈출할 수 없어. 당신은 파면되어야 해."

음란 씨의 입가에서 침이 흘러내렸다.

"나도, 로라!"

저그 탐정이 피가 나는 어깨를 손수건으로 누르면서 소리쳤다.

"내 두목한테 미움을 사게 하다니, 나도 당신을 잡고야 말거야! 이 나쁜 년!"

검은 머리 아가씨는 치마를 벗고 스웨터를 벗어 올리면서 말했다.

"나는 남을 거야."

하지만 두 남자는 모두 그녀를 무시했다. 그들의 뜨거운 욕망은 평면얼굴 아가씨의 위풍당당한 탈출 모습에 꽂혀 있었다.

평면얼굴 아가씨는 그곳을 떠난 것을 결코 후회하지 않았다. 이제 견습 기간은 끝났다. 엄밀히 말하자면 자신이 스스로 선택한 색정의 역사는 그곳 바깥에서, 진정한 의미의 세상에서 시작될 수 있었다. 교육 때문에 (그녀가 나무랄 데 없는 백인 청교도주의자 집안 후손이라는 점을 기억하라.) 혹은 배경 때문에 (짐, 세 아이, 여성유권자동맹, 경품권), 작업에 몰두하지 못하는 여자의 삶이란 힘들고 외롭다. 그렇기 때문에 그런 여자라면 망설일 것이다. 평면얼굴 아가씨는 고독을 자초했다. 두 남자는 결코 포기하지 않으리라는 것을 알았다.

음란 씨와 저그 탐정에게 쫓기면서 평면얼굴 아가씨는 미국 곳곳을 횡단했다. 다리 사이에 따뜻한 보물을 가지고 말이다. 평면얼굴 아가씨는 가는 곳마다 이전 삶의 복제물들을 보았다. 창백하고, 탐욕스러우며, 욕망을 자제하는, 적외선 가

---

*윌리엄 제닝스 브라이언(William Jennings Bryan, 1860~1925)은 미국의 법률가이자 정치가다. 대중의 선함과 올바름을 굳게 신뢰했던 대중주의 지도자였고, 금권정치와 제국주의에 반대하는 평화주의자였다. 옮긴이

**릴런드 스탠퍼드(Leland Stanford, 1824-1893)는 미국의 철도 건설업자이자 정치가다. 스탠퍼드 대학을 설립했다. 종업원의 주식 소유를 장려하고 협동조합을 자치의 최고 구현으로 보았다. 옮긴이

열 토스터와 서독에서 만들어진 스테인리스스틸 나이프 세트에 단련된 여자들. 이전의 삶을 후회하면서 평면얼굴 아가씨는 가볍게 여행했다. 물론 돈 때문에 몸을 팔아야 하기는 했다. 평면얼굴 아가씨가 제값을 받지 못할 때면 윌리엄 제닝스 브라이언*과 릴런드 스탠포드**의 영혼이 그녀를 꾸짖었다.

평면얼굴 아가씨의 스승인 음란 씨는 캐나다 국경 근처 노스웨스트의 벌목 야영장에서 처음으로 평면얼굴 아가씨를 따라잡았다. 음란 씨는 안경을 쓰지도 않았고 반바지를 입고 있지도 않았으며, 물 빠진 청바지 안으로 격자무늬 셔츠를 아무렇게나 쑤셔 넣고 있었다. 시내에 단 한 곳밖에 없는 영화관 앞에서 호객 행위를 하던 평면얼굴 아가씨는 처음에는 그를 알아보지도 못했다. 최근에 고생을 해서 늙은 것 같았다. 살도 약간 붙었고, 옷도 잘 차려입고 있지 않았다.

평면얼굴 아가씨가 유혹적으로 걸으면서 음란 씨의 곁을 지나갈 때 음란 씨는 조롱하듯 낮게 절을 했다. 그래서 평면얼굴 아가씨는 음란 씨를 알아보았다.

"가까이 오기만 해 봐, 소리를 지르겠어."

평면얼굴 아가씨는 놀랄 만큼 침착하게 응수했다.

"놀라지 마. 강요하지는 않을 거야. 내가 언제 당신한테 강요한 적이 있었어?"

그녀는 기억을 더듬었다. 그런 적은 확실히 없었다.

"그냥 돌아와."

음란 씨가 말했다.

"모든 걸 잊어버리자고."

"당신은 꼭 짐처럼 말하는군."

평면얼굴 아가씨가 말했다.

음란 씨의 얼굴에 언짢은 표정이 스쳐 지나갔다. 음란 씨는 마지막 말을 무시하기로 했다.

"나는 예전처럼 기운이 막 넘치지 않아."

음란 씨는 생각에 잠기며 큰 소리로 말했다.

"왜 그런지는 몰라도, 이제는 피곤해."

"난 그렇지 않아."

평면얼굴 아가씨가 말했다.

"최소한 아직은 그렇지 않다고."

"그럼 한 가지만 말해 줘. 비열한 저그가 당신을 아직 못 찾은 거야?"

평면얼굴 아가씨는 자신이 음란 씨에게 쉽게 권력을 행사할 수 있다는 사실을 서서히 깨달았다.

"만약 당신을 찾았다면, 그리고 당신이 그자 말을 듣는다면, 나는 둘 다 죽여 버리고 말 거야. 내 말 들어! 그 자식은 당신과 내가 했던 모든 걸 망쳐 놓았다고!"

평면얼굴 아가씨는 옳은 말이라고 생각했다. 하지만 음란 씨에게 동의함으로써 만족감을 주기는 싫었다.

"자."

음란 씨가 말했다.

"이제는 끝내자. 물론, 집에 가서."

"절대 안 가."

평면얼굴 아가씨는 매정하게 쏘아붙였다.

"나는 자선단체가 아니라고."

"나는 그랬는데."

음란 씨가 말했다.

동정심을 유발하려는 음란 씨의 반어법은 역효과를 낳았다. 평면얼굴 아가씨가 웃음을 터뜨리기 시작한 것이다. 음란 씨의 입술에 거품이 일더니, 곧 사악한 미소를 지었다. 날카로운 이빨이 드러났다. 음란 씨는 소름끼칠 듯이 무섭게 한 발 다가왔다. 평면얼굴 아가씨는 십자가를 만들었다. 하지만 소용없었다. 그렇지만 다행히도 나무가 앞으로 쓰러지면서 음란 씨의 머리 위로 떨어졌다. 평면얼굴 아가씨는 골목길로 숨어 들어가 도망을 쳤다.

몇 달 뒤 평면얼굴 아가씨가 페페로니 피자를 성급하게 먹다 입천장을 데이고 있을 때, 저그 탐정이 평면얼굴 아가씨를 불렀다. 그들은 타임스퀘어의 24시간 식당에서 바글거리는 사람들 사이에 나란히 끼어 있었다.

"이런, 로라."

그는 씨근거리면서 한숨을 쉬었다.

"당신 따라잡는 데 정말 오래 걸리는군."

"당신한테 할 말 없어."

그녀는 종이 냅킨으로 입을 닦으면서 말했다.

"아무 말 하지 않아도 돼. 그냥 두목한테 말 좀 잘 해 줘. 그 사람은 정말 나한테 화가 많이 났어."

"어깨는 어때?"

평면얼굴 아가씨는 일상적인 동정심을 가지고 물었다.

"좋지 않아, 로라."

"글쎄, 당신을 도울 수는 없을 것 같은데. 내 생각부터 해야 하니까. 어쨌든 남 탓하지 마. 남자답게 굴라고. 그 사람이 어떻게 생각하든 무슨 상관이야? 여기는 자유국가라는 거 잊었어? 당신은 자유로워. 나도 그렇고. 나는 하나님과 헌법이 보장한 자유를 누릴 거라고."

저그 탐정은 이 공격적 선언에 확실히 풀이 죽은 것처럼 보였다.

"당신, 정말 정직한 거야?"

평면얼굴 아가씨가 따져 물었다.

"내 말은, 그게 진짜 이유냐고. 날 쫓아다닌 유일한 이유냔 말이야. 알고 있겠지만 나는 뉴올리언스에서 음탕한 전보를 받았어. 거기에 대답할 이유는 없어."

평면얼굴 아가씨는 피자 한 조각을 더 주문했다.

"글쎄. 그렇지는 않아. 나는 당신을 정말 좋아해. 당신을 위해서야. 당신은 당돌한 데가 있어. 우리가 동업으로 작은 사무실을 내면 어떨까 생각해 봤어. 이혼 사례 같은 것들 많잖아. 여자 조사원은 남자보다 훨씬 더 유능하거든. 어떻게 생각해?"

"나한테 동업하자고 이야기하려고 온 나라를 쫓아다녔단 말이야?"

존 브라운*과 대쉬엘 헤밋**의 영혼이 쉰 목소리로 평면얼굴 아가씨의 귀에 유혹의 말과 경고의 말을 속삭였다.

"아마 그것 때문에 당신한테 끌렸던 것일 수도 있어. 인정하지. 이제 내가 묵고 있는 호텔로 가서……."

"이봐."

평면얼굴 아가씨가 말했다.

"여기가 자유국가라는 말은 진심이야. 나는 내 자유를 찾는 데 오랜 시간이 걸렸고, 그래서 이젠 버리고 싶지 않아. 최소한 다른 사람이 아니라 나만의 아이디어가 생길 때까지는 말이야."

이렇게 힘찬 연설을 한 뒤에 평면얼굴 아가씨는 먹지도 않은 피자를 그대로 남겨 두고는 시끌벅적한 거리로 나섰다. 뒤를 돌아보니 저그 탐정은 따라오고 있지 않았다.

---

*존 브라운(John Brown, 1800-1859)은 노예 폐지를 주장했던 미국의 사회운동가다. 옮긴이

**대쉬엘 헤밋(Dashiell Hammett, 1894-1961)은 미국의 추리소설가다. 『말타의 매』가 대표작이다. 옮긴이

음란 씨와 저그 탐정에 대한 평면얼굴 아가씨의 용감한 발언은 진심이었다. 평면얼굴 아가씨는 자신의 자유를 실로 사랑했던 것이다. 하지만 그렇다고 해서 평면 얼굴 아가씨가 때로 외롭지 않은 건 아니었다.

외로움을 느끼지 않기 위해서 평면얼굴 아가씨는 타인의 불행을 즐기는 취미에 빠져들었다. 정치적 불행이 아니라 (타임스퀘어에서는 새로운 뉴스를 거의 접할 수가 없었다.) 개인적이고 가정적인 불행한 사건 말이다. 10번가 애비뉴에 있는 호텔에서 매춘을 하지 않을 때는, 스캔들이 실리는 주간신문을 사서 재미있는 헤드라인을 찾아 가며 꼼꼼하게 읽어 보곤 했다.

"내 모유가 아기 아홉을 죽이다." "남편을 위해서 42년 동안 눈이 멀다." "성형수술 하기 전 모습" "산 채로 요리하다!" "나는 '제4의 성性' 일원이었다." "시댁 식구들이 내 머리에 못을 네 개 박았다." "나는 못생긴 것이 아니라 웃기게 생겼을 뿐이다." "그들이 나를 17년 동안 바깥에 방치했다." 같은 제목의 기사를 읽어 보면 실제 이야기는 제목만큼 대단하지는 않았다. 하지만 별 상관없었다. 제목만 봐도 평면얼굴 아가씨는 충분한 즐거움을 누릴 수 있었다. 왜냐하면 평면얼굴 아가씨는 자신이 완전히 정상적 외모의 소유자라고 생각했기 때문이었다. 납작한 얼굴 때문에 고객들이 성행위를 망설이는 것은 한 번도 보지 못했다.

하지만 대체로 남자들이 자신을 매력적이라고 생각했음에

도, 평면얼굴 아가씨가 모든 남성에게 다 매력적인 것은 아니라는 것을 인정해야 했다. 늘 완전한 육체적 스릴을 느낀 것도 아니었다. 그렇지만 언뜻 음란 씨나 심지어 저그 탐정과 비슷한 사람이 보이면 평면얼굴 아가씨는 열정을 불태우곤 했다.

평면얼굴 아가씨는 가끔씩 느끼는 불만을 해소하기 위해 계속해서 여행을 했다. 그런 방식으로 평면얼굴 아가씨는 이 나라에 대해 아주 잘 알게 되었다. 무한한 인적 자원, 장엄한 자연환경 등. 때로 평면얼굴 아가씨는 단지 여행을 위한 여행을 하면서 휴가를 즐기곤 했다. (이는 또한 음란 씨와 저그 탐정을 따돌리는 데 도움이 되었다.) 돈을 조금 모아서 그랜드캐니언이나 요세미티 국립공원, 혹은 칼스베드 동굴로 히치하이킹을 하거나 버스를 타고 갔다. 한번은 오작스 호숫가 작은 오두막에서 이 주일 동안 머물면서, 『새터데이 이브닝 포스트』 과월호를 읽고 하루 열두 시간씩 잠을 자고 가끔씩 근처 프렌들리 에드 모텔의 주인인 조지의 접근을 받아 주기도 했다.

평면얼굴 아가씨는 매춘보다 힘이 덜 드는 다른 일자리를 알고 있었다. 전화 교환원이나 제이시 페니 같은 상점의 점원, 혹은 웨이트리스를 하는 것이 더 쉬웠다. 하지만 병에 걸릴 위험보다는 하루 종일 서 있거나 걷는 것이 평면얼굴 아가씨에게는 더 위험하게 느껴졌다. 발이 부어오르면 예쁜 구두를 찾기가 어려웠기 때문이다. 평면얼굴 아가씨는 정말로 자신의 삶을 다른 것과 바꾸고 싶지 않았다. 매춘은 평면얼굴 아가씨에게 마음의 평화를 주었고, 전에는 알지 못했던 생명력을 가져다주었다. 세 아이가 딸린 (두 아이는 이제 학교 갈 나이다.) 주부로 기계적으로 살림을 하면서 지쳐 가던 그녀가 이제 늘 바쁘고 생기가 넘치는 여자가 된 것이다. 비록 뒤늦게 발견하긴 했지만, 섹스의 힘은 진실로 놀라운 것이었다.

평면얼굴 아가씨는 에너지가 넘치다 못해, 음란 씨와 저그 탐정을 동시에 마주쳤을 때(시카고 북부 근처 상점들이 늘어선 인적 없는 거리에서였다.)는 경찰에게 그들을 성희롱으로 체포하게 하는 기지를 발휘하기도 했다. 사실 그들은 성희롱까지 하지는 않았다. 외눈 안경을 쓰고 파카에 코듀로이 바지를 입고 높은 고무장화를 신고 있던 음란 씨는 무슨 마구馬具 같은 걸로 저그 탐정을 끌고 가고 있었다.

'저게 바로 병든 관계라는 거지.'

평면얼굴 아가씨는 생각했다.

시카고 경찰은 그다지 용기가 있지도 않고 청렴하지도 않았지만, 평면얼굴 아가씨가 넘긴 이 이상한 한 쌍을 보고 전혀 놀라지 않은 것 같았다.

"저게 저 인간들의 최후는 아니겠지."

평면얼굴 아가씨는 그 수치스러운 2인조가 고발되는 것을 보고 경찰서를 떠나면서 큰소리로 말했다. 평면얼굴 아가씨의 목소리에는 불안과 탐욕이 섞여 있었다.

음란 씨와 저그 탐정은 그 후 5년 동안 전화로, 전보로, 뜻밖의 출현으로, 평면얼굴 아가씨를 174번이나 불렀다. 둘은 함께 나타나는 적은 거의 없었고 주로 한 사람씩 번갈아 가면서 나타났다. 그런 식의 방해가 당황스러웠기 때문에 평면얼굴 아가씨는 평정심을 잃었다. 하지만 그들에 대한 평면얼굴 아가씨의 감정은 놀라움을 동반한 겸손함으로 바뀌었다. 왜 저자들은 포기하지 않는 걸까? 거절의 의미를 모르는 건가? 자존심도 없나?

　평면얼굴 아가씨는 오클라호마 주의 털사 외곽 식당차에서 식사를 하다가, 마침내 생애 처음으로 사랑에 빠졌다. 그 사람은 아서라는 선원이었다. 카운터에서 평면얼굴 아가씨 옆자리에 앉아 있던 아서는 발을 의자에 꼬고 앉아 케첩과 향료를 듬뿍 끼얹은 햄버거를 세 개째 먹어 치우고 있었다. 평면얼굴 아가씨는 손을 뻗어 그 부드럽고 건강한 볼을 간절히

만지고 싶었다. 워렌 G. 하딩*과 존 F. 케네디의 영혼이 쉰 목소리로 평면얼굴 아가씨의 귀에 유혹의 말과 경고의 말을 속삭였다. 왜냐하면 아서는 짐과 비슷하게 생겼기 때문이었다. 눈빛도 어딘가 모르게 비슷했고, 머리 모양이나, 목덜미에 머리카락이 말려 있는 모습도 비슷했다.

'조심해!'

영혼들이 외쳤다.

'하지만 저 사람은 짐이 아니잖아.'

평면얼굴 아가씨가 중얼거렸다.

'나도 내가 아니고.'

평면얼굴 아가씨는 아서의 지칠 줄 모르는 팔에 며칠 밤을 안겨 있으면서, '아서도 남자야, 그게 닮은 점이지.' 하고 생각했다. 아서도 짐처럼 다양한 성행위에는 관심이 없었다.

'하지만 그게 뭐 그다지 필요하겠어.'

평면얼굴 아가씨는 음란 씨와의 변덕스러운 기억을 억누르면서 혼잣말을 했다.

'중요한 건 아서가 날 사랑한다는 거야. 그리고 아서는 짐처럼 나를 꾸짖지는 않을 거야. 왜냐하면 이제 내 마음을 아니까.'

---

*워렌 G. 하딩(Warren G. Harding, 1865-1923)은 미국의 제29대 대통령이다. '평상平常으로의 복귀'를 내세워 제1차 세계대전으로 지친 국민의 지지를 얻었다. 옮긴이

평면얼굴 아가씨는 아서와 함께 샌디에이고로 가서 결혼식을 올렸다. 그리고 매그놀리아 암즈에 부엌이 딸린 방을 빌렸다. 하지만 평면얼굴 아가씨는 더 이상 요리하고 싶지는 않았다. 아서가 없을 때(그는 한 번 바다에 나가면 몇 주 동안 있다 오곤 했다.)는 캔에 든 라비올리 국수를 데우지도 않고 먹거나, 정어리나 양념된 햄을 먹으면서 버텼다. 평면얼굴 아가씨는 아침에 편지를 가지러 아래층에 내려갔다가 동네 파티가 있던 곳에 가서 서성거렸다. 오후가 되면 반드시 먹을 것이 있었다. 평면얼굴 아가씨는 말할 필요도 없이 아서에게 충실했다. 고등학교 때나 입었던 굽 낮은 구두에 하얀 양말을 신고 자신의 정절을 증명했다. 그리고 아서는 집에 오면 언제나 따뜻했다.

"자기야."

아서는 문으로 뛰어 들어오면서 외치곤 했다. 검게 그을린 얼굴이 환하게 빛났다.

"자기가 얼마나 보고 싶었는데!"

평면얼굴 아가씨는 아서의 소년 같은 기질을 너무나 사랑했다. 아서가 항해에서 돌아오면 평면얼굴 아가씨는 가장 먼저 아서의 몸에 새로 문신한 것이 없는지부터 살폈다. 그것은 둘만 아는 놀이였다. 아서의 팔뚝과 이두근은 벌써 화려한 문신으로 가득했다. 이제 아서는 문신이 있을 법하지 않은 곳에도 새기고 있다. 평면얼굴 아가씨가 겨드랑이와 배꼽, 사타구니, 은밀한 곳을 구석구석 살펴볼 때마다 아서는 비명을 지르면서 침대로 돌진했다. 간지럼을 많이 타는 것도 아서의 매력이었다. 아서는 낄낄거리면서 "당신을 안을 때까지 기다려 봐." 하고 짐짓 거친 말투로 말했다. 평면얼굴 아가씨는 고집스럽게 계속 문신을 찾았다. 이 게임은 그들이 즐기는 사랑스러운 장난이었다. 아서와의 행복 속에서 평면얼굴 아가씨는 과거의 삶을 잊어버리기 시작했다.

하지만 과거가 생각날 때도 있었다. 어느 날 저녁 아서가 선원 친구들과 항구에서 놀고 있을 때였다. 그런 날이면 평면얼굴 아가씨는 따라나서지 않았다. 그 대신 나중에 아서에게 물었다.

"아, 알잖아."

그러면서 아서는 그날 밤의 이야기를 해 주었다.

"술이 떡이 되었지. 여자아이들도 따라다니고. 물론 집에서 기다리고 있는 자기가 있는데 다른 여자 아이한테 관심을 가졌던 건 아니야. 블루스타에서 아주 웃긴 남자들이랑 이야기도 하고."

"어떤 남자들이었는데?"

"아, 그냥 남자들."

아서는 가슴을 치면서 웃었다.

"정말 이제까지 본 사람 중에 가장 별난 녀석들이었어. 하나는 외눈 안경을 쓰고 완전히 웃긴 복장을 하고 있었지.

자기가 무슨 영국 사람이나 되는 것처럼 말이야. 폴로 선수처럼 말이지. 정말 시건방지더라고. 근데 다른 녀석은 정말 친절했어. 자꾸 나에 대해서 물었지. 그래서 그 녀석들에게 당신에 대해서 모두 이야기해 줬지. 얼마나 멋진 아내인지 말이야."

아서는 평면얼굴 아가씨를 감상이나 하듯이 입맛을 쩝쩝 다시고는 평면얼굴 아가씨의 목에 입술을 묻었다.

"아서."

평면얼굴 아가씨가 날카로운 목소리로 말했다.

"그 남자들 근처에 가지 마. 나한테 설명하라고 하지도 말고. 그냥 그 작자들을 멀리 해. 약속해 줘! 듣고 있어?"

"알았어, 알았어."

아서의 기분이 가라앉았다. 아내에게 잔소리 듣는 것에 익숙하지 않았기 때문이다. 아서의 마음을 스치고 지나가는 비열한 생각이 쉽게 입 밖으로 나왔다.

"알 것 같군. 당신이 과거에 꽤나 함부로 살았다는 걸……."

"아서!"

"아, 미안해."

아서는 평면얼굴 아가씨에게 키스했다.

"잊어버리자. 이리 와. 텔레비전이나 보다가 자자, 응?"

그날 밤 내내 평면얼굴 아가씨는 음란 씨와 저그 탐정이 창문 밖에서 아서와 자신의 정사를 지켜보고 있다는 의심을 지워 버릴 수가 없었다. 평면얼굴 아가씨는 일어나서 바깥을 내다보고 싶었다. 하지만 아서를 놀라게 하고 싶지는 않았다. 아서는 술에 몹시 취했기 때문에 그렇게 한 번 멈췄다가는 산통이 깨질 것이라고 생각했다.

새벽이 되어 아서가 침대 한쪽에 고꾸라져 있는 것을 보고 평면얼굴 아가씨는 밖으로 나왔다. 생각했던 대로였다. 두 남자는 버스 정류장 근처 보도에 차분하게 앉아 있었다.

"둘이 서로 미워하는 줄 알았는데."

평면얼굴 아가씨는 신경질적으로 말했다.

"우리는 화해했어."

저그 탐정이 말했다.

"힘을 합쳤지."

음란 씨는 그 익숙한 고압적 목소리로 "저 녀석은 신경 쓰지 마." 하고 말했다.

"네가 있을 자리를 알아야 해. 저, 젊은 놈하고는 아니야."

음란 씨는 마치 경멸스럽다는 듯 말을 내뱉었다.

"내가 당신을 짐에게서 구해 주고 그 모든 걸 가르쳐 준 게 저 유치한 보라색, 붉은색, 초록색 옷 입은 아서 때문이라고 생각하나? 맙소사, 대체 그 녀석보다 나이가 얼마나 더 많은지 알기나 해? 그 녀석도 그걸 알아?"

"거기에 대해서는 이야기한 적 없어."

평면얼굴 아가씨는 눈물을 그렁거리면서 말했다.

"아서는 날 사랑해."

"하지만 그 녀석이 당신에 대해 알긴 알아?"

음란 씨가 끈덕지게 물었다.

"나만큼 당신에 대해서 아느냐고?"

"음란 씨, 음란 선생!"

저그 탐정이 미안해하면서 참견했다.

"조용히 해, 이 바보 녀석아!"

"하지만 그 멍청이에 대해서 내가 조사한 걸 저 여자한테 이야기해야겠어요. 서류는 다 가지고 있긴 하지만."

"무슨 서류 말이에요?"

평면얼굴 아가씨가 외쳤다.

"그게, 로라."

저그 탐정이 비밀스러운 목소리로 말했다.

"당신의 아서는 선원으로 살기만 했던 건 아니야. 그전에 는……."

"시끄러워!"

음란 씨가 (평면얼굴 아가씨가 알기로는) 처음으로 그 뛰어난 자제력을 상실하며 외쳤다.

"저 여자를 돌아오게 할 방법이 이젠 없다는 걸 모르겠 어?"

"상관없어."

음란 씨 앞에서 평면얼굴 아가씨가 단호하게 말했다.

"나 때문에 아서를 망칠 수는 없어. 나는 아서가 필요해. 그리고 절대 아서를 포기하지 않을 거야."

"그 녀석이 서른 살이 되면? 그땐 당신이 얼마나 할망구가 될지 알고는 있어?"

"상관없다니까."

평면얼굴 아가씨가 말했다.

"둘 다 날 그냥 내버려 둬. 나는 할 일을 했고, 쾌락도 느꼈어. 이제 나는 그냥 나로 살고 싶어."

갑자기 음란 씨의 반바지가 환한 햇빛 아래에서 쭈글쭈글하고 우스워 보였다. 음란 씨의 외눈 안경도 우스꽝스러웠다. 그리고 누구도, 그 누구도 캘리포니아 남부에서는 모자를 쓰지 않는다. 최소한 이른 아침의 햇살을 맞으면서는. 평면얼굴 아가씨는 웃음을 터뜨리기 시작했다.

재혼한 지 몇 달이 지나지 않아 평면얼굴 아가씨는 아직도 여성미를 물씬 풍기고 있음에도 죽을병에 걸리고 말았다. 처음에는 식중독으로 시작되었다. 국경 바로 너머 티후아나에서 걸린 것이었다. 별로 좋아하지 않는 타코를 씹으면서 늙은

행상인의 수레에 가까이 다가갔을 때 마가렛 풀러*와 에롤 플린**의 영혼이 평면얼굴 아가씨의 귀에 경고의 말을 외쳤다. 하지만 평면얼굴 아가씨는 그 말을 듣지 않았다. 미국의 영혼들이 말하는 소리에 늘 귀를 기울이면서도 평면얼굴 아가씨는 특별히 지시를 따르지는 않았다. 그런 목소리를 들은 적도 없는 아서는 콜라를 마시기로 결정했다.

선원조합에서 최고의 진료 지원을 받으면서 편안한 소파 침대에서 이 주일을 보낸 뒤, 평면얼굴 아가씨는 착란 상태에 빠졌다. 가까이 있는 의자에 웅크리고 앉아서 슬퍼하고 있는 남자를 보고 평면얼굴 아가씨는 외쳤다.

"짐, 당신이 여기 있는지 몰랐어!"

그러고는 마음에도 없는 말을 했다.

"여기 와 주다니 근사한걸!"

하지만 그는 짐이 아니었다. 그는 환자용 변기를 가져다주고 맑은 수프를 떠먹이면서 대단할 것 없는 평면얼굴 아가씨의 얼굴 위로 젖은 수건을 올려놓는, 그녀 곁에서 충실하게 간호하는 아서였다. 아서가 평면얼굴 아가씨의 생애에서 유일한 연애였음에도 평면얼굴 아가씨는 아서가 자신을 보살피

---

*마가렛 풀러(Margaret Fuller, 1810~1850)는 미국의 여권 운동가이자 평론가다. 옮긴이

**에롤 플린(Errol Flynn, 1909~1959)은 호주 출신으로 할리우드에서 활약했던 남성 영화배우다. 낭만적 모험가 역할을 주로 맡았고, 화려한 생활을 즐긴 것으로 유명하다. 옮긴이

는 것에 대해서 잘 알지도 못했다. 착란 사이에 정신이 돌아왔을 때 평면얼굴 아가씨는 변호사를 불러 유언장을 작성하게 시켰다. 유언장에서도 아서는 언급되지 않았다. 평면얼굴 아가씨는 현재를 전혀 고려하지 않는 것처럼 보였다. 죽음이 가까워오자 평면얼굴 아가씨의 정신은 예상 밖으로 애국심에 넘쳐흘렀고, 단지 전 남편과 아이들만 생각하고 있었다. 결국에는 모두가 처음으로 돌아간다.

평면얼굴 아가씨의 사후 재산 처분 유언장.

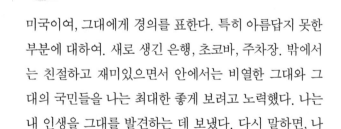

미국이여, 그대에게 경의를 표한다. 특히 아름답지 못한 부분에 대하여. 새로 생긴 은행, 초코바, 주차장. 밖에서는 친절하고 재미있으면서 안에서는 비열한 그대와 그대의 국민들을 나는 최대한 좋게 보려고 노력했다. 나는 내 인생을 그대를 발견하는 데 보냈다. 다시 말하면, 나 자신을 발견하는 데. 나는 이 나라의 국민이고 이 나라만의 생활 방식을 추종하기 때문에 지금의 내가 될 수 있었다. 그러니 내 시신을 화장해서, 손대지 않은 (그대는 다이어트 중이므로) 감자가 놓인 저녁식사 접시 옆 재떨이에 뿌려 다오.

전국정신건강협회, 철의 장막 뒤로 희망의 빛살을 보내고 있는 자유유럽방송, 여성유권자동맹, 우리 두 인종을 빠르게 통합시키는 데 도움을 주고 있는 미국흑인향상협회, 전국기독교유대인협의회, 미국 걸스카우트, 시카고 바하이교 사원, 내가 선택한 학교인 버몬트 대학(나는 '테네시강유역개발공사'나 '월간좋은책선정클럽'도 잊지 않고 있다. 단지 이들이 나의 도움을 필요로 하지 않는다는 점을 제외하고.) 같은, 미국만의 독특한 생활방식을 만들어 내는 데 기여한 단체들에게 1만 달러씩 남기고 싶다. 그럴 돈이 있다면.

지금쯤 다 커서 제멋대로였던 엄마를 거의 잊고 살고 있을 아이들, 짐 주니어 메리, 꼬마 윌럼스, 갓난아기에게 이 엄마의 축복과 함께 수족관을 남긴다. 이 수족관은 내가 너의 아버지와 결혼하면서 집을 떠났을 때 나의 어머니가 충실하게 보관(하겠다고 약속)해 온 것이다. 만약 물고기들이 다 죽지 않았다면.

내 전남편 짐에게. 오래 전에 나를 용서했기를 바라며, 꼬박꼬박 납부해 온 '공평한 생명보험 회사'의 보험증서를 남긴다.

저그 탐정에게는 나의 경멸을 남긴다. 이것이 경찰과 탐정들의 명예에 해가 되지 않기를 바라며.

음란 씨에게는 그가 충분히 받아 마땅한 배은망덕을 남기겠다.

—로라 플랫페이스 존슨 앤더슨.

앤더슨은 아서의 성이다.

라스마드리나스 대로에 있는 '편안하게 와서 편안하게 간다' 장례식장에 사람들이 모였다. 예상보다 많은 사람들이 모인 것을 보고 당황한 아서는 서둘러 옆문으로 살짝 빠져나가서 아이스크림 콘 한 상자와 바닐라 아이스크림을 가득 사왔다. 아서는 콘에다 아이스크림을 세 덩이씩 올려서 손님들에게 나누어 주었다. 사진사가 식장을 돌아다니고 있었다. 몇몇 참석자들은 사진이 찍힐 때 아이스크림을 감췄다.

참석자들 중에는 다소 풀이 죽은 듯한 외눈 안경을 쓴 사람이 있었고, 그 옆에는 찌그러진 중절모를 쓴 건장한 남자가 있었다.

"웬 낭비람."

외눈 안경을 쓴 남자가 계속 투덜거렸다.

"웬 낭비냔 말이다."

아서가 아이스크림을 들고 그에게 다가가자 음란 씨는 거만한 태도로 치우라는 몸짓을 하고는 식장을 빠져나갔다. 중절모 쓴 남자는 아서의 손에서 녹아내리고 있는 아이스크림을 낚아채고는 서둘러 뒤따라나갔다.

"막돼먹은 놈들 같으니라고. 그렇지 않아?"

참석자들 몇몇이 속삭였다. 그들은 아서의 친척들로, 아서의 결혼을 허락하지 않았지만 언제 그랬냐는 듯 장례식장에는 참석해 있었다.

장례식장의 응접실 뒤편에서는 건강하게 보이는 남자(관자놀이가 하얗게 새고 있는)가 홀로 앉아서 커다랗고 노란 손수건에 얼굴을 묻고 흐느끼고 있었다.

화장이 시작되려고 하자 그 남자는 난간으로 달려가 아서의 옷깃을 그러쥐었다.

"난 짐 존슨이야. 알지? 로라의 첫 번째 남편이지."

그러고는 다시 주저앉았다.

"이건 그 사람 거야."

짐의 목소리는 흐느낌으로 뚝뚝 끊어졌고 자신의 얼굴을
감싸고 있는 손수건에 묻혀서 잘 들리지 않았다. 짐은 손수건
을 가리킨 것이었다.

"그 여자가 노란색을 좋아했다는 걸 알고 있었나?"

"아니요."

아서가 슬프게 대답했다. 평면얼굴 아가씨가 노란색을 좋
아했다는 것은 세련되고 빈틈없는 음란 씨조차 짐작도 하지
못한 사실이다. 이것을 아서가 알았다면 조금은 덜 슬펐을 것
이다.

아서는 남자다운 다정한 몸짓으로 짐을 껴안았다. 둘은 시
신이 화장되는 동안 함께 무릎을 꿇고 말없이 앉아 있었다.
하늘 위에서 평면얼굴 아가씨가 만족스럽다는 듯 지켜보고
있었다. 잠깐만 흐뭇하게 바라보는 건 괜찮을 것이다. 우리는
어느 누구도 완전히 알 수는 없다. 하지만 우리들 중 누가 그
렇게 사랑받으면서 살았겠는가?

베이비

Baby

아, 선생님, 아이에게 뭔가를 원한다는 건 끔찍한 일이에요.
베이비가 옳아요. 우리는 그 아이를 다른 행성에서 온 손님처럼 대해
야 해요. 뭘 하든 신경 쓰면 안 되죠. 밑 빠진 독에 물 붓느니, 기분
전환 겸 우리 자신이나 잘 챙겨야죠.

월요일

선생님, 우리는 우리 문제를 정말로 유능한 전문가와 의논하는 것이 제일 좋겠다는 결정을 내렸습니다. 우리가 얼마나 최선을 다했는지에 대해서는 모르는 사람이 없습니다. 하지만 때로는 실패를 인정해야 할 때도 있는 거죠. 그래서 우리는 선생님과 이야기를 하기로 결심했습니다. 하지만 같이 오는 건 별로 좋을 것 같지 않더군요. 그래서 한 명은 월, 수, 금에 다른 한 명은 화, 목, 토에 방문하기로 했습니다. 그러면 선생님께서 양쪽 입장에 대해 충분히 아실 수 있겠지요.

빚이 조금 있습니다. 그렇게 많지는 않고요. 우리는 분수에 맞게 살려고 노력합니다.

물론 여유도 조금 있죠. 우리는 비용을 아끼지는 않으려고 합니다. 하지만 솔직하게 말씀드리면 선생님을 고른 건 다른 분들보다 비용이 알맞기 때문이었죠. 그리니치 선생님도 선생님께서 이 분야의 권위자라고 말씀해 주셨고요.

아뇨. 지금은 둘 다 일을 하고 있지 않습니다. 그냥 기다리고 있는 거죠.

정말 아니에요. 그것 때문에 선생님을 찾아 여기까지 왔는걸요.

어느 정도까지 배경 지식을 필요로 하시는 겁니까?

네. 우리는 작년에도 건강검진을 받았어요.

둘 다 이 나라에서 태어났죠. 집안도 좋고요. 아니, 우리가 외국인인 줄 아셨다고요? 선생님이 외국인 아니신가요? 그런 질문에 별로 신경 쓰지 않으시겠죠?

처음에는 우리 모두 자신 있었답니다. 월급도 꽤 되고, 대출받지 않고 집도 샀고, 회원권도 있고…….

가끔은요. 물론. 다른 부부도 그렇지 않나요? 하지만 다른 사람들은 유야무야 넘어가죠. 우리는 영화를 보면서 축하해요. 포럼에 가서 연극을 보기도 했죠. 하지만 이제는 그렇게 보낼 시간이 많이 없어요.

아, 아이를 애지중지하기는 하죠. 아이가 있으면…….

규칙적으로 해요. 일주일에 한 번에서 두 번 정도? 다행히 거기에 대해서는 별로 문제가 없는 편이에요.

아니요. 그 모임에서 선생님께 찾아가 보라고 제안했어요. 공로가 다 우리에게 있다고 주장하는 건 아니에요. 하지만 어쨌든 그렇게 생각했을 수도 있죠.

그래요. 맞습니다. 하지만 그게 뭐가 잘못됐다는 거죠? 교육 수준이 그렇게 차이가 난다고 해도 우리는 아주 잘 지내고 있어요.

아마 우리 문제가 선생님께는 좀 같잖아 보이는 것 같군요.

아니, 아니에요. 그런 말씀은 아니었습니다.

좋습니다.

저쪽 문으로요?

화요일

문제는 베이비가 아닙니다, 선생님.

뭐라고요?

아, 빨리 빈 곳을 채우라고요? 그이도 바로 시작했어요.

돌아가면서 해요. 그렇게 멀지 않거든요.

걔도 좋아해요. 자명종이 울리면 아침마다 베이비가 침대로 뜨거운 커피를 가져다주죠.

우리는 간섭하지 않으려고 해요. 아이 방은 완전히 쓰레기 더미죠. 더 큰 침실을 주겠다고 해도 계속 고집스럽게……

지난봄에 이 주일 동안 빅 서에 캠핑을 다녀왔어요. 베이비도 데려가려고 했지만 가지 않겠다고 하더군요. 시험 공부해야 한다고요.

그럼요. 뭐든 알아서 잘 해요. 밥도 챙겨 먹을 줄 알고요. 그래도 우리는 걱정이 되죠.

그거 좋아하죠.

하지만 우리는 시력을 버릴까 봐 걱정해요. 걔는 다른 아이들과 노는 걸 좋아하지 않아요.

만화책이든, 애드거 앨런 포우든, 잭 런던이든, 백과사전이든 상관없죠. 아홉 시에 불을 끄면 전등을 켜고 책을 읽어요. 몇 번 그러는 걸 우리가 잡았죠.

시타르*만 배워요.

아니요. 우리는 베이비에게 뭔가 영향력을 끼치려고 하지 않아요. 나중에 커서 뭐가 되든 우리는 상관없어요.

우리는 옛날식 가족 개념을 싫어해요. 모두 서로의 머리 꼭대기까지 오르려고 기를 쓰는 가족 말이죠.

휴가를 따로 보내자는 이야기를 했어요. 한 번쯤 서로 떨어져서 시간을 보내는 것도 좋잖아요?

예를 들면 우리 모임에서 일요 회합을 할 때는 우리는 서로 떨어져 앉죠.

아니요. 연애는 하지 않기로 했어요. 거짓말하는 건 정말

---

*시타르sitar는 인도의 현악기다. 옮긴이

끔찍한데다가, 둘 다 질투심이 강한 편이라 바람은 안 피는 게 상책이죠.

선생님께서는 인간에 대해서 무척 냉소적이시군요. 문제 있는 사람들이랑 시간을 많이 보내셔서 그런가 봐요.

맞아요. 처음부터 그랬죠. 솔직하다는 게 다른 사람들처럼 그렇게 복잡한 문제라고 생각하지 않아요. 결국 필요한 건 용기를 내는 거죠. 그리고 자기 존중감도. 하지만 우린 아마 좀 구식인가 봐요.

꿈이라고요. 뭐, 선생님께서 원하신다면 뭐든 말씀드리죠. 근데 다음 시간으로 미뤄야겠네요.

수요일

자기 자식들에 대해 으스대는 부모들을 많이 만나 보셨겠군요. 하지만 베이비는 정말 조숙하답니다. 어릴 때는 자기가 다른 아이보다 얼마나 영리한지를 자각하지 못하게 조심했어요. 거만한 아이가 되는 걸 원치 않았거든요.

만약 우리가 더 젊었다면……

그건 사고라고 할 수 없습니다. 아니죠. 하지만 베이비도 계획해서 낳았던 건 아니었어요.

우리는 낙태를 옳다고 생각하지 않아요. 우리는 뱃속에 있는 태아에게도 권리가 있다고 생각해요. 의사 선생님들이야

뭐라고 하든.

아니요, 다른 아이를 입양하는 것에 대해서는 생각해 본 적이 없습니다.

베이비는 아주 건강합니다.

아마 똑같지는 않겠죠?

물론 어떨 땐 베이비가 운동을 했으면 하죠. 근데 베이비는 수영도 못 해요. 도우보이 수영장에 가서도 간신히 돌아다니는 정도죠. 진짜 수영장에 데려다 줄 필요도 없어요.

그건 좀 너무 관습적인 생각 아닙니까, 선생님? 아마 운동선수들 중에서 머리가 좋은 사람은 별로 없을 거예요. 그건 선생님 말씀이 맞아요. 하지만 그렇다고 머리 좋은 아이들이 집에만 있으면서 캠핑도 안 갈 이유는 없잖아요.

우리는 틀림없이 베이비를 격려하고 있다니까요.

그 녀석은 늘 배짱이 대단해요. 게다가 끈기도 있죠. 도전하는 걸 좋아하고. 호기심도 물론 대단합니다.

물건 모으는 것도 좋아해요. 골동품 같은 것들. 베이비는 주립박물관에서 공룡 구경하는 것도 아주 좋아하죠.

아시다시피, 우리는 베이비를 가졌던 날 밤도 기억하고 있어요.

아니에요. 그 녀석은 늘 사소한 문제들도 우리에게 모두 이야기해요.

한 번 철썩 때린 게 다였어요. 이후에는 그런 문제가 없었어요.

식모가 그랬죠.

네. 손톱을 물어뜯곤 했죠. 이제는 그러지 않아요.

우리는 좀 더 좋은 동네로 이사 갈까 생각 중이에요. 아마 돈이 더 많이 들겠죠. 하지만 베이비가 함께 노는 커디히 카운티 아이들은 좀 거칠어요. 저번 일요일에 토팽거캐니언으로 드라이브 갔을 때 우리는 복층식 저택 하나를 봤죠. 그다지 비싸지는 않았어요. 20년 정도 할부금을 내면 되겠더군요. 바로 우리를 위한 집이다, 했어요. 차 석 대가 들어갈 수 있는 차고는 베이비가 화학 실험할 때나, 오리들이나 병아리 여섯 마리 키우는 데 쓰면 될 것 같더라고요.

오리는 두 마리예요.

로리와 빌리죠. 오리 이름치고는 좀 웃기죠?

병아리한테는 이름을 붙이지 않았더라고요.

이번 학기에는 학과마다 몽땅 최고 점수를 받았어요. 우등상을 받으면 자전거를 사 주겠다고 약속했죠.

아, 거기는 괜찮은 학교입니다. 명문이죠. 전통적 방식으로 아이들을 가르치고요. 필요한 사전 조치도 잘 취합니다. 어제는 베이비가 홍역에 걸렸어요. 담임교사가 아침 열 시쯤에 집으로 전화하셨더군요. 아주 조심스러운 학교죠. 이 년 전에 유괴 사건이 났으니까요.

아니요, 우리끼리 하는 이야기는 집에 가서 하지 않습니다.

그러지 말라고 하셨으니까요. 그렇죠? 우리는 귀머거리가 아
니랍니다.

아니, 벌써요?

목요일

베이비의 침대 옆 탁자에 콘돔이 한 박스 있는 걸 발견했어
요. 그걸 하기엔 너무 어린 나이라고 생각하지 않으세요, 선
생님?

베이비 담임선생님이 집으로 오셨어요. 무슨 일인지 궁금
해 하셨죠.

베이비도 의사에게 데려가야겠어요.

베이비는 글씨체가 아주 이상해요. 한번 가져와 볼까요?

언제든지 말씀만 하세요.

베이비는 일기를 써요. 그리고 분명히 밝혀 두지만, 일기장
을 자물쇠로 꼭 채우죠.

그건 꿈도 못 꿔요. 그렇게 하면 아이의 믿음을 완전히 저
버리게 되니까요. 그렇지 않나요, 선생님?

우리는 더 이상 동의할 수가 없었어요. 요즘 애들은 너무
잘난 체를 해요.

그렇게 말씀해 주시니 고맙군요.

걔는 수학에 제일 약해요. 글씨는 말할 것도 없고요. 지독

한 악필이죠.

역사랑 화학을 잘하죠.

그다지 많이 하지는 않아요. 기억력이 좋아서 그렇게 많이 읽을 필요는 없어요. 그래도 우리는 더 읽었으면 하죠.

거의 모든 걸 기억해요. 걔는 작년 슈퍼마켓의 물건 가격, 안개 지수, 텔레비전 프로그램에서 나온 이야기, 주식시장 평균 종가終價까지 다 기억해요. 우리 친구들 전화번호까지 다 외고 있죠. 저녁에는 하루 동안 고속도로에서 봤던 자동차 번호까지 술술 늘어놓는다니까요. 우리는 테스트도 해 봤어요. 그 아이는 정말 쓸데없는 정보로 가득 차 있는 쓰레기통이에요.

걔는 스티브 맥퀸이 그린하우스에서 점심식사를 하곤 한다는 이야기를 듣고는 그 앞에서 몇 시간이고 죽치고 기다린 적도 있어요.

농구요. 배구도 잘하죠.

음, 물론 또래보다는 키가 커요. 우리 집안 전통이죠.

어렸을 땐 홍역, 볼거리, 편도선염 등 평범한 병을 앓았죠. 삼 년 동안 치아 교정을 하기도 했고요.

잘 때는 코를 골아요. 인두편도를 두 번이나 잘라 내야 했어요.

베이비에 대해 좀 이상한 점을 아신다고요? 걔는 새벽 네 시마다 깔깔거리고 웃어요. 꿈을 꾸는 거죠. 하지만 깨워서 물어보면 아무것도 기억을 못 해요.

아니요, 이해를 못 하시는군요. 정확하게 새벽 네 시예요. 두 시간 시차가 나는 하와이에 갔을 때도 정확하게 네 시가 되자마자 웃었어요. 이건 어떻게 설명하시겠어요?

정말이에요! 그걸로 시계를 맞춰도 된다니까요.

아주 멋지게 웃죠. 정말 멋지게. 옆방에서 들어도 온몸이 따뜻해지는 느낌이에요.

실제로 한 번 시도해 본 적이 있었죠. 우리는 걔 방문 앞에 서서 새벽 네 시가 되기를 기다렸어요. 웃음소리를 듣자마자 방으로 뛰어들어가 걔를 흔들어 깨우고는 꿈을 꿨냐고 물어봤죠. 잠이 덜 깨서 정신을 못 차리더군요. 불쌍한 것. 처음에는 아무 말도 안 하더군요. 그러더니, 뭐라고 했는지 아세요?

맞춰 보세요.

아마 선생님은 절대 못 맞추실 걸요.

"물고기." 하고 말했어요. 눈은 감은 채로요. 그러더니 조금 더 웃다가 "물고기."라고 한 번 더 말하더군요. 그러고는 다시 코를 골면서 잠이 들었어요.

우리는 아침에 다시 물어봤죠. 그런데 아무것도 기억 못 하더라고요.

한 번 더 그런 적이 있었어요. 우리가 걔를 깨운 건 아니었어요. 지난봄에 빅 서에서 캠핑할 때였어요. 그때도 새벽 네 시에 정확하게 웃음을 터뜨리더군요. 우리는 시계를 확인했어요. 그리고 그냥 조용하게 "아가?" 하고 불렀죠.

그랬더니 뭐라고 했는지 아세요? 잠결에 이렇게 말했어요. "나폴레옹이 엘바로 가는 기차에 있어."

그러더니 웃고 또 웃는 거예요. 정말 똑똑하지 않아요? 그 아이는 꿈을 꿀 때도 똑똑한 꿈을 꿔요.

아이에 대해서 걱정하는 건 멍청한 일이겠죠. 그런 말씀이 시죠, 선생님?

우리는 최대한 걔를 편하게 해 주려고 했지만…….

네. 가끔요. 그렇게 자주는 아니고.

우리가 틀린 건가요?

좋아요. 우리도 그렇게 생각해요. 어쨌든 식모가 걔를 잡 았죠.

아, 후아니타도 베이비를 좋아해요. 베이비를 만나는 사람 들은 모두 걔가 얼마나 특별한 아이인지 알게 되죠. 특히 아 이들이 말이에요.

선생님께서 베이비를 직접 만나지 않으실 건지 궁금하네 요. 그러면 우리 얘기를 잘 이해하실 수 있을 텐데요.

금요일

베이비가 어제 학교에서 코피가 났다고 하더군요.

소아과 의사 말로는 인두편도 잘라 낸 걸 제외하고는 베이비가 아주 건강하다고 했어요. 그래도 건강검진을 받아야 한다고 생각하십니까?

단백질이 아주 중요하다고 생각합니다.

하지만 어떤 것들은 육체적인 문제입니다. 그렇지 않나요, 선생님?

그리니치 박사님이 내려 주신 지침에 따라 우리 스스로 이겨 내려고 노력하고 있어요. 하지만 개인적 문제로 모임에서 시간을 많이 차지하는 건 정당하지 못한 일 같군요.

아마 우리와 똑같은 경우를 맡아 보지 못하셨을 겁니다.

물론 우리도 치료사한테 그 아이를 데리고 가려고 해 봤어요. 그런데 싫다고 하더군요. 가자고 강요할 수는 없지 않습니까? 사람들은 도움 받는 걸 원해야 해요.

바로 그겁니다. 그래서 우리는 선생님과 이야기하면 베이비를 도울 수 있지 않을까 생각했어요.

그건 별로 도움이 안 됩니다. 우리는 지난주에 베이비의 용돈을 올려 줬어요.

상품권도 같이요. 그렇지만 그걸 쓰지는 않을 겁니다.

베이비는 크면 목사가 되고 싶대요. 목침 아래 기드온 성경책을 두고 잠을 자죠.

발로에 있는 윅웜에서요. 실제 윅웜* 모양을 한 모텔 이름

---

*윅웜wigwam은 아메리카 인디언의 천막 오두막을 말한다. 옮긴이

이죠.

정말 끔찍하게 더웠죠. 여름에 발로 날씨가 어떤지 아시죠? 거의 숨 막혀 죽을 뻔했어요. 하지만 베이비는 더위를 별로 신경 쓰지 않았습니다.

6월에 거기에 가다니, 정말 우리는 미쳤어요. 답답한 느낌이 들면 그래도 가끔은 차에 올라타 아무 곳으로나 드라이브를 합니다.

에어컨을 켜도 괜찮으시겠죠? 덥지 않으세요?

네, 그렇게. 감사합니다.

베이비는 기계 조작도 아주 능합니다. 저번날 밤엔 서재에 있는 텔레비전도 걔가 고쳤죠. 저녁에 손님이 여덟 명 오기로 했는데 고장이 났거든요.

가끔은 걔가 너무 과학 쪽으로만 기울어서 유감입니다. 집에 프랑켄슈타인 박사 2세를 데리고 있는 기분이죠. 아무튼 과학이 마음을 강하게 한다는 건 인정해야겠죠.

예를 들면, 베이비의 제일 친한 친구였던 미키가 지난여름에 소아마비로 죽었어요. 둘은 재작년에 실 비치에서 열린 서핑 캠프에서 만났었죠. 우리는 미키가 죽었다는 소식을 알리지 않으려고 했어요. 너무 놀랄까 봐. 그런데 막상 이야기를 했더니 별로 슬퍼하지도 않더군요.

아니, 선생님이 그렇다는 건 아닙니다. 선생님께서는 아주 동정심이 풍부하시다는 걸 알죠. 하지만 우리는 선생님이 하시는 일을 엄밀히 말해 과학이라고 부를 수 없다고 생각합니다. 그렇지 않나요?

아, 그리니치 박사님은 그렇게 말씀하시지 않으시던데.

정말 여쭤 볼까요? 그런데 박사님이 동의하지 않으시면 어떡합니까?

우리가 처음 여기 왔을 때 선생님은 웃으셨어요. 기억하세요? 선생님은 더 자주 웃으셔야 합니다.

그럼 그렇게 하죠. 왜 처음부터 그렇게 말씀해 주시지 않으셨습니까?

토요일

뱀 이빨보다 더 날카롭죠. 늘 그래요. 우리가 조금 유치하게 굴어도 개의치 않으시겠죠, 선생님? 거기에 대해 이야기하니 정말 안심이 되네요.

그 아이에게 피아노를 배우게 하고 싶었어요.

머리 스타일에는 문제가 없어요.

음, 그건 무슨 '약' 인가에 달려 있는 것 같은데요?

아니요.

학교에서만.

아주 조그만 거 조금만 했대요. 그리고 완전히 끊었다고 호언장담하더군요.

절대로. 다행이죠. 그건 정말 영원히 정신을 망가뜨릴 거예요, 그렇죠?

어려운 문제는, 베이비가 뒤끝이 있다는 거죠.

잠깐만요. 베이비가 우리 모르게 선생님을 만나려고 한 적이 있나요?

왜 아니겠어요? 들어 보세요. 선생님은 걔가 얼마나 영리한지 모르시는 것 같군요.

베이비는 자기가 크립톤 행성*에서 태어났고 우리는 친부모가 아니라고 이야기하고 다녀요.

글쎄요, 다섯 살밖에 안 된 꼬마가 노벨상을 타겠다고 떠들고 다니는 것에 대해서 어떻게 생각하세요? 그리고 그때가 되면 우리는 자기를 안다는 것에 대해서 자랑스러워 할 거라고 말이죠. 식모한테 그랬다더군요.

화학 시간에요.

처음으로 도망간 때요? 맞아요.

공기총을 가지고 갔죠.

아뇨, 그렇게 멀리 가지는 않았어요.

오션 파크에 있는 튀김 장수가 베이비의 학교 버스 승차권을 보고 우리에게 전화를 했어요. 베이비가 네 시간 동안 쉬지 않고 롤러코스터를 타더라고 했어요.

---

*슈퍼맨이 태어난 외계 행성을 말한다. 옮긴이

경찰을 부른 건 세 번밖에 안 돼요. 우리는 경찰 부르는 걸 굉장히 싫어하지만, 당시에는 다른 방법이 없었죠.

누구나 불행한 유년시절을 보내지 않나요, 선생님? 아니면 최소한 사람들은 자기 어린 시절이 불행했다고 생각하죠. 여기에 와서 줄줄이 그런 이야기를 늘어놓는 사람들이 많을 텐데요. 우리가 한 짓이 그렇게 잘못된 것이었나요? 물론 요즘에는 아무도 가족을 존중하지 않죠. 우리는 베이비가 학교에서 주워들은 생각들을 알고 있어요. 하지만 집에서는 아이에게 균형을 잡아 주려고, 잘 가르치려고 노력합니다.

아니요, 사촌은 별로 좋아하지 않아요. 물론 그 아이들은 베이비만큼 똑똑하지 않죠. 그렇다고 하더라도…….

사촌 버트는 캘리포니아 공대에 합격했어요.

걔는 아이보다는 어른으로 대우받는 걸 좋아해요. 작은 책임을 지워 주거나 과제를 주면 얼굴이 빛나죠. 베이비는 우리보다 더 시간을 잘 지켜요. 그 나이에 정말 특이한 경우죠.

자기를 아이처럼 대한다는 느낌이 들면 베이비는 버럭 화를 내요.

처음 인두편도를 잘라 냈을 때 우리는 병원에서 밤새 아이 곁을 지켰어요. 하지만 이번에는 아이가 많이 커서 그렇게까지 하지는 않았죠.

아니, 그렇게 엄격하지는 않아요. 그럴 마음도 없고요. 하지만 가끔은 냉정해야 하죠. 아이를 위해서라도.

글쎄요. 그런 건 아이에게 칭찬해 줘야 해요. 우리한테 반발하는 것도 필요하다는 걸 우리도 알죠.

그건 똑같지 않죠.

선생님도 자녀가 있으시겠죠?

어쨌든, 조숙한 아이는 달라요. 쇼펜하우어를 읽는 여덟 살짜리 꼬마가 다루기 쉽다고 말씀하시지는 않겠죠.

아마 그렇겠죠.

좋아요. 우리가 내일 한번 알아볼게요.

맞아요! 선생님 없이도 하루 종일 우리가 잘 해낼 수 있을까요?

물론 직접 묻지 않고 알아볼 거예요. 선생님도 우리를 바보 취급하시는 건 아니겠죠? 베이비처럼요.

월요일

어젯밤 그룹 모임을 하고 나서 우리는 좀 싸웠습니다. 쿵쾅거리는 와중에 베이비가 잠옷차림으로 문밖에서 우리 싸우는 소리를 듣고 있는 걸 알았죠.

그럴 수 없었어요.

아침에 보니 다시 잠자리에 오줌을 쌌더군요.

아, 그렇게 했어요. 트윈베드에서 자려고 했죠. 베이비는 토요일, 일요일 아침이면 우리 침대로 파고 들어오는 습관이 있거든요.

가끔 우리도 바람을 피죠. 서로를 너무 당연하게 생각해야 한다고 느끼지는 않아요. 하지만 우리는 서로 모든 것을 이야기합니다.

들어 보세요, 사람들은 모두 자기답게 살아야 합니다.

물론 아이를 더 갖는 것에 대해 생각해 보았죠. 하지만 적절한 때인 것 같지는 않았어요. 그러려면 계획을 짜야 하는 법이죠.

아마도 이젠 너무 늦었겠죠. 그리고 하나도 제대로 키우지 못하고 있잖아요. 그건 인정해야죠.

걔는 말을 안 해요. 나이 많은 아이들을 좋아하죠. 제일 친한 친구는 여덟 살입니다. 이름은 델마 드라라죠. 그런데 걔는 그 아이를 '블루머'*라고 불러요. 그 아이는 베이비를 '바닐라'라고 부르죠. 걔들은 서로를 너무 좋아해요. 베이비는 그 아이와 결혼하겠답니다. 현관 신발장 앞에서 몇 시간이고 킬킬거리면서 같이 앉아 있죠.

델마는 우리가 브리지 게임을 하러 터넬네 집에 갈 때 베이비를 봐 줘요. 주로 목요일 밤마다 가죠. 그 집에도 우리 집처럼 배가 한 척 있습니다.

터넬 부부 말이에요. 우리 친구들이죠, 선생님.

---

*블루머bloomer는 어린이용 짧은 바지를 말한다. 옮긴이

아니에요. 그 사람들은 우리 모임에 속하지 않아요. 그럴 사람들이 아니죠.

무슨 말씀이세요? 대체 누가 그딴 소리를 했죠?

아. 글쎄요, 그건 사실이 아닙니다. 우리는 그런 일에는 관심이 없어요. 물론 반대하는 건 아닙니다만. 다른 사람들이야 원한다면 할 수도 있겠죠.

왜 그렇게 우리에 대해 질문을 많이 하시는 거죠? 터널 부부와 친하게 지내는 건 베이비에 대한 문제를 해결하는 데 별 도움이 되지는 않을 텐데요.

베이비는 터널 부부를 알지도 못해요. 그 집에는 베이비 또래 아이가 없거든요.

물론 그건 중요하죠. 아이를 키운다는 건 기술을 필요로 합니다, 아시다시피. 그걸 중요하게 생각하지 않는 부모도 주변에는 많아요. 선생님이 놀라셨다 하더라도요.

선생님께서는 무슨 일이 벌어지고 있는지 반도 이해하지 못하고 계시는군요!

화요일

선생님께 찾아오는 환자들은 모두 우리 모임에 속한 회원들인가요?

그냥 궁금해서요.

우리도 한 번 그랬죠. 이혼하기로 했지만 그러지는 못했어요. 그랬다면 베이비가 너무 불행해졌을 거예요. 그런 걸 이해하기엔 아직 어리니까요.

처음에는 자립하는 걸 가르쳐야죠. 베이비는 사람을 너무 쉽게 믿어요. 아마 낯선 사람이 싱긋 웃으면서 디즈니랜드까지 태워 주겠다고 하면 바로 따라나설 걸요.

우리는 교대로 아이를 학교에 데려다 줘요. 집에서 여섯 블록밖에 떨어져 있지 않거든요. 하지만 이웃들은 믿을 수가 없어서 늘 조심해야 하죠.

선생님은 어디 사세요? 여기가 선생님 아파트는 아니죠?

아, 선생님은 운이 좋으시군요. 좋은 집을 찾기가 요즘은 쉽지 않은데 말이죠.

베이비는 그리피스 공원에 연 날리러 갔다가 돈을 털린 적이 있어요. 멕시코 소년들 세 명한테서.

7달러를 가지고 있었죠.

칼로 협박했다고 해요.

아니, 다치지는 않았어요.

맨 처음 화학 도구 세트를 받았을 때는 너무 좋아했죠. 걔는 우리가 죽지 않고 영원히 살 수 있는 비법을 찾겠다고 했어요.

아니요, 그게 이상한 부분이죠. 그냥 우리 둘만을 위해서라고 했으니까.

때로 우리가 다른 부모처럼 아이와 친해질 수 없는 건 아닌가 걱정해요. 아이를 늦게 낳았으니까요. 하지만 세대차가 있다는 건 아니에요. 단지……

물론 젊음이란 건 정신 상태죠. 그렇게 생각하지 않으세요, 선생님? 우리는 운동도 열심히 해요. 조깅도 하고요. 담배도 피우지 않죠.

베이비 앞에서 벌거벗고 돌아다닌 적이 있냐고요? 절대 그런 적 없어요! 거기에 반대해서 그런 건 아니고. 하지만 베이비는 너무 아름다워요.

우리는 베이비가 갓난아기였을 때 머리칼 한 타래를 보관하고 있어요. 어제 우리는 베이비를 웨스트우드에 있는 이탈리아 미장원에 데리고 갔죠. 베이비는 거의 울지도 않았어요.

가끔씩 시간이 너무 빨리 간다는 허탈한 느낌이 몰려오기도 해요. 베이비는 이미 너무 많이 변해 버렸어요.

베이비가 얼마나 빨리 크는지는 매달 기록 삼아 찍어 놓는 스냅 사진을 봐도 알 수 있어요. 사실 우리가 여기 와서 쏟아 내는 말보다 그 사진첩이 더 유용할지도 몰라요.

그런 말씀을 하시다니 이상하네요, 선생님.

우리가 원하는 게 뭔지 너무 잘 알고 계시잖아요.

수요일

아이를 잘 타이르라고요? 그거야 우리가 늘 하는 일이죠. 하지만 그 아이는 너무 내성적입니다.

작년에는 더 이상 아침을 먹지 않겠다고 하더군요. 지금은 우유를 더 이상 먹지 않아요. 그러면 키가 크지 않을 거라고 경고했죠. 사실 그렇지는 않지만. 그래도 건강해 보이지는 않습니다.

스낵, 바나나 칩, 음료수, 콘칩, 피자, 타코……. 아이들이 좋아하는 정크 푸드들이죠.

대부분은 방에서 시간을 보내요. 설거지 도와 달라고 하려면 열 번 이상 불러야 합니다.

베이비는 취미를 싫어한다고 하더군요. 상상해 보세요! 그래도 물론 그 아이도 취미가 있죠. 다른 어린아이들처럼.

모형 비행기요. 하지만 베이비는 요즘 파는 플라스틱 모형은 싫어하더군요. 발사나무를 가지고 자기가 직접 비행기를 만들거나, 아이스캔디 막대기와 고무 밴드를 가지고 독창적인 프로펠러나 꼬리 부분 버팀목을 만들죠. 정말 하늘을 날 수 있을 것처럼 보인답니다.

물론 우리도 본드 흡입에 대해서는 알고 있어요. 선생님, 제발! 우리도 알 건 안다고요.

들어 보세요. 베이비는 마약을 하면 천재적인 자기 머리를 해칠까 걱정해요. 그리고 친구들과 잘 사귀지도 못하고요. 학교에서 다른 아이들에게 말이나 거는지 모르겠다니까요.

아마 그것도 괜찮겠네요. 그 학교를 한번 보셔야 해요. 엉망진창이거든요.

감독하는 선생도 없어요. 아이들은 마음 내키는 대로 아무거나 할 수 있어요. 선생들은 아이들을 무서워합니다.

중국 사람들은 올바른 생각을 가지고 있는 것 같아요. 그 동네에서 살고 싶다는 게 아니라. 최소한 그 사람들은 정직하고, 공동체에 대한 감각도 있고, 이웃들과 늘 함께 하고, 결혼 생활도 오래 지속하고, 아이들도 부모를 존경하죠. 물론 사람들은 물질적인 안락함도 누리지 못하고, 더군다나 생각을 하고 살 수 있는 것도 아닙니다. 하지만 차 석 대, 수영장 같은 것들은 없어도 살 수 있어요. 그런 것들이 뭐 그리 우리한테 대단한 도움을 주겠습니까. 게다가 진지한 생각이 베이비를 어떻게 만들었는지 보세요.

믿지 않으시는군요. 그렇죠, 선생님? 선생님 표정이 거만합니다. 우리를 분류했다고 생각하시겠죠. 선생님은 우리가 생각만큼 전형적이지 않다는 걸 깨닫게 되실 거예요. 우리는 정말 급진주의자들이거든요. 티는 안 내지만.

베이비도 우리가 급진적이라고 생각하죠.

그 아이는 지금 보수적인 시기를 거치고 있어요. 요즘 다른 아이들도 그런 것처럼. 우리는 그 아이를 나무라지 않아요.

그저 벗어나기를 바랄 뿐입니다.

베이비는 침대 머리맡에 미국 연방 국기를 걸어 놓았어요.

지난 크리스마스에 우리는 베이비에게 반전 노래를 부르는 피트 시거라는 가수의 음반을 선물했어요. 그 아이의 처음 축음기는 아주 튼튼했죠. 고장 낼 수가 없었어요. 그냥 포동포동한 손가락으로 음반을 턴테이블에 거는 수밖에.

그 아이는 이 음반을 몇 시간이고 듣곤 했죠. 그리고 욕실에서 고무 오리랑 장난치면서 그 노래들을 흥얼거리고는 했어요.

지금은 크리스마스와 생일 선물로 현금을 달라고 해요. 그 돈으로 뭘 사는지 모르겠어요.

아, 우리는 인색하지 않아요. 들어 보세요. 그 아이는 평범하게 살아야 합니다. 하지만 평범하게 산다는 것이 소외감을 느끼지 않는다는 건 아니죠. 가끔씩 그 아이가 어리석은 짓을 하는 걸 볼 때마다 우리는 하고 싶은 말을 참아야 하죠.

하지만 그 아이는 다른 아이들처럼 재미있는 걸 좋아하지는 않는 것 같아요. 항상 공부하고, 걱정하고 있죠. 애가 너무 엄격합니다.

베이비는 스포츠머리로 잘랐어요. 게다가, 뭐라고 하는지 아십니까?

그 머리 스타일이 역사상 제일 가식 없는 스타일이라는 거예요. 그래서 좋다나. 표면에서 내면으로 관심을 굴절시키기 위한 의도라고 하더군요.

베이비가 그렇게 청교도적으로 생각하다니 이상한 일이죠. 다른 아이들처럼 너도 머리를 기르라고 우리는 애원했죠.

선생님 머리도 꽤 짧은데요?

목요일

걔가 또 그랬어요! 어제 학교를 빼먹었어요. 우리가 뭣 때문에 이러는지 아시겠죠? 아마 영화관에 갔을 거예요. 그랬길 바라요.

베이비는 스티브 맥퀸이 나오는 〈대탈출〉을 열세 번이나 봤죠. 그 영화가 상징하는 게…….

아, 안 보셨군요.

선생님께서는 영화관에 자주 가시나요?

한 번도 그런 적은 없어요. 자기 방으로 여자애를 데리고 갔을 때도 우린 그냥 가만히 있었어요. 걔 아파트를 따로 사줄 돈은 없으니까요. 지금 단계에서는요. 하지만 그것 때문에 아이가 벌을 받지는 않아야 한다고 생각했어요. 우리 문제죠.

그리고 나서 어느 날은 돈을 훔치는 걸 보았죠.

아니, 아니에요. 그 아이는 우리가 봤는지도 몰라요.

아뇨. 조심성이 없는 아이라고 말할 수는 없어요.

지난여름에는 캠핑을 갔다가 발에 못이 박혔죠. 지도교사

말로는 아이가 아주 용감했다고 하더군요.

그 아이가 쏜 총알들.

하지만 아이는 뭐가 문제인지 한 번도 이야기하지 않았어요. 그래서 우리가 이렇게 걱정하는 거예요.

베이비가 사랑니를 뽑았을 때 우리는 걔를 콜로라도에 데리고 갔죠. 우리는 다른 관광객들과 함께 작은 배를 타고 있었어요. 급류에서 그 아이는 피를 흘리기 시작했어요. 배로 물이 많이 들어왔죠. 베이비의 얼굴이 물에 젖었고, 입에서는 피가 흐르기 시작했어요. 그래도 한 마디도 하지 않더군요.

아니요. 그건 그 아이의 결심이었어요. 걔는 모든 결정을 스스로 내리는 법을 배우게 된 거죠. 그래서 무턱대고 우리에게 달려오지는 않게 되었죠.

베이비는 오토바이를 갖고 싶어 했어요. 하지만 우리는 오토바이가 너무 위험하다고 말했죠, 시내에서는요. 예전에 살던 동네와는 다르다고.

사촌 버트는 크게 한 번 사고가 나서 세인트존스 병원에 팔 개월 동안 입원한 적이 있었어요. 양쪽 발목이 모두 으스러져서 수술만 세 번이나 받았죠. 지금도 약간 절뚝거려요. 아마 죽을 때까지 그렇겠죠. 그래도 버트는 운이 좋았어요! 정말 소름 끼치는 사고 이야기도 많이 들어 봤거든요.

애들이 어떤지 아시죠? 끊임없이 뭔가를 원해요.

베이비는 늘 강아지를 갖고 싶어 해요. 하지만 우리는 그 아이가 그다지 책임감 있다고 생각하지 않아요. 밤마다 산책을 시키기엔 아직 너무 어리거든요. 아이보다 강아지가 앞서 가는 모습이 상상이 되죠.

몇 년 안으로는 사 주겠죠.

그 아이에게 책임감을 가지게 하는 게 제일 어려운 부분이에요. 아마 걔는 우리를 자기 뒤치다꺼리하는 사람으로만 알 거예요.

하지만 베이비의 방을 한번 보셔야 해요. 뭐든 버리는 게 없어요. 너덜거리는 『내셔널 램푼』*, 『펜트하우스』, 『롤링스톤즈』 잡지 과월호도 그대로 있어요. 잔돈 넣는 병, 영화관 입장권, 다저스 팀 점수 카드, 더러운 휴지, 담배꽁초, 오래된 사탕 포장지, 빈 성냥갑, 콜라 캔, 옷들이 방바닥에 그대로 널려 있죠. 숨어 있는 것은 말할 것도 없어요.

침실 옷장 맨 위 서랍에 속옷 밑에는 나치의 만卍 자 십자 표장이 숨겨져 있어요.

베이비는 음탕한 만화를 그려요.

아이가 학교로 가고 나면 우리는 방에 가서 어질러 놓은 걸 치우곤 하죠. 아마 뭔가가 없어진 걸 알면 난리가 날 거예요. 이제는 우리도 가만히 내버려 둬요.

---

*『내셔널 램푼National Lampoon』은 1970년대에 미국에서 유행했던 유머 잡지의 이름이다. 옮긴이

그렇게 돼지같이 사는 게 얼마나 불쾌한 일인지 깨달아야 할 거예요.

몇 가지를 치우긴 했죠. 그런데 그것들은 수집가의 수집 목록이었더군요. 물론 베이비가 그걸 팔려고 하지는 않겠죠. 그래도 베이비가 6년 동안 모으고 있는 『TV 가이드』가 무슨 가치가 있겠어요?

누구나 선택을 해야 하기 마련이죠. 그렇지 않은가요, 선생님?

금요일

살이 조금씩 찌는 게 이상 징후라고 생각하십니까, 선생님?

지난 육 개월 동안이요.

그렇게 많이 찌지는 않았습니다.

아니요, 담배를 피우지는 않아요. 다행이죠. 사실 베이비는 담배를 가지고 우리를 놀려 대요. 베이비는 오히려 자기 건강에 대해 지나치게 염려합니다. 어릴 때부터 그랬죠.

그 아이는 세균을 두려워해요. 그래서 일본 사람처럼 하얀 마스크를 쓰기 시작했죠.

물론 우리는 담배를 끊으려고 노력합니다. 다른 사람들도 다 그렇지 않은가요?

우리가 담배를 펴서 불편하신가요? 생각해 보니까 말인데요, 여기에는 항상 재떨이가 있었기 때문에 우리는 그냥…….

좋습니다.

그 아이는 자기가 어른이 되기 전에 우리가 먼저 죽을까 봐 두려워하는 것 같아요.

물론 살 만큼 살았죠. 둘 다. 하지만 우리 수명을 베이비한 테는 이야기할 수는 없죠. 아마 엄청 화를 낼 거예요. 생각만 해도 죽음에 대해 떠올리게 되기 때문이죠.

분명히 걔도 알고 있어요. 정확한 날짜까지. 베이비는 가 계도를 만들어서 침대 머리맡 국기 옆에 붙여 놓았죠. 걔가 무슨 질문을 했는지 상상도 못 하실 거예요.

생각해 보세요. 걔는 우리가 친사촌 지간은 아닌지 궁금해 하더라니까요.

그 정도로 됐다, 하고 우리는 말했죠. 모든 일에 대해서 농 담을 하려고 하다니. 그러자 걔는 정말 실망한 것 같았어요.

베이비가 제일 좋을 때는 그 아이를 그냥 꼭 안고 있을 때 예요. 우리는 가끔 아이의 질문에 대답하면서 부족하다고 느 낄 때가 많아요. 그래도 우리가 필요하다고 그 아이가 솔직하 게 이야기하면 늘 기쁘답니다.

그 아이가 좀 더 자주 웃는다면 좋을 텐데. 정말 멋지게 웃 거든요.

베이비는 시금치를 좋아해요. 양 갈비도 좋아하고. 베이비 가 제일 좋아하는 음식들이죠. 우리가 '베이비 양 갈비'라고 부르지 않으면 어린이용 의자에 앉히지도 못하게 한답니다.

베이비는 치열이 어긋나고 있어요. 산부인과 의사 말씀으로는 태어날 때부터 입천장이 비정상적으로 높다고 말씀하시군요.

아니요. 인두편도는 처음부터 문제였던 거죠.

등에도 몽고반점이라고들 하는 빨갛고 작은 점이 있어요. 우습죠. 동양인 피라고는 전혀 섞이지 않았는데 말이에요. 백인 아기에게는 아주 보기 드문 현상이라고 산부인과 의사가 그랬습니다.

몽고반점이라고 들어 보신 적이 있으세요?

최소한 그때까지는 그랬죠. 사춘기가 되기 전까지는 벌거벗은 채로 집 주변을 뛰어다니곤 했어요. 우리는 넌지시 언질을 줬지만, 그래도 계속 하기에 그만 뒀죠. 그 아이가 우리에 대해서⋯⋯.

완전히 정상적이에요.

열다섯 살 때. 아니, 틀렸어요. 열네 살 반이었을 때예요.

글쎄요, 우리도 그렇게 생각합니다. 그 이후로는 벌거벗은 걸 한 번도 본 적이 없어요.

그 아이도 옷을 좋아합니다. 그럼요. 걔는 약간 허영심이 있어요. 아침에 학교에 가기 전에 '미스터 내추럴' 티셔츠를 입을지, '야만인 코난' 티셔츠를 입을지 결정하느라 한 시간을 보내기도 하지요.

어떨 때는 몇 시간이고 사우나 목욕을 하기도 해요. 우리가 아이의 사생활을 침해하는 건 아닙니다.

베이비는 늘 우리에게 뭔가 숨긴다는 인상을 줬어요. 뭔가를 부끄러워하고 있다는 느낌을 가졌죠. 특히 저널리즘을 가르치는 베르크 선생한테 홀딱 빠졌다는 걸 말이죠.

물론 그건 어떤 의미에서는 정상적이에요. 굳이 우리에게 그렇게 말씀 안 하셔도 돼요. 하지만 우리는 조금 걱정했다는 걸 이해해 주세요.

베이비가 상처 입는 걸 원하지 않았어요. 베르크 선생이 그 아이가 쓴 사설에 대해 칭찬하지 않으면 어떻게 되는지 똑똑히 봤죠. 며칠 동안이나 눈물이 그렁그렁해선 실쭉한 상태로 보냈죠.

아니요. 그렇다고 해도 우리는 반대하지 않을 거예요. 우리가 배운 것들 중 하나죠, 선생님. '네가 행복하기만 하다면 너는 이미 게임에서 앞서 가고 있는 거야.'

베이비가 결혼해도 우리가 안심할 수 없다는 뜻은 아니에요. 솔직하게 말씀드리자면.

우리는 어린 나이에 결혼하는 게 좋다고도 생각하지 않아요. 젊을 때는 일단 자기 자신부터 찾아야 하니까요.

그녀 아버지는 록히드 마틴 社의 시스템 엔지니어예요. 그 여자 아이에 대해서 말씀드려야 하는데. 오늘은 너무 늦어 버렸군요.

토요일

뭔가 이야기하지 않았다는 건 상담이 끝나지 않길 바란다는 뜻이겠죠. 그렇죠?

고장 난 것 같은데요.

아니, 여기에. 보세요.

신경 쓰지 마세요. 집에 하나 더 있어요.

상담 시간을 두 배로 늘릴 수도 있어요. 우리가 같은 날 함께 올 수도 있고요. 한 명은 오전에, 한 명은 오후에 오면 되겠죠.

당연하죠. 그런데 월요일에 시작한다고요?

글쎄요. 더 이상 좋아지는 것 같지는 않아요.

아니요, 악화되는 건 아니고요.

아니에요. 우리가 비관적일 이유가 어디 있겠어요, 선생님?

우리는 성격상 비관주의자가 못 돼요. 우리는 그저 현실적이 되려고 노력하는 거죠.

아시겠지만, 모임에 가는 건 어느 정도 자신감을 줘요. 아마 우리는 너무 자신감에 넘쳤나 봐요.

로리가 죽었어요.

그 오리 말이에요. 기억 못 하세요? 말씀드린 적이 있는데.

뒤뜰에서요. 저녁때였죠.

뭐, 그다지. 아주 놀라운 일이었죠. 조지 워싱턴이 죽었다는 이야기를 들었을 때 베이비가 운다면 로리에 대해서도 최소한 울 거라고 생각해요.

우리는 오리 한 마리를 더 사 주겠다고 했는데, 베이비는 뱀을 갖고 싶다고 했어요. 컬버 시티에 가면 뱀을 파는 가게가 있거든요. 지난 목요일에 친구랑 학교 끝나고 다녀왔다고 하더군요. 우리하고도 같이 가 보자고 했지만 거절했어요. 해 달라는 거 다 해 주면서 응석받이로 키우는 것은 도움이 되지 않을 거예요. 그렇죠, 선생님?

물고기, 거북이, 앵무새가 있죠. 아니요. 처음에 앵무새를, 다음엔 거북이를 키웠어요. 모두 죽었죠. 베이비가 깜빡하고 먹이를 주지 않았거든요. 그러고 나서 병아리랑 오리 두 마리를 키웠죠.

이제 와서 뱀을 갖고 싶다니, 우습죠. 도헤니 힐에서 살 때는 그렇게 방울뱀한테 물릴까 봐 겁을 내더니.

그 아이는 경찰도 무서워해요. 세 살 때부터 그랬죠.

그 아이 방에서 대마초 냄새가 나는 걸 우리는 모르는 척해요. 그리고 우리가 모르는 척하는 걸 자기도 모르는 척하죠.

물론 창문은 열려 있었어요.

그 아이는 포르노 책과 섹스에 대한 책을 엄청나게 많이 사요. 그런 건 학교에서 충분히 배운다고 생각하시겠지만.

베이비는 음악을 들을 때면 이어폰을 끼죠. 물론 우리 때문이라고 생각하지는 않아요. 하지만 우리를 피하는 한 가지 방식이기는 해요. 음악을 듣고 있을 때 그 아이의 표정은 아주 버릇없기 짝이 없죠.

우리가 이야기하는 걸 녹음하고 계시나요? 그걸 한 번도 여쭤 본 적이 없다니, 웃기네요. 책상에 녹음기가 안 보이네요. 물론 그건 아무 의미도 없지만.

의사 선생님들은 많이들 그러시죠. 그리니치 박사님도 그러셨어요. 우리는 별로 신경 쓰지 않았죠. 기억력이 썩 좋지 않은 경우에는 좋은 방법이겠죠. 좋을 대로 하세요.

정말이세요?

사실은 우리가 이야기하는 걸 들어 보는 게 도움이 될 것 같아서요. 상담 내용 일부분을 다시 들려주시면 우리가 코멘트를 할 수도 있고요.

정말, 한번 진지하게 생각해 보세요, 선생님.

월요일

무슨 고민 말씀이신지?

그 아이가 옥시덴탈 대학교를 일 년 다니고 중퇴했을 때 우리는 직장에 다니라고 강요하지 않았습니다. 우리는 "네 방은 늘 너를 기다리고 있을 거다."라고 말했죠.

그 아이는 그냥 빈들거렸죠.

그건 나중에, 뭔가 시도한 다음 이야기예요.

맞습니다. 그러고 나서 우리는 롱비치에 있는 항공 학교에 입학할 돈을 보태 주었어요. 우리나라에서는 제일 좋은 항공 학교라고 하죠. 하지만 코 때문에 퇴학당했어요.

인두편도를 세 번이나 잘라 내는 수술을 받았습니다. 그래도 여전히 코에 이상이 있어요.

유명하다는 전문가는 다 찾아다녀 봤죠.

정말 다시 시도해 볼 겁니다. 남은 평생 입으로만 숨 쉬게 내버려 둘 수는 없죠.

우리가 같이 영화관에 가면 어떤 일이 벌어지는지 보서야 해요. 주변에 있던 사람들은 자리를 옮기죠. 베이비의 숨소리가 너무 크니까. 하지만 그렇다고 다른 자리를 찾을 수는 없죠. 좌석이 정해져 있으니까요.

아, 한 가지 말씀드릴 것이 있어요. 잊어버리기 전에. 지난밤 모임에서 사람들이 선생님과 하는 작업에 대해서 얘기해 달라고 하더군요. 괜찮으시겠죠? 먼저 여쭤 봐야 했는데.

불만스럽냐고요? 전혀 아닙니다.

하지만 솔직히 말씀드려서 가끔은 선생님께서 불만스러워 보입니다. 우리에 대해서 말이죠.

음, 그게 아니라면 초조해 보이세요. 그렇지 않으신가요, 선생님?

들어 보세요. 상담 기간을 연장하고 싶어 한다고 생각하신다면 불행히도 잘못 알고 계신 겁니다. 빠져나가는 돈도 돈이고요.

좋습니다. 하지만 바로 우리가 얼마나 초조한지 생각해 보세요. 우리는 매일, 매시간 이 문제와 씨름해야 합니다. 선생님께서는 그 자리에 앉아서 우리 이야기를 듣다가, 우리가 자리를 뜨면 잊어버리시면 되겠지만.

물론 우리에게도 즐거운 순간은 있어요. 그걸 부인한 적은 없습니다.

베이비는 오늘 새 이가 났어요. 그 사실이 즐겁지 않다고 생각하지는 마세요. 하지만 그렇다고 다른 모든 게 상쇄되지는 않죠.

어떻게? 우리는 들판에 핀 백합처럼 그렇게 현재만을 살고 있는 게 아닙니다, 선생님. 그렇게 하고 싶지만. 우리에게는 기억과 희망이 있습니다. 공포도.

선생님을 두려워하느냐고요? 우리가 왜 선생님을 무서워하겠습니까?

감정은 감정이고, 좋은 충고는 좋은 충고죠. 그리니치 박사님께서 선생님을 보증하셨는데요. 모임에서는 선생님이 건강에 아무런 문제가 없다고 말할 거예요.

우리는 베이비가 무섭습니다.

월요일

어떻게 우리가 밝은 얼굴일 수 있겠어요? 베이비가 다시 술을 마시기 시작했어요. 메스칼*도 마시고, 서던 컴포트**도 마시고 있어요. 조지아문이라는 아주 나쁜 술도 먹고 있습니다.

이제 어른인데, 어떻게 우리가 말릴 수 있겠습니까?

도덕적 강요? 그건 말이 쉽죠.

베이비는 자기 생각이 강해요, 선생님. 그래서 통제가 안 됩니다. 너무 강하죠. 못 하게 하면 더 하려고 합니다. 우리한테 반항하기 위해서라면 못 할 게 없을 걸요.

심지어 자해도.

베이비는 한번은 고기 굽는 석쇠를 식당에서 놀이터까지 흔들면서 끌고 가더니 손바닥을 그 위에 올렸어요. 그때 이후로는 석쇠 앞에 창살을 설치했죠. 걔도 무슨 짓을 하는지 알고 있었어요. 뜨겁다는 것도.

끔찍한 화상이었죠. 통통한 손부터 손목까지, 장갑을 낀 것처럼 붕대를 감아야 했어요. 하지만 의사 선생님은 흉터가 남지는 않을 거라고 하셨어요.

언젠가는 정말 자해를 할 겁니다. 우리는 그게 걱정이에요.

---

*메스칼Mescal은 멕시코의 선인장 술이다. 옮긴이

**서던 컴포트Southern Comfort는 과일과 위스키를 배합한 미국 술이다. 옮긴이 어떻게 하면 고통스러운지를 이제는 모르는 것 같아요. 아니면 (이게 더 무서운 건데) 고통을 느끼지 못하는 상태로 자신을 몰아갔을 수도 있고.

델마 드라라가 이사를 가 버렸을 때 베이비는 크게 낙심했어요. 몇 주일이고 계속 울었죠. 델마에 대해 이야기한 걸 기억하시죠? 1학년 때 제일 친했던 친구 말이에요.

이제 베이비는 차갑고 매정한 아이가 되어 버렸습니다.

우리가 원하는 것에 대해서는 무조건 반대하죠. 우리가 소중하게 생각하는 것에 대해서는 침을 뱉고.

지난밤에는 지붕 위에 있는 텔레비전 안테나에 커다란 검은 깃발을 걸더군요. 그거 다시 내리느라 목 부러지는 줄 알았어요.

참으라고요! 지금껏 우리가 무얼 했다고 생각하세요? 인내심의 한계라는 말은 들어 보셨겠죠, 선생님?

우리는 특수학교를 찾아다녔어요. 물론 학교는 아니고. 베이비는 그런 곳에 갇힌다는 느낌을 싫어하니까. 그냥 그 아이를 어떻게 다루어야 할지 잘 아는 사람들이 있는 곳 말입니다.

궁지에 몰리면 패배를 인정하는 게 당연한 거 아닌가요, 선생님?

그런다고 뭐가 되겠어요? 지나간 일은 지나간 일이죠. 그렇지 않습니까?

하지만 우리는 여전히 열심히 노력하고 있어요. 우리가 왜 먼저 선생님을 찾아왔겠어요? 우리가 굳은 믿음을 가지고 있다는 증거가…….

벌써요?

화요일

선생님, 감기 걸리셨어요?

목소리에 감기 기운이 있어서요. 건강 조심하세요.

다른 이야기이긴 한데, 그냥 알고 싶어서요. 선생님께서는 비타민 C를 과잉 복용하는 게 괜찮다고 생각하시나요?

베이비는 그렇게 생각해요. 요즘 걔는 정말 건강에 미쳐 있어요.

어쨌든, 걔 사촌 제인처럼 크리슈나*에 미친 것보다는 낫죠. 걔는 온통 파랗게 칠을 해 대요.

걔는 버트 오누이는 아니에요. 버트의 사촌이죠. 베이비는 하루에 비타민 C를 오십 알이나 먹어요. 그래도 감기에 걸리더군요.

그래요. 어떤 것에 대해서는 지나치게 까다롭죠. 걔는 반숙한 달걀은 먹지 않아요. 흰자가 흘러내린다고요. 버트 엄마

---

*크리슈나Krishna는 힌두교의 신으로 비슈누의 제8화신이다. 옮긴이

인 래이 고모한테도 키스하지 않아요. 볼에 검은 점이 있다고 하면서.

아니, 상상한 건 아니에요. 실제로 고모한테는 볼에 점이 있어요. 걔라고 해서 아무것도 모르는 건 아니에요.

하지만 그게 실제 이유라고는 우리는 생각 안 하죠.

래이는 마음씨 좋은 사람이기는 해요. 그래도 베이비를 어떻게 다루어야 하는지를 잘 알아야 해요. 일단은 믿음을 얻어야 해요. 그렇게 섬세하지는 않지만 몹시 예민한 아이죠. 조숙한 아이들이 그런 것처럼.

그냥 붙들고 야단쳐서는 안 돼요. 일단은 무릎을 꿇고 앉아서, 눈높이를 그 아이에게 맞추고 이야기해야 하죠. 건드리기 전에 말이에요.

베이비는 품에 안겨 뽀뽀하거나 무릎 위에 올라앉거나 하는 걸 좋아하는 아이는 아니에요. 버트는 그렇지만. 애들은 모두 제각각이죠. 그리고 말을 걸기 전에 이미 생각보다 많은 걸 알고 있어요. 그걸 우리는 알아야 하죠.

선생님께서 방금 하신 말씀은 좀 놀랍군요. 오해가 있다면 지금 바로잡아야 할 것 같네요. 베이비는 미친 아이가 아니거든요.

우리는 선생님이 얼마나 임상 경험이 많으신지에 대해서는 몰라요. 하지만 미친 것과 미치지 않은 것은 다르다는 정도는 알아요.

물론 예를 들어 드릴 수 있죠. 얼마 전에 베이비는 지난 2년 내내 학교 버스에 타려고 할 때마다 어떤 목소리가 들렸다고 했어요. "왼쪽에 앉아, 안 그러면 너는 죽을 거야." 혹은, "오른쪽에 앉아, 안 그러면 너는 죽을 거야."라고 목소리가 말한다고 했어요. 그리고 아침마다 오늘은 어느 쪽에 앉으라고 할지 절대 모른다고 했죠.

그래요. 하지만 끝까지 들어 보세요. 물론 우리는 깜짝 놀랐죠. 평소처럼 학교 가기 전에 아침을 먹으면서 아무렇지도 않게 이 이야기를 하는데, 우리는 가슴이 철렁 내려앉았죠. 목소리가 들리기 시작했다는 건, 게다가 자기 말을 듣지 않으면 죽는다고 말하는 목소리가 들린다는 건 보통 심각한 일이 아니니까요.

하지만 그때 우리가 물었어요. 버스에 탔을 때, 그 목소리가 이야기했던 쪽 좌석이 꽉 차 있었던 적은 없었냐고, 그래서 어쩔 수 없이 반대쪽에 앉은 적은 없었냐고요.

아이는 대답했어요.

"물론 그런 적이 많았어요."

그래서 어떻게 됐니, 하고 우리는 물었죠. 목소리가 말하는 쪽으로 앉지 않았는데도 어떻게 멀쩡한지 궁금했거든요.

"아, 그때는 말이죠."

베이비가 쾌활하게 대답했죠.

"그러면 그 목소리가 다시 말해요. '오늘은 상관없어.' 하고요."

지금 뭘 생각하시나요, 선생님?

어쨌든, 한 가지는 분명해요. 선생님은 아무리 그 모호한 일을 백 년 넘게 하시더라도 정신병과 신경증의 차이를 깔끔하게 구분하실 수는 없을 거예요. 무슨 말씀인지 아시겠어요? 정신병자는 마지막 순간에 "오늘은 상관없어."라고 말하는 목소리를 들을 수 없어요.

여기에 동의하세요?

우리에게 희망을 달라고 말씀드리는 건 아니에요. 하지만 그 아이는 미친 게 아니에요. 그게 문제가 아니거든요.

아마 문제가 더 심각할지 몰라요.

화요일

베이비는 채식주의자가 됐어요. 우리는 아이에게 맞춰 줘요. 언젠가는 벗어나겠죠. 그렇죠, 선생님?

코티지 치즈*랑 신선한 파인애플을 먹어요. 그리고 날콩을 많이 먹죠. 항상 주머니에 넣어 다녀요.

그런데 그 아이의 주머니에는 늘 구멍이 나 있죠. 항상 그래요.

---

*코티지 치즈corttage cheese는 탈지유로 만든 희고 신맛이 강한 치즈를 말한다. 옮긴이

그 아이는 자기 물건을 잘 간수하는 법이 없어요. 베이비한테 가면 멀쩡한 옷도 다 망가지죠.

개는 언제부터인가 속옷을 입지 않아요. 그건 요즘 중학생들 사이에서 유행인가 보죠?

베이비는 욕조 안에서 숨을 참고 잠수하는 걸 좋아해요. 스톱워치를 가지고 있죠.

베이비는 요즘 두 달간 씻지도 않았어요.

1-Y 부대로요. 언제든지 캐나다로 갈 수 있다고 그 아이는 말했죠. 우리는 제정신이 아니었어요. 하지만 인두편도를 잘라 냈기 때문에 갈 수 없다고 판정이 났어요. 물론 우리는 4-F**가 더 마음이 놓였어요. 하지만 베이비는 요즘에는 다 비슷비슷하기 때문에 걱정할 것 없다고 하더군요.

그 아이는 이제 모든 의례적인 절차도 깡그리 무시하고 있어요. 고등학교 졸업식에서 학생들이 '위풍당당 행진곡'을 연주했을 때 우리는 울었어요. 베이비는 졸업식에 오지도 않았죠.

우리가 스스로를 딱하게 여긴다고는 생각하지 마세요. 우리는 대부분의 부모들보다 더 나은 상황일 거예요. 베이비의 친구 둘은 이미 마약 과용으로 죽었어요. 하나는 자살이었죠.

** 4-F는 미국의 선택 의무 병역법에 따른 분류에서 군 복무를 할 수 없는 허약자 등급을 가리킨다. 옮긴이

그리고 고등학교 때 베이비와 제일 친했던 친구는 주유소를 털다 산쿠엔틴 교도소에서 5년형을 살고 있어요.

베이비는 그래도 열심히 살아 보려고 하죠.

아마 우리가 그 아이에게 너무 많은 걸 기대했는지도 몰라요. 아이가 하나밖에 없으면…….

우리가 바라는 건 자기를 망치는 짓은 하지 말라는 거죠. 그게 그렇게 지나친 요구는 아니잖아요?

그 아이가 우리에게 마음을 터놓고 자기 문제에 대해 조금이라도 이야기를 한다면 얼마나 좋을까요. 그러면 우리도 더 좋은 방향으로 도울 수 있을 텐데. 그 아이 세대에 속하는 건 쉽지 않다고 생각해요. 그리고 우리가 그렇게 생각하는 걸 그 아이도 알고 있죠.

우리는 모두 힘들게 살았어요. 처음부터 좋게 출발한 것은 아니었죠. 지금까지 오느라 고생을 많이 했어요. 하지만 최소한 우리는 몇 가지에 대해서는 당연하게 여겨요.

가족 말이죠.

불쌍한 베이비! 우리가 그 아이를 도울 수 있게 선생님께서 도와주셔야 해요. 걔를 도울 수 없다면 우리는 자신을 평생 용서하지 못할 거예요.

걔 인생은 이제 시작이고, 우리 인생은 반 이상 지나갔어요. 이건 공평하지 못해요, 선생님!

뭐든지 할 거예요.

그런데 우리가 더 이상 무엇을 할 수 있죠?

수요일

베이비는 아기가 어떻게 만들어지냐고 여러 번 물었죠. 우리는 이야기를 해 줍니다. 그래도 금방 잊어버리고는 몇 주 뒤에 또 다시 묻곤 하죠.

아마 경험하지 못한 걸 연결시킬 수 없나 봐요. 몇 번이고 설명해 주면서도 정말 바보 같은 짓이라는 생각이 듭니다.

하지만 만약 우리가 대답을 해 주지 않는다면 그 아이는 그런 일이 수치스러운 거라고 생각할 수도 있거든요.

그 아이는 손재주가 좋죠. 신발 끈 묶는 법도 하루아침에 익히더라고요.

우리 친구 하나가 베이비에게 생일 선물로 해병 방탄조끼를 선물했어요. 물론 지금 입기에는 너무 크죠. 아마 더 커야 입을 수 있을 겁니다.

로니 예이츠예요. 그 친구는 서부 로스앤젤레스에 있는 베니스에서 헬리콥터 이착륙장을 운영하고 있어요. 전쟁 때 헬리콥터에 푹 빠졌죠. 베이비는 로니에게 전쟁 무용담 듣는 걸 좋아해요.

베이비는 역기랑 운동기구를 갖고 싶어 해요. 이미 너무 운동을 많이 하고 있는 것 같은데도 말이죠. 우리가 보기에는 순전히 나르시시즘에 불과한 것 같아요.

베이비는 늘 턱걸이를 해요.

베이비는 문신도 하고 싶어 해요. 1달러짜리 은화보다 좀 더 큰 검은 태양을 견갑골 사이에 새기고 싶대요.

네. 하지만 싫증나도 지울 수가 없잖아요. 지우는 건 엄청나게 아프다고 하더군요.

그 아이는 금욕적이라고 여길 수도 있겠지만, 우리가 보기에는 그다지 금욕적이지는 않아요.

누구나 고통을 참는 한계가 있지 않나요, 선생님?

물론 그 아이는 건강해요. 그게 핵심이 아닙니다. 의사가 아무리 건강하다고 수십 번 진단해도, 우리 눈에는 뻔히 그게 보여요.

베이비가 스승을 찾았어요. 선생님, 걔는 요즘 머리를 길게 길러서 정말 보기 싫어요. 그 스승이라는 자는 산페드로 마리나에 주차되어 있는 모래언덕용 자동차에서 삽니다. 베이비는 그 사람들과 함께 약초를 캐러 과테말라에 원정을 갈 계획이죠.

협박하고, 또 협박했죠. 용돈을 당장 끊어 버리겠다고 이야기했어요. 하지만 그 사람들은 그것도 자기들에게 입회하는 요소라고 말했다고 하더군요.

하지만 우리가 가진 권위라는 게 단지 그 아이를 부양한다는 사실에서 나온다고 생각하기 싫었습니다.

그 아이의 아내는 분명 가기 싫어할 거예요. 그것만이 우리의 유일한 희망이죠. 4월에 파머스 시장에서 정오와 자정에 시 낭송회를 하기로 했거든요. 그 기회를 놓치기는 싫을 거예요.

네. 하지만 그건 베이비가 정말 자기 아내를 사랑하느냐에 달려 있는 문제죠.

솔직히 말씀드리면, 베이비는 사랑이 뭔지 모르는 것 같아요. 그게 문제예요.

수요일

우리가 두려워하는 건 말이죠, 이 자리에서 이야기하기엔 끔찍하지만 베이비가 우리한테 독을 쓰고 있는 게 아닌가 하는 겁니다. 저번날 밤에 그 아이가 차고에 있는 실험실에서 파라티온*을 합성하고 있는 걸 발견했어요. 우리가 뭐 하고 있냐고 물었더니, 깜짝 놀라서 대답을 못 하더군요.

선생님 말씀이 옳아요. 전에 말씀드렸어야 했는데. 하지만 정면으로 맞서기에 너무 고통스러운 일들이 몇 가지 있어요. 아무리 용감한 사람이라도 가끔은 타조처럼 눈을 가릴 때가

---

*파라티온parathion은 2차 대전 중 나치가 개발한 독극물로, 독성이 매우 강하다. 옮긴이

있지 않습니까?

세 방울이면 즉사한다고 하더군요.

고등학교 다닐 때 그 아이가 바슈롬 과학상을 탔다는 이야기를 드렸나요? 다니던 고등학교에 화학 클럽을 만든 것도 베이비였죠.

천문학에도 관심이 많았습니다. 크리스마스에 천체망원경을 사 달라고 했죠.

물론 그 아이가 책을 더 많이 읽었으면 합니다. 문학 서적을 말이죠. 그런 식으로 우리 둘 중 하나를 닮아야 해요. 그런데 도표와 공식이 가득한 책이 아니면 가까이 하려고 하지를 않아요. 하지만 과학에 관심을 가지는 게 더 현실적이기는 해요.

선생님께서는 어릴 때 의사 말고 꿈이 뭐셨나요?

정말 희한한 꿈이네요.

베이비는 너무 외곬이에요. 뭔가 결심하면 말릴 수가 없습니다. 얼마나 고집이 센지 상상도 못 하실 겁니다.

물론 사람이라면 누구나 잘못 되고 싶어 하지는 않죠. 하지만 베이비는 다른 사람들보다 훨씬 더 속상해 합니다.

과목을 바꾸셨다고요? 어떻게요?

하지만 우리가 뭘 할 수 있겠어요? 증거가 없잖아요. 경찰을 부를 수도 없고.

아, 그거는 버렸습니다. 걔가 안 보고 있을 때 말이죠. 아직까지는 거기에 대해 아무 말도 하지 않습니다.

음. 확실히 요즘에는 잠을 잘 못 자요.

불도 켜고.

물론 오늘 밤에는 터널 부부를 만나러 갈 거예요. 그렇지 않으면 베이비가 우리를 의심할 겁니다. 우리가 알고 있다는 걸 들키면 안 되죠.

그게 지금 우리가 가진 유일하게 유리한 점이죠. 베이비는 우리가 멍청하다고 생각해요. 아무것도 모른다고 말이죠.

아니요. 그리니치 박사님이 어떻게 도우실 수 있겠어요? 베이비를 만나 본 적도 없으신데.

글쎄요, 만약 내일 상담에 우리가 못 나온다면 그렇다고 생각하세요.

농담을 싫어하시는군요. 정말 진지하게 받아들인다면 우리는 미쳐 버릴 겁니다.

걱정하지 마세요. 우리가 도끼로 각각 마흔 번, 마흔한 번 찍히지 않았는지 확인하기 위해서 자정쯤에 전화를 달라는 말씀이시죠?*

아니요. 베이비는 버트와 함께 요요 경기 보러 월샤이어 에벨 극장에 갈 겁니다.

---

*미국에서 리지 보든Lizzie Borden이라는 여성이 도끼로 아버지를 마흔 번, 계모를 마흔한 번 내리쳐 죽였던 유명한 사건을 빗댄 말이다. 옮긴이

베이비는 전지전능함에 대한 환상을 품고 있어요.

아니요. 훨씬 더 구체적입니다. 걔는 자신이 만나는 모든 사람들이 축복 받았다는 식으로 생각해요. 자신이 그 사람을 쳐다보기 때문이라는 거죠. 사람들이 많은 곳에서라도 일 초만 자신이 쳐다봐 주면 축복 받는다는 겁니다. 그래서 자신이 수많은 사람들을 쳐다볼 수 있게 되도록 여행을 많이 해야 한다고 생각합니다.

그게 자신의 책임이라고 하더군요.

글쎄요, 정확하게 말하면 축복은 아니고. 하지만 자기가 한 번 쳐다봐 주기만 하면 그 사람들의 삶이 달라진다는 거예요. 자신이 쳐다보는 사람들은 모두 대가를 받게 된답니다. 선한 사람은 보답을 받고, 악한 사람은 결국에 벌을 받는 식으로.

우리도 그렇게 생각합니다, 선생님.

아니요. 사진이나 텔레비전으로 쳐다보는 것도 효과가 있는지에 대해서는 모르겠다고 하더군요.

그렇게 되면 그 아이의 힘이 미치는 범위가 훨씬 더 넓어질 텐데요. 최소한 거기에 대해 주저하고 있다는 것이 다행이라고 할 수 있겠죠.

정의감이라니! 그게 무슨 상관입니까? 베이비는 정의감에 대해서는 하등 관심도 없습니다.

그 아이는 우리를 불쾌하게 만들고 싶어 합니다. 우리 집에서조차 불청객인 것처럼 우리가 느끼기를 원하죠.

목요일

왜 그렇게 시비조로 말씀하세요? 우리를 도울 수 없다고 생각하신다면 다른 의사를 알아보겠어요.

그게 더 마음에 드신다면, 방어적이라고 해 두죠.

글쎄요, 물론 모든 건 상대적이니까요. 그렇지 않나요, 선생님?

우리는 베이비가 좀 더 독립적이었으면 해요.

그 아이는 엉큼해요. 이게 맞는 표현이겠네요. 걔는 우리한테 말을 안 해요.

물침대예요. 베이비를 가까이 오지 못하게 해야 해요. 아니면 망가뜨려 버릴 거예요.

우리는 피를 흘리고 있어요. 안 보이세요, 선생님? 도와주세요.

선생님은 일반 의사이신가요?

네. 훨씬 낫네요.

아. 베이비가 옷장에 총을 숨기고 있더라는 말씀을 드렸던가요? 그 아이는 전미총기협회의 하급 사수射手예요.

그렇다면 켐크래프트 세트*로도 독극물을 만들 수 있다고 생각하시는군요. 그건 아주 크고 비싼 거죠.

---

*켐크래프트 세트Chemcraft set는 화학 실험 도구 세트를 말한다. 옮긴이

차고에 모두 다 설치해 놓았어요. 피해를 최소화할 수 있게요. 분젠 버너*에 화상을 입는다든지 할 때 말이죠.

베이비는 롱비치 해군기지에서 열렸던 반전 시위에서 가스를 마셨어요.

그 아이는 원래부터 늘 평화주의자였죠. 네 살 때 아동용 『일리아드』를 읽어 줬는데, 파트로클로스가 죽는 장면에서 눈물을 흘렸어요.

그래서 클 때까지 그 책을 감춰 뒀어요.

베이비는 지갑에 스티브 맥퀸 사진을 가지고 다녀요. 지금 그 아이가 존경하는 인물이죠.

베이비는 콧수염을 기르려고 해요.

아마도 그저 예민한 아이로 남는 게 싫증났나 봐요. 하지만 너무 반대쪽으로 갔다고 생각하지 않으세요? 우리는 천재가 되라고 요구한 적도 없고, 게으름뱅이가 되라고 요구한 적도 없어요.

베이비의 선생님께서 오늘 아침에 집에 오셔서 베이비가 학급 친구를 때려 점심 값을 빼앗아 갔다고 하시더군요.

베이비가 '지옥의 천사들'**에 가입한다고 해도 놀라지 않

---

*분젠 버너Bunsen burner는 독일에서 만들어진 화학 실험용 가스버너를 말한다. 옮긴이

**지옥의 천사들Hell's Angels은 1960년대 미국에서 악명 높았던 오토바이 폭주족이다. 옮긴이

을 거예요. 혹은 더 심한 곳에 간다고 해도.

만약 그들이 그 아이에게 요구한다면. 베이비는 자기가 생각하는 것만큼 그렇게 강하지는 않아요.

아, 선생님, 아이에게 뭔가를 원한다는 건 끔찍한 일이에요. 베이비가 옳아요. 우리는 그 아이를 다른 행성에서 온 손님처럼 대해야 해요. 뭘 하든 신경 쓰면 안 되죠. 밑 빠진 독에 물 붓느니, 기분 전환 겸 우리 자신이나 잘 챙겨야죠.

선생님 이야기는 아니에요.

목요일

우리는 어쩔 수 없이 베이비의 오른손을 잘랐어요. 그 방법 밖에는 없었죠. 계속 자위를 했거든요.

우리는 베이비를 위해서 작은 휠체어를 샀어요. 양쪽에 난간이 있는 침대도요. 자다가 떨어지지 않게.

우리는 어쩔 수 없이 베이비의 왼발을 잘랐어요. 다시 도망가려고 했거든요.

우리가 원하는 거라고는 그 아이가 행복해지는 거예요. 돈도 벌고, 가정도 꾸리고, 사회에 기여도 하고, 문제를 일으키지 않고 사는 거죠.

우리가 이야기하는 걸 모두 믿으시나요, 선생님?

그건 대답이 아니에요. 말을 돌리는 건 선생님의 직업 때문이기도 하겠죠. 하지만 한 번만 이렇게 직접적인 질문을 드리는 거예요. 왜 대답을 안 하세요?

물론 우리는 진실을 이야기하고 있어요.

밤 말씀이세요?

정말이라니까요.

손도 그렇고요.

하지만 분명히 끔찍한 상황이었다고 말씀드렸잖아요.

아마 선생님의 관심을 끌려고 과장해서 말하는 사람들을 너무 많이 만나셨나 보군요.

진실을 말씀드리자면, 문제는 우리가 사태를 과소평가한다는 거예요. 우리는 삶을 유쾌한 관점에서 받아들이고 싶어요. 더 꾸며 내지 않아도 이미 세상에는 소름 끼치는 일이 너무 많아요. 그렇게 생각하지 않으세요, 선생님?

물론이죠. 선생님께서는 인생에 대해 지나치게 비관적인 관점을 가지고 계시겠지요. 사람들의 불평불만을 듣느라고 시간을 다 보내니까요. 우리는 상황을 긍정적으로 받아들일수록 결과가 좋다고 생각해요. 최소한 그게 유리하죠.

왜냐하면 재앙이라는 것도 축복이 될 수 있으니까요. 뭔가를 가르쳐 주거든요. 더 현명해질 수 있는 거죠.

아프면서 성숙하는 거죠.

맞아요. 베이비에 대해서도 우리는 이런 식으로 접근하려고 해요.

베이비는 아픈 건 흉터를 남긴다고 해요. 걔 말도 맞죠.

물론 끔찍하죠. 선생님께 우리가 말씀드리려고 하는 것도 그거예요.

우리를 믿지 못하셨어요?

제발, 선생님. 이제 우리에게 털어놓으실 시간이에요. 몇 주 동안이나 계속 상담을 했으니까. 이제 차분하게 시계를 보시고, 이제 상담이 끝났다고 말씀하세요. 우리 입장에서 생각해 보세요.

좋습니다. 우리는 오늘 결국 뭔가를 해낸 것 같군요.

금요일

그리니치 박사님이 우리 결혼을 지켜 주셨어요. 모임에 들어가기 전에는 다람쥐 쳇바퀴 도는 삶을 살았어요. 서로를 전혀 건드리지도 않았죠. 매주 한 번씩 그 모임에 가니······.

가끔은.

네.

맞습니다.

기분 전환 겸 우리 이야기를 하니까 좋네요. 우리는 다른 환자들이 부러워요, 선생님.

글쎄요, 다시 일하겠죠.

물론 그렇죠. 그게 당연한 거 아닙니까?

그 아이는 우체국에서 아르바이트를 하거나 트럭 운전을 할 수 있었어요. 짐 터넬이 반 누이스 창고에서 자료 운송하는 일자리를 주겠다고 했어요. 하지만 아무 것도 하고 싶지 않다고 하더군요.

우리는 베이비에게 여름에 일본이나 멕시코를 여행하지 않겠냐고 했습니다. 가을이 되어서 일자리를 구하겠다고 약속한다면. 하지만 여행은 싫다고 하더군요. 그 나이에 그런 걸 싫어하다니, 정말 이상하지 않은가요?

인생에 싫증난 건 아닌 것 같습니다. 그 또래 아이들은 어느 정도 그렇죠. 하지만 그건 아닙니다.

화가 난 것 같아요.

그럴 가치를 못 느끼는 것 같아요. 우리들은 젊을 때 여행할 기회가 전혀 없었죠. 그런데 그 아이는 그런 걸 이해하지 못하죠.

선생님께서는 여행을 많이 하셨나요? 외국에서 태어나신 거 말고는.

언제?

그렇게나 빨리?

그때까지 우리 문제를 끝내려고 하시나 보죠?

상관없습니다.

들어 보세요. 매일 두 번씩 상담하는 데 드는 비용이 사실 만만치 않아요. 하루에 한 명만 상담하는 걸로 줄여야 할까 봐요.

아닙니다. 그리니치 박사님께서는 그런 말씀 안 하셨어요. 우리 스스로 결정한 겁니다. 생각도 못 하셨죠?

내일이요?

토요일

여행하면서 인생을 즐기는 것이⋯⋯.

기억 못 하세요? 어제 말씀드렸잖아요. 어떤 사람한테는 말해 봤자 소용도 없다니까요.

선생님 말고, 베이비 말이에요.

베이비는 자기가 영원히 살 줄 알아요. 우리는 환상을 깨고 싶지 않아요. 젊어서 아직 세상이 뭔지 모른다는 건 좋은 거죠.

아마 누군가가 그 아이에게 영원히 살 수 없다고 말해 줘야 해요.

아니요. 우리가 말하면 믿지 않을 거예요. 더 나이가 많고 현명한 사람이어야 해요. 베이비가 선생님 같은 분을 안다면, 선생님께서 말씀해 주실 수 있을 거예요.

그 아이에게 너는 영원히 살 수는 없다고 말씀해 주세요. 우리도 똑같다고 말씀해 주세요. 우리들 중 누군가는 먼저 죽어야 한다고, 우리가 새로 유언장을 작성해 두었다고 말씀해 주세요. 우리를 미워하지 말라고 말씀해 주세요. 우리가 한 일은 다 그 아이가 잘 되라고 한 거라고 말씀해 주세요. 우리도 어쩔 수 없었다고 말씀해 주세요. 우리는 괴물이 아니라고 말씀해 주세요. 그 아이가 우리한테 얼마나 괴물 같았는지 이야기해 주세요. 그 아이에게는 우리를 판단할 권리가 없다고 말씀해 주세요. 원하지 않는다면 굳이 우리와 같이 살 필요는 없다고 말씀해 주세요. 그 아이는 이제 자유롭다고 말씀해 주세요. 우리를 그저 내버려 둘 수는 없다고 말씀해 주세요. 걔가 우리를 죽이고 있다고 말씀해 주세요. 그러고도 무사할 수는 없다고 말씀해 주세요. 그 아이는 우리 아들 베이비가 아니라고, 크립톤 행성에서 태어났다고 말씀해 주세요. 우리가 얼마나 그 아이를 미워하는지 이야기해 주세요. 우리는 심지어 서로 사랑하지도 않았고, 오로지 그 아이만을 사랑했다고 말씀해 주세요. 우리가 뭘 몰랐다고 말씀해 주세요. 우리는 영원히 떠났다고, 집 열쇠랑 스테이션왜건 자동차 열쇠는 현관 매트 아래 있다고, 유언장은 그 아이에게 완전히 유리하게 다시 만들었다고, 그래서 버트에게 가는 유산을 다 빼앗아 놓았다고 말씀해 주세요. 우리를 다시는 찾을 수 없을 거라고 말씀해 주세요. 산 미구엘 드 알렌드에 있는 작고 귀여운 집에 우물 곁 테라스에서 기다리고 있겠다고 말씀해 주세요. 4학년을 유급 당하지 않게 수학 과외 교사도 구할 거라고 말씀해 주세요. 강아지도 키울 수 있다고, 영국 양치기 종 말라뮤트 같은 강아지도 키울 수 있다고 말씀해 주세요. 아니면 사모예드든 세인트버나드든 크고 둔한 개도 좋으니, 원하는 대로 키우라고 말씀해 주세요. 낙태하려고 했는데, 의사가 아카풀코에 갔었다고 말씀해 주세요. 작년에 스티브 맥퀸을 만났는데 사인을 받지는 못했다고 이야기해 주세요. 우리가 로리를 독살했다고 말씀해 주세요. 빌리도 시도했는데 실패했고, 그래서 로리만 죽었던 거라고 말씀해 주세요. 『롤링스톤즈』랑 『내셔널 램푼』 과월호 모아 놓은 걸 버린 건 식모가 아니라 바로 우리들이었다고 말씀해 주세요. 속옷 좀 입으라고, 속옷 안 입는 건 정말 역겹다고 말씀해 주세요. 비타민제도 먹고, 효모가 들어간 것도 먹고, 들장미 열매도 먹으라고 말씀해 주세요. 델마 드라라의 엄마는 동성애자였다는 것도 말씀해 주세요. 그 아이도 우리처럼 철없기는 마찬가지라고 말씀해 주세요. 우리는 아이를 낳지 말았어야 했다고, 하지만 그때는 낳아야 한다고 생각했다고 말씀해 주세요. 그 아이가 우리처럼 되는 걸 보기는 정말 싫었다고 말씀해 주세요. 아이를 키우는 건 정말 어려운 일이라고, 특히 외동은 더 그렇다고, 언젠가 크면 무슨 말인지 알게 될 거라고 말씀해 주세요. 우유를 먹어야만 한다고 말씀해 주세요. 콧수염을 기르면 우스꽝스러워 보인다고 말씀해 주세요. 밤에 교정기를 빼지 말라고, 아니면 절대 치열이 고르지 못할 거라고 말씀해 주세요. 코를 좀 풀라고 말씀해 주세요. 개가 거실 곳곳에 똥을 싸도 된다고 말씀해 주세요. 그 아이가 완전히 바가지 쓴 거라고, 버터 통에 보관하고 있는 건 새 모이와 오레가노 약초라고 말씀해 주세요. 언젠가 아이를 낳아서 키우게 되면 우리를 이해할 수 있을 거라고 말씀해 주세요. 우리도 크립톤 행성에서 태어났고 그 아이의 부모인 척하고 있었다고, 이 온화하고 온순한 외모 아래 초인적 힘을 감추고 사는 데 지쳐서 떠난다고 말씀해 주세요. 혼자 살아가게 되면 분명 우리가 그리워질 거라고 말씀해 주세요. 죄책감을 느끼게 될 거라고 말씀해 주세요. 말도 안 되는 소리 집어치우고 슈퍼맨 옷도 불태워 버리라고 말씀해 주세요. 노벨상을 탈 수 없을 거라고 말씀해 주세요. 만약 탄다고 해도 그때쯤엔 이미 너무 늙어 버려서 별 상관도 없을 거라고 말씀해 주세요. 우리가 얼마나 그 아이를 자랑스러워 했는지, 그리고 지금도 얼마나 자랑스러워 하고 있는지 말씀해 주세요. 그 아이가 얼마나 우리를 겁먹게 했는지 이야기해 주세요. 우리 돈 훔친 것도 알고 있다고 말씀해 주세요. 방 청소 좀 하라고 말씀해 주세요. 래이 고모한테 롤러스케이트 태워 줘서 고맙다는 편지를 쓰라고 말씀해 주세요. 면허도 갱신해야 한다고, 전조등을 하나만 켜고 도요타를 몰면 안 된다고 말씀해 주세요. 우리가 어떻게 거짓말을 했는지에 대해서도 이야기해 주세요. 우리가 얼마나 미안해하는지에 대해서도 이야기해 주세요. 우리도 희생자라고 말씀해 주세요. 우리 어린 시절도 그 아이보다 행복하지는 않았다고 말씀해 주세요. 그 아이가 태어났을 때 우리가 얼마나 기뻤던지 눈물까지 흘렸다고 이야기해 주세요. 그 아이가 태어나고부터 우리는 죽어 가기 시작했다고 말씀해 주세요. 우리가 그 아이를 죽이려고 했다는 이야기도 해 주세요. 무슨 짓을 하려는 건지 알고 있었다고도 이야기해 주세요. 우리는 그 아이를 사랑한다고 말씀해 주세요.

오, 맙소사, 선생님, 우리 베이비는 왜 죽어야 했나요?

℁

사후 보고

Debriefing

봐, 나는 다시 서 있어.
봐, 나는 다시 바위를 밀어 올리기 시작했어. 나를 말리려고 하지 마.
어떤 것도, 그 어떤 것도 나를 이 바위에서 떼놓을 수 없어.

…… 약간 붉은 기운이 감도는 가늘고 긴 갈색 머리칼, 마치 연극배우처럼 부자연스럽게 꾸민 헤어스타일. 내가 스물세 살의 그녀를 처음 만났을 때 (당시 나는 열아홉 살이었다.) 그녀의 머리는 그랬다. 그때는 염색을 하기에는 아직 일렀지만, 지금은 너무 늙어서 염색을 해도 그 머리색이 나오지 않는다. 굵은 팔목, 수줍은 가슴, 넓고 얇은 어깨, 갈매기 날개 같은 골반, 지친 듯 보이는 마른 몸. 벗은 몸을 상상하기 꺼려질 정도로 빈약한 몸. 그래서 그녀는 장식이 많고 화려한 옷을 즐겨 입었다. 그녀에게는 남성 우월주의자 같은 짙은 콧수염을 한 남편이 있었다. 마피아의 후원으로 뉴욕 동부에서 식당을 차려 예상치 못하게 성공했던, 그리고 별거했다가 떠들썩한 과정을 거쳐 이혼했던 남편. 그리고 아마 빛깔의 머리칼을 가진

두 아이들. 다른 부모에게 태어난 아이들처럼 서로 닮지 않은, 잔디 넓은 기숙학교로 안전하게 옮겨진 아이들.

"공기 좋은 곳에서 자라게 하려고."

그녀가 말했다.

몇 년 전, 어느 가을의 센트럴파크. 우리는 자전거를 나란히 세워 놓고는 플라타너스 아래에서 한가롭게 빈둥거렸다. 줄리아의 자전거는 자기 것이었고 (줄리아는 규칙적으로 자전거를 타곤 했다.) 내 것은 빌린 것이었다. 줄리아는 요즘 들어 뭔가를 할 시간이 점점 더 없어지는 것 같다고 말했다. 합기도 도장에 가고, 요리를 하고, 아이들에게 전화를 하고, 연애를 계속 하는 등. 하지만 궁금해 하는 것을 제외하고는 하루 종일 시간이 남아도는 것처럼 보였다.

궁금해 한다고?

"음……."

줄리아는 땅에 떨어진 나뭇잎 하나를 가리키면서 말했다.

"아, 저 나뭇잎하고,"

그러고는 그 옆에 있는 비슷하게 노랗게 변색되어 가는 다른 나뭇잎을 가리켰다.

"저 나뭇잎하고의 관계가 궁금해지기 시작하는 거지."

옆에 있는 나뭇잎의 닳아 가는 끝부분이 처음 나뭇잎 잎맥과 직각을 이루고 있었다.

"왜 저렇게 저기 떨어져 있는 걸까? 다른 방식으로가 아니고 말이지."

"내가 말해 줄까? 그렇게 떨어졌기 때문이지."

"하지만 분명 관계가, 연관관계가 있을 거야."

'내 친구 줄리아, 가난한 떠돌이, 너는 미쳤어. (왜냐하면 그건 미친 질문이니까. 대답할 수 있는 질문이 아니니까.)'

하지만 나는 그렇게 말하지 않았다. 대신 이렇게 말했다.

"대답할 수 없는 질문을 자꾸 자신한테 던지지 마."

반응이 없다.

"그런 질문에 대답할 수 있다고 해도, 너는 아마 대답했다는 것조차도 모를 거야."

이봐, 줄리아. 들어 봐, 피터 팬. 나뭇잎을 생각하지 말고 (그건 미친 거야.) 사람들을 생각해. 오후 두 시부터 다섯 시 사이에, 베트남 전쟁에 참전했던 전역 군인 84명이 시내의 어느 창문 없는 사무실에서 복지 수당을 받으려고 줄을 서 있고, 파크 가街에 있는 외과의사의 집에는 아줌마 17명이 유방암 검사를 받으러 담자색 모조 가죽 의자에 앉아 있어. 하지만 이 두 장면을 연결할 수 있는 실마리는 없어.

아니, 실마리가 있을까?

줄리아는 내가 무엇에 대해 궁금해 하는지에 대해서는 문지 않았다. 예를 들면 다음과 같은 것들이다.

잘못된 것

황갈색의 두꺼운 어떤 물질이 사람들의 폐에 쌓여 간다. 너무 담배를 많이 피워서, 혹은 너무 사연이 많아서 그렇다. 가슴이 죄는 듯한 통증, 식사를 하고 나면 어김없이 밀려오는 구역질.

처음부터 가냘팠던 줄리아는 요즘 들어 살이 더 빠졌다. 지난주에는 빵과 커피만 먹으니 속이 좀 괜찮더라고 줄리아는 말했다.

"안 돼!"

나는 투덜거렸다. 우리는 전화를 하고 있던 중이었다. 그날 저녁 나는 그녀의 악취 가득한 텅 빈 냉장고를 살펴보러 갔다. 냉장고 안쪽에는 말라붙은 햄버거가 비닐봉지 안에 담겨 있었다. 나는 버리려고 했지만 줄리아가 말렸다.

"요즘엔 닭고기도 비싸거든."

줄리아가 중얼거렸다.

줄리아는 네스카페 커피를 끓였고, 우리는 다다미가 깔린 거실에 다리를 꼬고 앉았다. 요즘 사귄다는 망나니 같은 남자 이야기를 했다가, 레비스트로스가 역사를 닫아 버리지 않았는가에 대해 논쟁했다. 종말에 대해 경건한 생각을 가지고 있는 나는 역사를 옹호했다. 줄리아는 아직도 값비싼 카프탄*을 입고 다니며, 발칸 소브레니즈 담배로 폐를 호사스럽게 접대한다. 하지만 줄리아가 잘 먹지 않는 이유는 그녀가 너무 구두쇠이기 때문이다.

때로 밀려오는 거대한 고통. 줄리아는 '전혀' 밖으로 나가고 싶지 않을 것이다. 사람들도 이제는 더 이상 자기 아파트를 '자주' 비우고 싶어 하지 않는다.

이 도시는 정글도 아니고 달나라도 아니고 그랜드호텔도 아니다. 롱 쇼트 기법으로 보면 이곳은 에너지가 흘러내리는 거대한 덩어리, 우주의 얼룩일 것이다. 클로즈업을 하면 이곳은 분명하게 인쇄되는 회로, 불쾌한 흔적들로 가득한 트랜지스터로 연결된 미로, 천식 기침을 하는 목소리들이 가득한 데이터뱅크일 것이다. 이곳 사람들 중 일부분만이 큰 목소리를 낼 수 있는 권리를, 그래서 목소리를 제대로 알아들을 수 있는 권리를 가지고 있다.

오십대 중반으로 보이는 어느 흑인 여성. 손에 들고 있는

---

*소매가 길고 양 옆을 아래로 길게 튼 상의. 옮긴이

갈색 쇼핑백보다 더 짙은 갈색 코트를 입은 여성이 한숨을 내쉬며 택시에 오른다.

"세인트 니콜라스 애비뉴 143번가로 가 주세요."

침묵.

"알겠어요?"

머리가 덥수룩한 말없는 젊은 택시 기사는 미터기를 켠다. 그녀는 뚱뚱한 다리 사이에 쇼핑백을 내려놓고는 울기 시작한다. 긁히고 때 묻은 플라스틱 칸막이 건너편에서 기사는 여인의 울음소리를 듣는다.

사람들이 많아지면, 소리를 줄여야 할 목소리들도 더 많아진다.

그 흑인 여성은 매주 월요일 아침에 줄리아네 집으로 출근했던 가사 도우미 도리스였을 것이다. 십 년 전, 그녀가 세인트 니콜라스 애비뉴에서 음료수 팩 하나와 마카로니를 사는 사이, 방 두 개 딸린 그녀의 아파트에 불이 나 두 어린아이가 모두 죽었다. 하지만 만일 그 도리스가 맞다면, 그녀는 왜 아파트가 그만큼만 탔던 것인지, 왜 어린 시체 둘이 정확하게 그 각도로 텔레비전 앞에 누워 있는지 묻지 않을 것이다. 그리고 그 도리스가 맞다면, 그날은 분명 줄리아네로 가는 월요일은 아니었을 것이다. 왜냐하면 그녀가 가지고 있던 갈색 쇼

펑백에는 막 청소를 끝냈던, 방이 일곱 개 딸린 아파트 여주인이 버린 옷이 들어 있었기 때문이었다. 줄리아는 옷을 결코 버리는 법이 없다.

옷을 제대로 차려입기도 쉽지 않다. 부활절에 블루밍데일 백화점 3층 여성의류 매장에서 폭탄이 터진 후로, 대형 백화점의 쇼핑객들은 백화점에 입장할 때마다 소지품 검사를 받아야 한다. 잎맥처럼 갈라진 도시여!

그 도리스가 아니라면, 줄리아네 가사 도우미 도리스가 아니라면, 아마도 그녀는 두 번째 도리스일 것이다. 두 번째 도리스의 딸(1965년에 헌터 대학교 문학사 학위 취득)은 마술에 홀린 후로는 어머니만큼 나이가 먹은, 어머니보다 더 뚱뚱한, 근육질의 어느 부유한 여자와 함께 살고 있다. 그 여자는 유명한 1인극 배우이자 시인, 무대 디자이너, 영화 제작자, 음성 지도자이며, 신체 지각과 움직임, 기능 조절을 위한 '조렐 체계'를 창설한 장본인인, 마술의 여왕 로베르타 조렐이다. 가사 도우미로 일하는 두 번째 도리스는 7년 동안이나 딸에게서 아무런 소식도 듣지 못했다. 실로 성경에 나올 법한 이 오랜 기간 동안, 딸은 조렐에게 잡혀서 '로베르타 조렐 총흑인연극학교'의 무대 조감독으로, 또 다카르, 카프아이시앵*, 필라델피아에 있는 조렐 소유지에서 회계 장부 기입자로 일하고 있으며, 게다가 조렐과 버트랜드 러셀 사이의 두 권 분량의 서신을 타자를 치며 정리하고 있다. 심지어 남편조차도 '조렐 양'이라고밖에 부르지 못하는 그 여자를 위해 24시간 대기하는 몸종 노릇을 하고 있는 것이다.

도리스를 (이 도리스가 맞다면) 세인트 니콜라스 애비뉴 143번가에 데려다 주고 나서, 택시 기사는 131번가에서 신호에 걸려 잠시 멈춰 섰다. 갑자기 갈색 피부의 소년 셋(두 명은 열한 살이고, 한 명은 열두 살이다.)이 목에 칼을 들이댄다. 기사는 돈을 내준다. 비번 사인이 들어온 것을 본 그는 재빨리 서쪽 55가에 있는 차고로 돌아가서, 마리화나를 가지고 구석에 있는 코카콜라 판매기 옆에 편안하게 눕는다.

하지만 그가 세인트 니콜라스 애비뉴 143번가에 데려다 준 사람이 도리스가 아니라 두 번째 도리스라면, 택시 기사는 강도를 당하지 않고 바이즈 애비뉴 173번가로 가는 돈을 받았을 것이다. 택시 기사는 승낙한다. 하지만 그는 길을 잃을까봐, 되돌아오는 길을 찾지 못할까 봐 걱정이 된다. 고통으로 몸을 뒤트는, 감당하기 어려운 도시여! 모리사니아와 헌츠 포인트에서 쓰레기 수거가 이루어지지 않은 뒤부터 거리를 어

---

*아이티 북해에 있는 도시 이름. 옮긴이

슬렁거리는 버려진 개들은 서서히 코요테로 변해 가고 있다.

줄리아는 목욕을 마음껏 하지 못한다. 냄새 때문에 괴로워하고 있다.

며칠 후, 갈색 쇼핑백을 든 중년의 흑인 여성이 그리니치빌리지 지하철역에서 나와 처음 본 중년의 백인 여성에게 말을 건다.

"실례지만, 여성 구치소가 어딘지 아세요?"

세 번째 도리스다. 세 번째 도리스에게는 스물두 살 먹은 딸이 있다. 딸은 이런 저런 죄목으로 벌써 세 번째 90일 구금형을 받았다.

우리는 써먹을 수 있는 것보다 더 많은 것을 알고 있다. 내머리 속에 있는 이 모든 잡다한 것들을 보라. 로켓, 베니스의교회들, 데이비드 보위, 디드로, 누옥 맘*, 빅 맥 햄버거, 선글라스, 오르가즘. 신문과 잡지를 얼마나 많이 보는가? 사탕이나 수면제나 절규 치료법이 내 이웃이듯이, 그것들도 내 이웃이다. 나는 110번가에서 담배 가게를 운영하고 있는 링컨 부대 출신의 성마른 노병에게서 식량을 배급받는다. 내 아파트

---

*누옥 맘nuoc mam은 베트남의 생선 젓국을 말한다. 조미료의 하나. 옮긴이

에서 더 가까운 곳에 사는, 브로드웨이에 있는 성냥갑 같은 작은 나무집에서 신문을 파는 장님에게서가 아니라.

그리고 우리는 충분하게 알지는 못한다.

사람들이 하려고 하는 일

내가 아는 한, 우리 주변에 있는 사람들은 모두 평범해지려고 애쓴다. 이것은 엄청난 노력이 필요한 일이다. 대개 더 안전하다고 여겨지는 평범함은 예전보다 훨씬 더 희귀한 것이 되어 버렸다.

줄리아는 어제 내게 전화해서, 한 시간 전에 세탁물을 가지러 아래층으로 내려갔다 왔다고 말했다. 나는 축하한다고 말했다.

사람들은 표면에 관심을 가지려고 한다. 총을 들지 않은 남자는 마스카라를 하고, 화려하게 꾸민 채 활보한다. 말하자면 모두들 도덕적으로 치장한다.

사람들은 신경 쓰지 않으려고, 너무 신경 쓰지 않으려고 노력한다. 두려워하지 않기 위해서.

두 번째 도리스의 딸은 로베르타 조렐이 당당하고 단호한 모습으로 끓는 기름에 두 손을 손목까지 담가 옥수수가루 찌꺼기를 꺼내는 것을 보았다. 조렐은 옥수수가루를 반죽해서 작은 팬케이크를 만들었고, 팬케이크와 자신의 손을 잠깐 기름에 담갔다. 고통도, 상처도 없었다. 조렐은 스무 시간 동안 쉬지 않고 북을 치고 노래를 부르고 무릎 꿇고 절하고, 리듬감 있게 박수를 쳐 댔다. 양철 컵에 담긴 짭짤한 성수가 사람들 사이를 돌았고 사람들은 모두 그것을 홀짝홀짝 마셨다. 조렐의 팔다리는 염소의 피로 얼룩져 있었다. 의식이 끝나자 두 번째 도리스의 딸과 다른 네 명의 숭배자들(여기에는 조렐의 남편인 헨리도 포함되어 있었다.)은 조렐을 베티온빌에 있는 호텔 스위트룸으로 모셔 왔다. 이번 여행에서 헨리는 조렐과 같은 층에 묵을 수 없었다. '조렐 양'은 스무 시간 동안 잠을 잘 테니 무슨 일이 있어도 절대 깨워서는 안 된다는 지시를 내렸다. 두 번째 도리스의 딸은 '조렐 양'의 피 묻은 옷을 빨고는 침실 밖 등나무 의자에 앉아 조렐이 깨어나기를 기다렸다.

나는 줄리아를 밖으로 데리고 나와 시간을 보내려고 했다. (우리가 만난 지 이제 15년이 흘렀다.) 도시를 구경시켜 주기 위해서였다. 나는 브룩클린에서 롤러스케이트 경기를 보여 주었고, 개 전람회에도 데리고 갔고, 장난감 백화점에도, 스태튼 섬에 있는 티베트 박물관에도 데리고 갔으며, 여성 행진도 보여 주었고, 싱글 족이 가는 술집에도 데려갔고, 엘진에서는 심야 영화관에도 함께 갔으며, 파크 애비뉴 위쪽 라 마르퀘타에도 갔고, 시 낭송회에도 갔다. 줄리아는 언제나 그렇듯 번번히 거절한다. 한 번은 그녀를 메트로폴리탄 오페라극장의 〈펠리아스와 멜리장드〉 공연에 데리고 갔다. 하지만 우리는 휴식 시간에 그곳을 떠나야 했다. 줄리아는 부들부들 떨고 있었다. 줄리아는 지겨워서 그런 거라고 말했다. 커튼이 올라가고 1막의 배경인 어두운 숲 속 빈터가 모습을 드러낸 지 얼마 되지 않아, 나는 내가 실수했음을 깨달았다. 여주인공은 깊은 우물에 아슬아슬하게 기대어 서서 "나를 만지지 마세요! 나를 건드리지 마세요!" 하고 신음하듯 절규했다. 여주인공 멜리장드의 첫 대사였다. 착한 의도를 가지고 있었던, 그리고 그녀를 구해 주기로 되어 있는 낯선 남자는 뒤로 물러서면서 여주인공의 긴 머리칼을 음탕한 시선으로 훑었다. 줄리아는 몸서리를 쳤다. 교훈. 멜리장드 같은 여자에게 〈펠리아스와 멜리장드〉를 보여 주지 말 것.

세 번째 도리스는 출소한 뒤 새 인생을 살려고 했다. 하지만 그럴 경제적 여유가 없었다. 모든 것이 너무 비쌌다. 닭고기에서부터(심지어 닭 날개와 모래주머니까지), 1930년대 유명한 패션디자이너가 한때 소유했다는 꼬로망델 스크린*까지, 그 모든 것이. 라일의 어머니는 꼬로망델 스크린을 소더비 경매에서 만팔천 달러까지 불렀다.

사람들은 절약한다. 먹는 걸 좋아하는 사람들(대부분의 사람
들이 포함되는, 그리고 줄리아는 제외되는 카테고리)은 더 이상 한
곳에서 한 시간 동안 일 주일 먹을 만큼 장을 한번에 보지 않
는다. 대신 그들은 하루 종일 열 군데를 돌아다니면서 카트
하나 분량의 식료품을 사 모은다. 그들 또한 도시를 헤매 다
니고 있다.

돈 많은 사람들은 주머니에 조그만 계산기를 넣고 다니면
서 그것을 써먹는다.

두 번째 도리스의 딸처럼 이미 노예가 되어 버린 것이 아닌
다른 사람들은 신문에 한자리를 차지하고 있는 마술 치료사
의 광고에 대답한다.

"그림의 떡이 언젠가는 내 손에 떨어질 거라고 마냥 기다
리지 마세요. 달콤한 떡고물까지 얹힌 떡을 지금 당장 갖고
싶다면, 아이크 목사를 찾아가서 말씀을 들으세요. 방송을
보셔도 되고, 직접 찾아가셔도 됩니다."

아이크 목사의 교회는 할렘가에는 없다. 다시 한 번 말하지
만, 할렘가에는 없는 것이다. 건물 없는 새 교회가 서부에서

---

*꼬로망델 스크린Coromandel screen은 중국 병풍을 말한다. 옮긴이

동부로 이주해 가고 있다. 사람들은 악마를 숭배한다. 현대미술관 서쪽에 있는 53번가에서 라일처럼 샤기 컷을 한 금발머리 소년이 내게 최후심판교회에 대해 이야기한다.

"최후심판교회라고 들어 보셨어요?"

나는 그렇다고 말했지만, 소년은 마치 내가 아니라고 대답한 것처럼 말을 잇는다. 멈춰 서서 소년과 이야기를 한다면, 필시 5시 30분에 시작하는 영화 상영을 놓칠 것이다. 나는 소식지를 달라고 하고 50달러를 건네준다. 소년은 계속 나를 따라오면서 가난한 어린이들을 위해 교회에서 운영하는 무료 아침 식사 프로그램에 대해 이야기한다. 나는 미술관 회전문으로 들어선다. 아침 식사 프로그램이라니! 그들은 아이들을 괴롭히고 있는 것이라고 나는 생각한다.

사람들은 침대에서 부리는 재주를 비디오에 녹화하고 자기 전화를 도청한다.

11월 12일에 내가 했던 착한 행동. 3주 만에 줄리아에게 전화한 것.

"어이, 잘 지내?"

"끔찍해."

줄리아는 웃으며 대답했다. 나도 같이 웃고는 말했다.

"나도 그래."

하지만 실제로는 그렇지 않았다. 우리는 함께 조금 더 웃었다. 수화기가 미끈거리고 뜨거워졌다.

"만날까?"

내가 물었다.

"네가 우리 집에 다시 올래? 요즘은 아파트에서 나가기가 정말 싫거든."

하지만 줄리아, 나는 네가 예전부터 그랬다는 걸 이미 알고 있어.

나는 줄리아에게 아이들을 버린 것에 대해 더 이상 비난하지 않으려 노력한다.

이제 열아홉 살이 된 라일은 어느 날 아침 브로드웨이 96번가에 있는 전화 박스에서 내게 전화를 했다. 나는 라일에게 놀러 오라고 말했고, 라일은 자신이 막 끝낸 소설을 가지고 왔다. 몇 년 만에 완성한 작품이다. 나는 소설을 읽었다. 라일이 아직 완전히 성인이 되지 않은 아기 목소리의 창백한 소년이었던 열한 살 때 썼던 소설들에 비해서 완성도가 떨어졌다. 라일은 『파르티잔 리뷰』의 신동이었던 것이다. 열한 살의 라일은 아직 환각제를 복용하지 않았고, 가끔씩 눈이 멀지도 않았으며, 롤링스톤즈 전국 투어를 따라다니는 팬도 아니었고, 부모님에 의해 두 번이나 수감되지도 않았고, 자살을 세 번이나 시도하지도 않았다. 브롱크스 사이언스 고등학교 2학년이 되기 전에 일어난 일들이다. 나의 권유로 라일은 자기 소설을 불태우지 않기로 했다.

타키 183, 페인 145, 튜록 137, 샤민 65, 씽크 160, 스네이크 128, 혼도 II, 스테이하이 149, 코브라 151 등은 친구들과 함께 시몬 베유에게 무례한 메시지를 보낸다. 당신은 유대계 미국인 공주가 아니라고. 베유는 그들에게 고통의 끝이란 없다고 말한다. 당신은 그렇게 생각하고도 남는다, 편두통이 있으니, 하고 그들이 대답한다. 그녀는 당신들도 마찬가지라고 신랄하게 받아쳤다. 단지 당신들이 모를 뿐이라고.

베유는 또한, '우리' 보다 더 증오스러운 것이 있다면 그것은 바로 '나' 라고 말한다. 그들은 전철 위에 자기 이름을 낙서하면서 계속해서 스스로를 과시한다.

안심시켜 주고, 달래 주고, 도움이 되는 일

누군가와 기억을 공유한다는 것은 즐거운 일이다. 기억되는 모든 것은 소중하고, 사랑스럽고, 감동적이고, 보석 같다. 최소한 과거는 안전하다. 그때는 몰랐지만. 이제 우리는 안다. 왜냐하면 그것은 과거에 있으니까. 왜냐하면 우리는 살아남았으니까.

도리스, 줄리아네 집에 오는 도리스는 죽은 두 아이들의 사진과 장난감, 옷으로 거실을 온통 장식했다. 도리스의 집에 갈 때마다 삼십 분 동안은 그것들을 들여다보아야 한다. 눈물이 말라 버린 눈으로 도리스는 그 모든 것을 보여 준다.

차가운 바람이 도시를 벌벌 떨게 하고, 기온은 급강하한다. 사람들은 추위를 느낀다. 하지만 최소한 추위는 오염을 정화한다. 리버사이드 드라이브에 있는 우리 집 지붕에서 차가운 공기를 뚫고 가늘게 눈을 뜨고 보면, 뉴저지 너머 저 멀리 라마포의 언덕 윤곽이 보인다.

아니라고 말하는 것은 도움이 된다. 어느 날 저녁, 책을 돌려받으러 줄리아의 아파트에 들렀을 때 정신과 의사인 줄리아 아버지가 전화를 했다. 줄리아는 나보고 전화를 받으라고 했다. 수화기를 가린 채 나는 줄리아에게 "케임브리지야!" 하고 속삭이며 외쳤고, 줄리아는 방 건너편에서 "나 집에 없다고 해!" 하고 속삭이며 대답했다. 줄리아의 아버지는 내가 거짓말을 하고 있다는 것을 알고 있었다.

"줄리아가 집 밖에 나가지 않는다는 건 나도 알고 있단 말이다!"

줄리아의 아버지는 화가 나서 말했다.

"아버님이 전화할 거라는 걸 안다면 밖으로 나갈 걸요."

나는 말했다. 줄리아는 미소를 지었다. 비통한, 유치한 미소였다. 그리고 석류를 베어 물었다. 내가 갖다 준 석류였다.

평생 똑같은 감정을 가지고 살아가는 것은 도움이 된다. '신민주연합'의 시장 대리 선거 자금 모금을 위해 비크만 플레이스에서 열린 파티에 갔을 때, 나는 이디시* 말을 쓰는 어느 연세 지긋한 언론인과 노닥거렸다. 그는 퀸스의 등교 거부 운동이나 입학 할당제 등에 대해서는 별로 관심이 없었다. 그는 바르샤바에서 십 마일 정도 떨어진 '슈테틀'에서 보냈던 어린 시절에 대해서 이야기했다. ("물론 슈테틀에 대해서 들어 본 적은 없겠지. 그러기엔 젊으니까. 슈테틀은 유대인이 사는 마을을 말해요.") 그는 또래의 어떤 소년과 단짝이었다고 한다.

"나는 그 녀석 없이는 살 수가 없었어. 형제자매 이상이었지. 하지만 그 녀석을 좋아했던 건 아니야. 미워했지. 같이 놀 때면 그렇게 화가 날 수가 없었어. 우리는 막대기로 서로를 때리기도 했지."

그러다 지난달에 귀가 뻣뻣하고 불그스레한, 초라한 옷차림의 어느 늙은이가 『포워드』지 사무실로 들어와서는 자신을 찾더라고, 그리고 자기 자리로 오더니 그에게 "월터 아브

---

*이디시Yiddish는 중부, 동부 유럽 및 미국 유대인이 사용하는 언어를 말한다. 독일어에 헤브루어와 슬라브어가 혼합된 형태. 옮긴이

람슨, 내가 누군지 알겠는가?" 하고 묻더라고 했다. 그는 그 늙은이의 눈을 들여다보고, 벗겨진 머리와 각진 몸을 빤히 쳐다보았다. 그러다 퍼뜩 생각이 났다.

"자네 이삭이로군."

그러자 늙은이가 말했다.

"그렇다네."

"50년이 지났어, 50년이. 상상할 수 있겠어? 솔직히 내가 그 녀석을 어떻게 알아봤는지도 모르겠다니까. 눈빛을 보고는 잘 모르겠더군. 어쨌든 난 알아봤다니까."

그래서 어떻게 됐을까?

"우리는 얼싸안았지. 가족은 잘 계시냐고 물어봤어. 모두 나치에 몰살당했다고 하더군. 우리 집에 대해서도 녀석이 물었지. 모두 돌아가셨다고 했지. 그런데 그거 알아? 15분쯤 지나니까 갑자기 화기 치밀기 시작하는 거야. 가족이 몰살당했다고 해도 무슨 상관이야. 가난한 늙은이가 되었다고 해서 내가 무슨 상관이람. 난 그 녀석을 미워했는데."

그는 격렬하게 몸을 떨었다.

"그 자식을 패 주고 싶었어. 막대기로 말이지."

때로는 자신의 감정을 모두 바꿔 보는 것도 도움이 된다. 몸의 피를 모두 뽑아내고 다시 넣는 것처럼. 다른 사람이 되어 보는 것이다. 하지만 마법의 도움 없이. 성전환자를 행복하게 하는 성전환 수술에 비할 만한 도덕적 등가물은 없다.

유머 감각도 도움이 된다. 나는 아직 줄리아가 얼마나 재미있고 우스꽝스럽고 재치 있는지에 대해서는 설명하지 않았다. 줄리아는 나를 웃게 한다. 이제까지 나는 줄리아가 무슨 짐이나 되는 양 묘사했다.

때로는 편집증 환자가 되는 것도 도움이 된다. 음모를 가지고 공모하는 것은 어떤 것에 대해 잘 이해할 수 있다는 장점을 가지고 있다. 적을 발견한다는 것은 안도감을 준다. 그러기 위해서 먼저 적을 만들어 내야 하지만 말이다. 예를 들자면 로베르타 조렐은 두 번째 도리스의 딸을 비롯한 사람들에게, 자신이 연방정부의 지원금을 받으면서 운영하고 있는 '남부 필라델피아 흑인재활센터'의 적들, 주로 백인 은행가, 미국의학협회 정신과 의사, 흑표범단원*, 경찰, 마오주의자, 미국중앙정보국을 어떻게 퇴치할 것인지에 대해 농담 섞인 지시를 내렸다고 한다. 조렐이 지시하는 방법이란, 분말가루, 주술, 초자연적인 부드럽고 평평한 돌멩이(마이애미 해변에 있는 쿠바 산테리아교** 추종자가 저주를 내린) 등을 사용하는 것이었다.

---

*흑표범단원Black Panthers은 미국의 극좌익 흑인 과격파를 지칭한다. 옮긴이
**아프리카의 부두교와 카톨릭이 쿠바에 토착화되어 생긴 민중 종교. 옮긴이

하지만 줄리아는 자신에게 적이 있다고 생각하지 않는다. 예를 들면 지금 사귀는 남자가 아내와 헤어지지 않겠다고 줄리아에게 반복해서 말해도, 줄리아는 자신이 사랑받지 못하는 것에 대해 이해하지를 못하는 것이다. 하지만 여간해서 바깥 출입을 하지 않는 줄리아가 드물게 거리로 나서면, 줄리아는 달리는 자동차가 위협적이고 예측할 수 없다고 느낀다.

도피하는 것도 도움이 된다고들 한다. 라일의 부모인 딘과 셜리는 작년에 가게를 정리하고 플로리다의 사라소타에 콘도를 하나 샀다. 사라소타의 시의원들은 관광객을 더 많이 유치하기 위해 5년 전 시내에 설치했던 주차 요금 징수기를 모두 철거하기로 했다. 라일의 부모는 링글링 브러더스 서커스단의 본거지인 그곳에서 일 년에 몇 주 동안이나 머물게 될지는 알 수 없었다. 게다가 부동산 값이 올랐던 적은 한 번도 없었다. 하지만 괴짜 신동인 자기 아들도 그곳에 방 한 칸 가질 수 있을 것이다. 걔가 원한다면.

자신의 성적 선택에 대해 아무런 죄가 없다고 생각하는 것은 도움이 된다. 사람들이 실제로 그 선택을 잘해 나가고 있는지에 대해서는 분명하지 않지만. 두 번째 도리스를 세인트 니콜라스 애비뉴 143번가에 데려다주고 헌츠포인트에서 제대로 길을 찾아 돌아오던 택시 기사는 라일을 닮은 샤기 컷을 한 창백한 금발 소년을 태웠다. 소년은 택시에 타자마자 "웨스트가로 가 주세요."라고 말했다.

요즘 나의 성생활은 아주 순결하다. 음란 영화처럼 성생활을 하고 싶지는 않다. (음란 영화를 즐겨 왔지만 일상생활에서만은 그러고 싶지 않다.)

내 사랑, 우리 함께 자리에 누워 서로 껴안아요.

그동안 진짜 라일은 '사드와 무정부주의 전통'이라는 제목의 비교문학과 4시 수업을 빼 먹고, 기숙사 라운지에 있는 텔레비전 앞에 널브러져 있었다. 요즘 라일은 텔레비전을 갈수록 많이 본다. 〈은밀한 폭풍〉이나 〈세상이 뒤바뀔 때〉와 같은 연속극을 좋아한다. 라일은 또한 룸메이트의 친절하고도 어색한 파티 초대를 퇴짜 놓지 않고 자주 참석하기 시작했다. 유용한 원칙. 파티에 대해 생각하기 시작하면 어떤 파티든 우울하다. 하지만 파티에 대해서는 생각할 필요가 없다.

나는 춤을 출 때 행복해.

날 만져 줘.

우리를 화나게 하는 것들

『스탈린그라드에서 보내는 최후의 편지』*를 읽으며 지금은 죽고 없는, 너무나 인간적인 목소리들, 그러나 가장 극악무도한 적들에 대해 슬퍼하는 것. 누구든 그의 이야기를 완전히 듣게 되면 악마란 없다는 것을 알게 된다.

모두가 미쳤다는 것을 깨닫는 것. 예를 들면 라일과 그의 부모. 그리고 미친 사람들의 이야기가 특히 잘 들린다는 것.

두려워하는 것.

라일이 다음 주에 로베르타 조렐과 만난다는 이야기를 듣는 것. 조렐은 뉴욕대학교에서 연설을 하고 우아한 소호 갤러리에서 파티를 연다. 라일은 조렐 밑에 들어가서 일한다. 대학을 자퇴한다. 그리고 또다시 그 후 7년 동안 그의 소식을 들을 수 없다.

모두가 얼마나 필사적인지를 느끼는 것. 도리스, 즉 줄리아

---

*『스탈린그라드에서 보내는 최후의 편지Last Letters from Stalingrad』는 스탈린그라드(지금의 볼고그라드) 전투에 참가한 독일 병사들의 서신들을 묶은 선집이다. 서독에서 출간되었다. 옮긴이

네 가사 도우미 도리스는 아파트에서 쫓겨났다. 인상된 집세를 낼 돈이 없었기 때문이다. 하지만 아이들이 죽은 그곳에서 계속 살고 싶다.

새로운 법으로 인해 개인 정보가 수집되어 은행과 통신회사, 항공사, 신용카드 회사에 영원히 보관된다는 정보에 따라, 이제 정부가 나보다 더 나에 대해 (물론 사교 활동에 대해서지만) 많이 알게 되었다는 것을 깨닫게 되는 것. 필요하다면 나는 이제까지 해외로 여행했던 곳을 모두 열거할 수 있으며, 낡은 수표장 반쪽도 내 서랍에 잘 보관하고 있다. 서랍 어딘가에. 하지만 넉 달 전 정확히 오전 11시에 누구에게 전화를 걸었는지에 대해서는 기억할 수 없으며, 앞으로도 그러할 것이다. 아마 줄리아는 아니었을 것이다.

타인의 고통에 대해 더 이상 듣고 싶지 않다는 욕망을 내 안에서 발견하는 것.

내가 가진 힘을 어떻게 행사할지 알 수 없다는 것.

줄리아는 과거 초능력 연구자였고 지금은 북아메리카 인디언 비교秘敎 전문가인 어떤 사람의 마술에 빠진 적이 있다. 그녀는 줄리아를 어떻게 도와야 할지 안다고 했다. 줄리아를 만난 사람들은 대부분 줄리아의 연약함에 충격을 받고 어떻게

든 줄리아를 도와주려고 한다. 줄리아의 아름다움은 다른 사람들이 줄리아를 선뜻 도와주게 만드는, 줄리아가 가진 유일한 재능이다. 문제의 그 마술사는 웨스트체스터 출신의 백인이자 힘세고 재능 있는 테니스 선수 마르타 우튼이다. 그녀는 마치 체육 교사 같았다. 나는 약간 깔보는 듯한 태도로, 뭐 줄리아에겐 좋을 수도 있겠군, 하고 생각했다. 줄리아를 악마에게서 풀려나게 한다는 구실로 네 발로 기어 다니면서 보름달을 보고 짖게 하기 전까지는. 그래서 나는 줄리아의 빈약한 생활을 다시 급습하여 액막이 의식을 치렀다. 이성! 자기 보존! 지성의 염세주의, 의지의 낙천주의! 마르타 우튼은 사라졌고, '서부의 사악한 마녀들' 중 하나로 변신했다. 빅 서에서 '람다 여사'라고 자칭한 마르타 우튼은 심호흡과 생물 에너지 분석을 훈련하는 루시퍼 숭배 종교의 수장이었다.

줄리아를 마술에서 깨어나게 한 것은 잘한 짓이었을까?

누군가의 삶을 바꾸어 놓을 수 없다는 것. 세 번째 도리스의 딸은 다시 감옥으로 들어갔다.

공기가 나쁜 곳에서 산다는 것. 통풍이 되지 않는 삶을 산다는 것. 땅이 없는 것만 같은 기분을 느끼는 것. 주변에는 온통 공기밖에 없다는 느낌.

전망에 대하여

우발적인. 반복적인. 어느 월요일, 도리스 즉 줄리아네 도리스를 줄리아 아파트에서 집으로 데려다 준 택시 기사는 세컨드 애비뉴 111번가에서 세 명의 열네 살짜리 푸에르토리코 아이들을 태웠다. 만일 그들이 택시 기사에게 강도짓을 하지 않았다면, 그들은 택시에 타서 59번가 다리 근처 골목에 있는 '주스 바'로 데려다 달라고 했을 것이며, 내릴 때 팁을 많이 주었을 것이다.

불쾌하다. 암스테르담 애비뉴 90번가의 모퉁이에 있는 공공 임대 주택 벽돌 벽 눈높이에는 손으로 쓴 표지판이 붙어 있다. 슬프게도, 이렇게 씌어 있다.
"그만 죽여라."
상처 입은 도시여!

더 생기 있게 살 수 있는 규칙들 중에서 효과 있는 것은 하나도 없지만, 그래도 계속 규칙들을 만들어 나가는 것은 건강하다는 증거다.

에커만과의 대화에서 괴테가 말하는 확고하고도 조심스러운 규칙이 있다.

"모든 건전한 노력은 내면에서 외부 세계로 향한다."

이 말을 해시시 파이프에 넣고 피워라.

하지만 우리가 건강하지 않다고 말해 보자. 아니, 그렇게 가정해 보자. 그렇다면 세상으로 향하는 유일한 한 가지 방법만 남았다. 위안을 위해 세상으로 도피한다면, 세상에 대해 기뻐할 수 있다.

실제로, 이 세상은 단순히 하나의 세상이 아니다. 이제는. 이 도시는 실제로 수많은 도시들의 층위를 가지고 있다. 저 수많은 고통의 두께 뒤에서, 거리와 침대에서 행해지는 폭력을, 감옥과 오페라극장에서 행해지는 폭력을 조종하는 단 하나의 의지와 재미 삼아 연결시켜 보라.

아이크 목사의 말 중에 "그대는 이제 행복할 수 있습니다." 라는 말이 있다. 아주 희귀한 우연의 일치로, 어느 날 도리스와 두 번째 도리스, 세 번째 도리스(이들은 서로를 알지도 못한다.)가 같은 지붕 아래 있는 것을 발견할 수도 있다. 아이크 목사의 '연합교회'와 '생활과학 학교'에서, 일요일 오후 3시에 열리는 '치유 축복 모임'에 함께 참석한 것이다. 행복해지는 것에 대한 그들의 전망에 대해 말하자면, 세 도리스 중 어느 누구도 확신을 갖고 있지는 않다.

줄리아……. 아니, 그 누구든! 어이, 잘 지내? 그래, 끔찍하지. 하지만 웃는다.

우리 중 누군가는 머뭇거릴 것이다. 하지만 그 누구도 용감해지지는 않을 것이다. 갈색 코트를 입고 갈색 가방을 든 어느 중년의 흑인 여성이 은행에서 나와 택시를 탄다.

"뉴욕 항만국으로 가 주세요."

두 번째 도리스는 필라델피아로 가는 버스에 타고 있다. 7년이 지나고 이제 그녀는 로베르타 조렐을 찾아가 딸을 되찾아올 것이다.

우리 중 누군가는 더 겁이 많아질 것이다. 그동안 우리 대부분은 무슨 일이 일어나고 있는지도 알 수 없을 것이다.

과거를 파헤치자. 할 수 있는 한 언제든지, 무엇에 대해서든지 감탄하자. 하지만 사람들은 이제 과거에 대해 동정심을 품는 데 인색하다.

내가 우주복을 입고 저녁 식사를 하러 간다면 너도 그렇게 하겠니? 공상 과학 만화에 나오는 사람들처럼 보일 거야. 하지만 무슨 상관이람. 현재 모든 사람들이 생각하고 있는 것. 인간은 미래하고만 동맹을 맺을 수 있다.

전망들은 대개 비슷비슷하다. 늘 그렇듯이. 하지만 나는 거부한다.

생각해 보라, 그냥 생각만 해 보라. 냉정한 영혼이여, 너는 모범적인 삶을 살고 싶어 한다. 친절하고, 고결하고, 유용하며, 정의로운 삶. 그런데 그 기준은 대체 무엇인가?

너는 그런 식으로는 결코 알 수 없을 것이다. 네가 진정 알고 싶어 하는 것이 무엇인지를. 지혜는 다른 방식으로 보면 특이한 삶을 요구한다. 즉 비뚤어진 삶을. 더 알고 싶다면, 너는 모든 삶을 한곳에 불러 모으고는 너를 즐겁게 하지 않는 것들을 제외시켜야 한다. 지혜란 잔인한 작업이다.

하지만 내가 사랑하는 사람들은 어떠한가? 내 친구들이 나 없이 잘 지낼 수 있을 거라고 생각하지는 않지만, 살아남는다는 것은 그렇게 쉽지만은 않다. 그리고 나는 아마도 그들 없이는 살아남을 수 없을 것이다.

우리가 서로를 돕지 않는다면. 쌓아야 할 건물의 위치를 망각해 버린, 치매에 걸려 있는 희망이 없는 벽돌공 같다면 우리는…….

"택시!"

나는 수요일 오후 러시아워에 택시를 불러 세워, 될 수 있는 한 빨리 줄리아의 집으로 가자고 말했다. 요즘 수화기 너머에서 들리는 줄리아의 목소리가 심상치 않았다. 하지만 집에 도착했을 때 줄리아는 괜찮아 보였다. 심지어 줄리아는 전날 작년에 염색한 바틱 천을 액자에 넣기 위해서 집 밖으로 외출하기까지 했다고 한다. 일주일 안으로 완성될 거란다. 그리고 내가 페미니스트 잡지 지난 호를 빌려 달라고 하자, 빨리 되돌려줘야 한다고 세 번이나 말하기도 했다. 나는 다음 주 월요일까지 돌려주겠다고 약속했다. 사소한 것들에 대해서 줄리아가 집착하는 것을 보면서 나는 안심이 되어 곧 떠나려 했다. 하지만 줄리아는 조금만 더 있어 달라고 부탁했다. 뭔가 변하고 있다는 의미였다. 줄리아는 슬픔에 대해 이야기하고 싶어 했다. 늙은 희가극 작가처럼 나는 때맞게 세속적이고 윤리적 주문을 걸어 연기에 돌입했다. 효과가 있었다. 줄리아 노력하겠다고 약속했다.

내가 하고 있는 일

나는 이 도시를 종종 떠난다. 하지만 늘 되돌아온다.

나는 라일에게 그가 쓴 소설(물론 하나밖에 없는 원본)을 달라고 했다. 그러지 않겠다고 약속하기는 했지만, 분명 자기 소설을 되돌려주면 라일은 그것을 불태워 버릴 것이었다. 열다섯 살 이후로 쓴 것을 모두 불태워 버렸듯이. 나는 그 소설을 어느 잡지 편집자에게 건네주었다.

　나는 타이르고, 간섭한다. 나는 참을성이 없다. 산다는 것은 그다지 힘들지 않단 말이지. 내가 해 주는 충고들 중 하나. 미래에 올 고통에 대해 미리 괴로워하지 말라.
　상대방이 내 충고에 귀를 기울이든 말든, 최소한 나는 내가 이야기했던 것에서 무언가를 배웠다. 나 스스로에게 꽤 충고를 잘 한다는 점.

　그 수요일 늦은 오후, 나는 줄리아에게 자살하는 것은 너무 멍청한 일이라고 말했다. 줄리아도 동의했다. 나는 설득력이 있었다고 생각했다. 이틀 뒤 줄리아는 아파트를 빠져나와 자살했다. 멍청한 짓을 해도 상관없다는 걸 내게 보여 주려는 듯.

　나 또한 그렇다. 친구들에게 멍청한 짓을 할 거라고 이야기할 때조차, 나는 그것이 멍청한 짓이라고 생각하지 않는다.

　나는 내 영혼을 구원하고 싶다. 그 심약한 바람風을.
　어떤 날에는 줄리아가 강으로 뛰어들기 직전, 줄리아의 긴 머리칼을 붙들고 집으로 질질 끌고 오는 꿈을 꾼다. 어떤 때는 줄리아가 이미 강물 속에 있기도 한다. 나는 지붕 위에 서서 뉴저지를 바라보고 있다. 아래를 내려다보면 줄리아가 둥둥 떠 있는 것이 보인다. 나는 지붕에서 뛰어내려, 반쯤은 추락하듯이, 반쯤은 새처럼 휙 내려앉듯이, 줄리아의 머리채를 붙든 다음, 줄리아를 강물에서 꺼낸다.

줄리아, 사랑하는 줄리아. 너는 빠질 것처럼 위태롭게 우물에 기대 있으면 안 돼. 좋은 의도를 가진 누군가 네게 와서 너를 구해 주고 친절하게 대해 주는 걸 두려워하지 마. 최소한 너는 따뜻한 침대에서, 아무런 소리도 내지 않고, 그렇게 죽었어야 해. 너를 아끼던 죄 많고 못난 사람들에 둘러싸여, 그들에게 절망감을 느끼게 하고, 결국에는 너를 원망하게 하면서 죽었어야 해.

네 시체가 발견되기 전, 그 도도하게 흐르는 오염된 허드슨 강이 네 시체에 무슨 짓을 했는지에 대해서는 생각하지 않을래.

밀랍 입힌 관 속에 누워 있는 플라스틱 같은 얼굴의 줄리아, 너는 어떻게 그렇게 늙어 버린 거니? 너는 아직도 와이드너 대학 도서관 계단에서 나를 만나, 말도 안 되는 현학적인 이야기를 주고받기 시작하던 스물세 살이야. 그렇게 여위고, 그렇게 고운 감정을 가지고, 그렇게 긴장하고, 그렇게 멍하고, 너보다 네 살이나 어린 나보다 훨씬 젊고, 이미 그렇게 지처 있고, 그렇게 사람을 화나게 하고, 그렇게 애처롭게 하다니. 널 패 주고 싶어.

우정이라는 무거운 짐 아래에서 나는 얼마나 고통스럽게 시달렸던지. 하지만 너의 죽음은 나를 더욱 무겁게 해.

너와 똑같이 공허한 삶을 사는 다른 사람들은 살아남았는데 왜 너는 죽어 버린 건지, 정말 내겐 수수께끼야.

우리 모두 잠들어 있다고 해 보자. 우리는 깨어나길 원하는 걸까?

나는 깨어났는데 너희들 대부분은 그렇지 않다고 말하는 것은 공평한가? 공평하다고! 너는 비웃지. 그거랑 공평한 게 무슨 상관이야? 하지만 나는 너 없이 깨어나고 싶지 않았다.

너는 세상사에 어려 있는 눈물이었고, 나는 그렇지 않다. 너는 나를 위해 울고, 나는 너를 위해 울 거야. 도와줘, 나는 나 스스로를 위해서는 울고 싶지 않아. 나는 포기하지 않아.

나는 시시포스다. 나는 바위에 묶여 있다. 내 발에 사슬을 채우지 않아도 된다. 물러서! 나는 바위를 높이, 높이, 높이, 밀어 올린다. 그리고…… 우리는 아래로 내려간다. 그런 일이 생길 줄 알고 있었다. 봐, 나는 다시 서 있어. 봐, 나는 다시 바위를 밀어 올리기 시작했어. 나를 말리려고 하지 마. 어떤 것도, 그 어떤 것도 나를 이 바위에서 떼놓을 수 없어.

Susan Sontag

중국 여행 프로젝트

Project for a Trip to China

아버지는 그렇게 머나먼 곳에서 돌아가셨다.
아버지의 죽음을 방문함으로써 나는 아버지의 죽음을 무겁게 만들
것이다. 직접 내 손으로 아버지를 묻을 것이다.
나는 내가 아닌 곳을 방문할 것이다.
그것이 미래인지 과거인지는 미리 결정될 수 없다.

≈

I

나는 중국으로 갈 것이다.

나는 홍콩과 중국을 잇는 선전 강江을 가로지르는 뤄후 교
橋를 건널 것이다.

중국에 얼마간 머무른 다음, 나는 중국과 홍콩 사이를 흐르
는 선전강을 가로지르는 뤄후 교를 건널 것이다.

다섯 가지 변수:
뤄후 교
선전 강

홍콩

중국

챙이 있는 천 모자

다른 가능한 순열에 대해서도 생각해 볼 것.

나는 중국에 가 본 적이 없다.

나는 늘 중국에 가고 싶었다. 항상.

II

이 여행이 내 갈망을 채워 줄까?

   Q. (잠시 망설이다가) 중국에 가고 싶다는 갈망을 말하는 것인
     가?
   A. 어떤 갈망이든.

그렇다.

갈망의 고고학.

그게 바로 내 인생이다!

놀라지 말라. "고백은 아무것도 아니다. 앎이 전부다." 누군가의 말.

그가 누구인지 밝히지는 않겠다.

힌트:

  —작가

  —현명한 사람

  —오스트리아 인(즉, 빈에서 태어난 유대인)

  —망명자

  —1951년 미국에서 사망

고백은 나다. 앎은 모든 사람이다.

구상*의 고고학.

말장난을 좀 해도 될까?

---

*구상conception은 '개념'을 뜻한다. 'conception'은 '구상'이라는 뜻과 함께 '잉태', '임신'이라는 뜻도 가지고 있다. 옮긴이

III

이 여행에 대해 구상한 지는 아주 오래되었다.

언제 구상했냐고? 내가 기억하는 한 아주 오래 전에.

    —뉴욕에서 출생했고 미국에서 자랐지만, 내가 중국에서 잉태
      되었을 가능성에 대해 생각해 보자.

    —M*에게 편지를 쓰자.

    —전화를 할까?

출생 전의 중국과의 관계:

아마도, 특정 음식. 하지만 M이 중국 음식을 정말 좋아했
다고 말하는 것을 들은 기억이 없다.

    —어느 장군의 집에서 열린 연회에서 백 년 묵은 알을 먹었다
      가 죄다 냅킨에 뱉어 버렸다고 하지 않았던가?

어쨌든, 당시 뭔가가 혈관 막을 통과하긴 했을 것이다.

마이어나 로이**의 중국, 오페라 〈투란도트〉의 중국. 웰즐

---

*이 작품에 등장하는 M은 화자의 어머니를 뜻한다. 손택이 이 책 『나, 그리고 그 밖의 것
들』을 헌정한 것도 어머니 M에게다. 옮긴이

리 대학과 웨슬리언 대학을 나온 아름답고 부유한 송가家 자매들***과 남편들. 옥, 티크나무, 대나무, 튀긴 개 요리가 있는 풍경.

선교사들, 외국 군사 자문 위원들. 고비 사막에서 거래하는 모피상들. 그들 중에는 내 젊은 아버지도 계셨다.

내가 처음으로 기억하는 우리 집 거실에는 중국적인 형상들이 여기저기 있었다. (내가 여섯 살 때 다른 곳으로 이사했지만.) 커다란 상아와 장미 석영으로 만든 코끼리들의 행렬, 금박 입힌 나무틀에 돌돌 말려 있는 궐련 종이에 씌어진 서예, 팽팽한 분홍 비단 램프 갓 아래 있는 뚱뚱한 부처상. 하얀 도자기로 된 호리호리하고 인정 많은 부처상.

―중국 예술 역사가들은 도자기와 프로토 자기****를 구별한다.

식민주의자들은 수집한다.

내가 한 번도 본 적 없던, 진짜 중국에 있는 우리 집 거실을

**마이어나 로이Myrna Loy는 미국의 영화배우. 초기에는 요부 역할을 많이 했으나, 1930년대 이후 우아함과 매력을 갖춘 현모양처 이미지로 입지를 굳혔다. 열여덟 살부터 '중국극단'에서 무용수로 유명세를 얻게 되었다. 옮긴이

***혁명가 손문의 혁명 동지이자 부인이었던 송경령과, 장개석의 부인이었던 송미령 자매를 일컫는다. 옮긴이

****프로토 자기proto-porcelain는 투광성이 없는(빛이 새어들지 않는) 초기 자기를 일컫는다. 옮긴이

기념하기 위해 남겨 놓았던 기념품들을 다시 들여왔다. 사실적으로 재현하지 않는, 불투명한 오브제들. 어정쩡한 취향(지금 생각하기에). 당황스러운 부탁. 관 모양의 작은 녹색 옥 다섯 개로 만들어져 있고, 작은 끝부분마다 금박이 씌워져 있던, 생일 선물로 받은 팔찌.

한 번도 끼지 않았다.

　　―옥빛들:모든 종류의 녹색. 특히 에메랄드를 띤 녹색과 푸른
　　　　빛을 띤 녹색.

　　흰색

　　회색

　　노란색

　　갈색

　　불그레한 빛깔

　　다른 빛깔들도 있다.

한 가지 확실한 것:

중국은 내게 생애 처음으로 거짓말을 하게 했다. 1학년에 입학했을 때 나는 반 친구들에게 중국에서 태어났다고 말했다. 아이들은 놀라워했던 것 같다.

나는 중국에서 태어나지 않았다.

중국에 가고 싶은 네 가지 원인들:

  물질적

  형식적

  효율적

  궁극적

세계에서 가장 오래된 나라:

그 언어를 배우려면 몇 년 동안 힘들여 공부해야 한다. 모든 사람들이 똑같은 목소리로 이야기한다는, 공상 과학 소설의 나라. 마오쩌둥화된 나라.

중국에 가고 싶다는 목소리는 누구의 목소리인가? 어린아이의 목소리. 채 여섯 살도 되지 않은.

중국에 가는 것은 달나라에 가는 것과 같은가? 다녀오면 이야기해 주겠다.

중국에 가는 것은 다시 태어나는 것과 같은가?

내가 중국에서 잉태되었다는 사실을 잊자.

IV

내 부모님뿐만 아니라 닉슨 대통령 내외도 내가 중국에 가기 전 이미 중국에 다녀왔다. 마르코 폴로, 마테오 리치,* 뤼미에르 형제(최소한 둘 중 하나), 떼이야르 드 샤르댕,** 펄 벅, 폴 클로델, 노먼 베쑨.*** 헨리 루스****는 중국에서 태어났다. 모든 사람들이 회귀를 꿈꾼다.

　　─M이 삼 년 전에 캘리포니아에서 하와이로 이사한 것도 중국에 가까워지기 위한 것이었나?

1939년에 영원히 귀국한 뒤, M은 종종 이렇게 말하곤 했다. "중국 아이들은 말을 안 해."

M은 중국에서는 식탁에서 트림 하는 것이 밥을 잘 먹었다는 것을 표현하는 일종의 예의라고 일러 주었다. 하지만 그렇

---

*마테오 리치(Matteo Ricci, 1552~1610)는 이탈리아 예수회 선교사로, 베이징에서 정주하면서 중국에 가톨릭을 포교했다. 『천주실의』 등을 남겼다. 옮긴이

**떼이야르 드 샤르댕(Teihard de Chardin, 1881~1955)은 프랑스 예수회 신부였으며, 지질학자이자 고생물학자이기도 했다. 아시아에서 고고학을 연구하여 '북경 원인'을 발굴했다. 옮긴이

***노먼 베쑨(Norman Bethune, 1890~1939)은 캐나다 출신 외과의사로, 1937년 중일전쟁이 시작되자 중국의 연안으로 가서 의료 활동을 전개했다. 옮긴이

****헨리 루스(Henry Luce, 1898~1967)는 『타임』을 창간한 미국의 저명한 언론인이다. 옮긴이

다고 해서 내가 식탁에서 트림 할 수 있는 것은 아니었다.

집 밖에서 내가 꾸며 냈던 중국에 대한 이야기는 그럴듯해 보였다. 중국에서 태어났다고 친구들에게 말하면서도 나는 내가 거짓말을 하고 있다는 것을 의식하고 있었다. 하지만 그 것은 더 크고 방대한 거짓말의 일부분에 불과했기 때문에 그 럭저럭 용서할 만한 것이었다. 더 큰 거짓말을 위한 거짓말이 었기 때문에 내 거짓말은 일종의 진리가 되었다. 중요했던 것 은 우리 반 친구들에게 중국이 실제로 존재하는 나라라는 것 을 납득시키는 일이었다.

내가 처음으로 거짓말을 했던 건 아버지가 돌아가셨다는 걸 고백하기 전이었던가, 후였던가?
　—그렇다.

중국은 가장 먼 나라라고 늘 생각해 왔다.
　—여전히 그렇다.

열 살 때, 나는 뒤뜰에 구덩이를 팠다. 가로, 세로, 높이가 모두 1.8미터쯤 되었다.
　"대체 뭘 하려는 거니?"
　가정부가 물었다.

"땅 파서 중국까지 가려고?"

아니다. 나는 그저 앉을 수 있는 공간이 필요했을 뿐이다.
나는 2.4미터 길이의 판자로 구덩이를 덮었다. 사막의 태양이
이글거렸기 때문이다. 그때 우리가 살던 집은 마을 끄트머리
지저분한 길가에 지어진 방 네 개짜리 회반죽 방갈로였다. 상
아를 가진 장미 석영 코끼리는 경매에 붙여졌다.

　—내 피난처

　—내 독방

　—내 서재

　—내 무덤

그렇다. 나는 땅을 파서 중국까지 가고 싶었다. 그러고는
다른 한쪽 끝으로 튀어나오는 것이다. 물구나무를 서서, 혹은
두 손으로 걸어서.

어느 날 집주인이 지프를 타고 들렀다가, M에게 저 구덩이
는 위험하니 24시간 안으로 메우라고 일렀다. 밤에 뒤뜰을 지
나는 사람은 필시 구덩이에 빠질 것이라는 것이었다. 나는 구
덩이가 단단한 판자로 완전히 덮여 있다는 것을 보여 주었다.
내가 겨우 힘들게 들어갈 수 있는 북쪽의 조그만 입구를 제외
하고 말이다.

—어쨌건, 대체 누가 한밤중에 뒤뜰을 지나간단 말인가? 코요
테가? 길 잃은 인디언이? 결핵인지 천식인지에 걸린 이웃
사람이? 화난 집주인이?

나는 구덩이 안 동쪽 벽을 작게 파서 촛불을 놓았다. 나는
일어섰다. 판자 틈으로 먼지가 떨어져 입으로 들어왔다. 책을
읽기에는 너무 어두웠다.
—구덩이로 뛰어내릴 때, 바닥에 뱀이나 독도마뱀이 웅크리고
있을지도 모른다는 걱정을 한 적은 한 번도 없었다.

나는 구덩이를 메웠다. 가정부가 도와주었다.

석 달 뒤, 나는 다시 구덩이를 팠다. 이번에는 쉬웠다. 땅이
부드러웠기 때문이었다. 톰 소여가 울타리를 칠했던 방식을
기억하면서, 나는 직물공의 다섯 아이들 중에 셋을 불러서 도
와달라고 했다. 그 대신 내가 구덩이를 쓰지 않을 때에는 그
아이들이 들어갈 수 있게 하겠다는 조건으로.

남서쪽. 남서쪽. 내 사막의 유년기, 균형을 잃은, 건조하고
뜨거웠던.

나는 다음의 것들을 중국과 동일하다고 생각해 왔다.

동	남	중	서	북
나무	불	흙	금속	물
청록	적赤	황黃	백白	흑黑
봄	여름	늦여름/초가을	가을	겨울
녹색	붉은색		흰색	검은색
용	새		호랑이	거북이
분노	기쁨	공감	슬픔	공포

나는 중심에 있고 싶다.

중中은 흙이고, 황색이다. 중은 늦여름에서 초가을까지다.
새도 없고, 동물도 없다.

공감한다는 것.

V

중국 정부의 초대를 받아 중국으로 간다.
왜 모두들 중국을 좋아할까? 정말 모든 사람들이.

중국적인 것들:

중국 음식

중국인 세탁소

중국의 고문

중국은 확실히 외국인이 이해하기에는 너무 크다. 하지만 대부분의 지역들도 그러하다.

지금 당장은 나는 '혁명(중국 혁명)' 에 대해 묻는 것이 아니고, 인내심의 의미를 파악하려고 노력하고 있다.

그리고 잔인함의 의미도. 그리고 서구의 끝없는 뻔뻔스러움에 대해서도. 1860년에 영국과 프랑스의 베이징 점령을 이끌었던 훈장 단 장교들은, '중국 양식' 이라는 것들을 바리바리 싸들고, 언젠가 민간인이자 예술품 감식가로서 중국에 다시 돌아오리라는 공손한 꿈을 품은 채 유럽으로 되돌아갔을 것이다.

　　—약탈당하고 불타 버린 여름 궁전*, '아시아의 대성당'

　　　(빅토르 위고)

　　—차이니즈 고든**

---

*이화원頤和園을 말한다. 옮긴이

**차이니즈 고든Chinese Gordon은 찰스 조지 고든(Charles George Gordon, 1833~1885)의 별명이다. 영국 장교이자 행정가로, 중국과 북아프리카를 점령한 것으로 유명하다. 옮긴이 중국의 인내심. 누가 누구를 동화시킨단 말인가?

내 아버지는 열여섯 살에 처음 중국에 가셨다고 한다. 아마 M은 스물네 살이었을 것이다.

어느 영화든, 못 견디게 오랫동안 집을 비웠던 아버지가 마침내 집으로 돌아와 아이들을 꼭 부둥켜안는 장면이 나오면, 나는 아직도 흐느껴 운다.

내가 처음으로 중국 물건을 가지게 된 것은 1968년 5월 하노이에서였다. 그것은 고무 창에 '메이드 인 차이나'라고 새겨져 있는, 녹색과 흰색이 섞인 천 운동화였다.

1968년 4월에 프놈펜에서 인력거를 타고 달리면서, 1931년 톈진에서 인력거를 타고 찍은 아버지의 사진을 생각했다. 사진 속 아버지는 수줍은 소년 같고, 기분 좋아 보이면서도 어딘가 멍하다. 아버지는 카메라를 응시하고 있다.

내 가족사로의 여행. 중국 사람들은 유럽이나 미국에서 온 방문객이 전쟁 전 중국과 관계가 있다는 것을 알게 되면 아주 기뻐한다고 한다.

반론: 내 부모님은 당신들과는 반대편이었습니다.

그러면, 온화하고 세련된 중국 사람들은 대답한다: 하지만 당시에 중국에 살고 있던 외국인들이라면 모두 그랬답니다.

『인간의 조건*La Condition Humaine*』이라는 제목은 영어로 『인간의 운명*Man's Fate*』이라고 번역되었다. 설득력이 없다.

나는 백 년 묵은 알을 좋아한다. (그것은 실제로는 2년 쯤 된 오리 알이다. 오리 알이 이국적인 녹색과 반투명한 검은색 공모양이 되는 데에는 2년이 걸린다고 한다. ─나는 늘 그것이 진짜 백 년 묵은 것이었으면 좋겠다고 생각한다. 백 년이라는 세월이 지나면 무엇으로 변할지 상상해 보라.)

뉴욕과 샌프란시스코에 있는 식당에서 나는 종종 그 요리를 1인분 주문한다. 웨이터는 대체 무엇을 주문하는지 알기나 하느냐고 묻는다. 나는 그렇다고 확신시켜 준다. 웨이터가 주방으로 간다. 주문한 요리가 나오면 나는 함께 식사하는 친구들에게 얼마나 맛있는지 모른다고 자랑한다. 하지만 늘 마지막에는 나 혼자 먹고 있다. 내가 아는 모든 사람들은 그것을 보는 것만으로도 역겹다고 말한다.

Q. 데이빗*도 그것을 먹어 보았는가? 한 번 이상?

A. 그렇다. 나를 기쁘게 하기 위해서.

순례 여행.

---

*화자, 곧 손택의 아들 데이빗 리프David Rieff를 말한다. 옮긴이

나는 내가 태어난 곳으로 돌아가는 것이 아니라, 내가 잉태되었던 곳으로 가는 것이다.

내가 네 살이었을 때, 아버지와 동업자였던 첸 씨는 젓가락 사용법을 가르쳐 주셨다. 미국으로 가는 처음이자 마지막 여행이었다. 첸 씨는 내가 중국 아이처럼 보인다고 말했다.

중국 음식

중국의 고문

중국식 예법

M은 이제 되었다는 듯 쳐다보았다. 그들은 모두 함께 배로 되돌아갔다.

중국은 오브제다. 그리고 부재不在다. M은 황태후의 정원에서 기다릴 때, 어느 부인의 것이었던, 흐르는 듯한 진한 황금색 비단옷을 입고 있었다고 말했다.

그리고 훈육. 과묵함.

그때 사람들은 중국에서 무엇을 하고 있었을까? 아버지와 어머니는 영국인 거류지에서 위대한 개츠비와 데이지 밀러 역할을 하고 있었다. 마오쩌둥이 중국 대륙 수만 킬로를 행군, 행군, 행군, 행군, 행군, 행군하고 있었다. 도시에서는 수만 명의 수척한 하층 노동자들이 아편을 피우고, 인력거를 밀고, 인도에서 오줌을 누고, 외국인들에게 빙 둘러싸여 이리저리 떠밀리고, 온몸에 파리가 들끓도록 내버려 두었다.

정처 없이 떠도는 벨로루시 인들. 나는 다섯 살 때 사모바르* 앞에서 꾸벅꾸벅 졸고 있는 색소결핍증 환자를 상상했다.

권투 선수들이 무거운 가죽 장갑 낀 손을 들어 올려, 돌진해 오는 크루프 대포 탄환을 비껴가게 하는 광경을 나는 상상했다. 그들이 패했다고 해도 놀랍지 않다.

나는 백과사전에서 다음과 같은 설명이 달려 있는 어느 사진을 보고 있다.
"고문당한 의화단원들의 시체 옆에서 서양인들이 찍은 기념사진. 홍콩에서. 1899."
사진 앞쪽에는 목이 잘린 중국 사람들의 시신이 일렬로 줄지어 있고, 시신의 머리는 좀 떨어진 곳에 굴러다니고 있다. 어느 머리가 어느 시신의 것인지는 확실하지 않다. 백인 일곱 명이 뒤에 서서 포즈를 취하고 있다. 둘은 탐험가 모자를 쓰고 있고, 세 번째 백인은 모자를 오른손에 쥐고 있다. 백인

---

*사모바르samovar는 러시아의 차 끓이는 주전자를 말한다. 옮긴이

들 뒤로는 얕아 보이는 바다가 보이고 거룻배가 몇 척 떠 있다. 왼쪽으로는 마을이 보인다. 뒤편에는 눈이 조금 쌓인 산이 있다.

　　―이들은 웃고 있다.
　　―분명 이 사진을 찍은 사람은 이들의 친구인 여덟 번째 백인
　　　일 것이다.

　향, 화약, 거름 냄새가 가득한 상하이. 미주리 출신의 어느 미국 상원의원은 20세기 전환기에 이렇게 말했다.
　"하나님의 도움으로 우리는 상하이를 캔자스시티 수준으로까지, 높이, 높이, 높이 끌어올릴 것입니다."
　1930년대 후반, 중국을 침략한 일본군들은 총검으로 들소의 배를 갈랐다. 톈진 거리에는 들소들이 널브러져 신음하고 있었다.

　폐해가 많은 도시 외곽에는 현자들이 산 중턱에 여기저기 쭈그리고 앉아 있었다. 현명한 지리적 감각을 가진 덕에 현자들은 제각각 구분된다. 현자들은 모두 나이가 많았다. 하지만 모두가 하얀 턱수염을 기르고 있지는 않았다.

　장군들, 지주들, 관료들, 첩들. 중국통. 플라잉 타이거즈*.

그림인 언어들. 그림자 인형극. 아시아를 강타한 폭풍.

VI

나는 지혜에 관심이 있다. 벽에도 관심이 있다. 중국은 둘 다로 유명하다.

『엔시클로페디아 위니베르살리스*Encyclopeadia Universalis*』 (4권, 파리, 1968, 306쪽)의 '중국' 항목: "중국 사람들은 대화를 할 때 늘 짧은 인용문들을 이어 말하는 것을 좋아한다. 사람들은 앞서의 인용문에서 다른 인용문을 또 이끌어 낸다. 이는 중국의 전통적 추론 방식에 따른 것이다."

인용문으로 이루어진 삶. 중국에서 인용의 기술은 정점에 달했다. 모든 일의 길잡이로써.

중국에는 오른발이 왼쪽 다리에 붙어 있는 스물아홉 살의 처녀가 있다. 이름은 추이원스다. 오른쪽 다리와 왼발을 앗아 간 건 1972년 1월에 있었던 기차 사고였다. 추이원스는 베이

---

*플라잉 타이거즈Flying Tigers는 제2차 세계대전 때 일본군에 맞서 싸우기 위해 미국에서 자원한 전투기 조종사들을 일컫는다. 옮긴이

징에서 성한 왼쪽 다리와 오른발을 잇는 수술을 받았다. 『민중매일신보』에 따르면 그 수술은 "마오쩌둥 위원장의 프롤레타리아적 건강 노선에 따라, 또한 진보된 수술 기법 덕으로" 잘 끝났다고 한다.

— 왜 의사가 왼발을 왼쪽 다리에 붙이지 않았는지가 신문에서 설명되고 있다. 오른발 뼈는 성했던 반면에 왼발 뼈가 모두 으스러졌기 때문이었다.

— 독자가 믿음을 가지고 받아들여야 할 사실은 없다. 기적적 수술은 아니기 때문이다.

나는 지금 하얀 천이 덮인 탁자 위에 웃으며 꼿꼿하게 앉아 있는 추이윈스의 사진을 보고 있다. 손은 구부린 왼쪽 무릎을 감싸고 있다.

그녀의 오른발은 아주 크다.

파리는 없어졌다. 이십 년 전에 '해충 박멸 운동'*으로 모두 박멸되었다. 지식인들은 자아비판을 한 다음, 농민들과 같은 운명을 겪는 교육을 받기 위해 농촌으로 보내졌다. 그들도 상하이, 베이징, 광저우 등지로 복직하여 돌아왔다.

지혜는 더욱 단순해지고 실용적이 되었다. 그리고 더욱 수

평적이다. 현자의 유골은 산 속 동굴에서 백화白化하고, 도시는 깨끗하다. 사람들은 이제 모두 함께 자신의 진실을 말하려고 한다.

전족에서 벗어난 지 오래된 여성들은 남자들을 '욕하기 위해' 모임을 갖는다. 아이들은 반제국주의 이야기를 암송한다. 군인들은 장교를 직접 선출하거나 파면한다. 소수민족은 일정한 제한 하에서만 민족적일 수 있다. 타이론 파워가 연기한 덕에 저우언라이**는 호리호리하고 호남이다. 하지만 마오쩌둥은 이제 전등갓 아래 장식품인 뚱뚱한 부처님을 닮았다. 모두가 평온하다.

VII

지난 이십 년 동안 스스로에게 다짐해 온, 죽기 전에 꼭 해야 할 일 세 가지.

─마터호른 등반하기.

---

*중국에서 1950년대 말에서 1960년대 초에 실시한 '4대 해충 박멸 운동' 을 일컫는다. 마오쩌둥은 쥐, 파리, 모기, 참새를 전멸하도록 인민들에게 지시했다. 옮긴이

**저우언라이(周恩來, 1898~1976)는 중국공산당과 중화인민공화국의 주요 지도자였으며, 마오쩌둥의 충직한 동반자이기도 했다. '인민의 벗' 이라고 일컬어진다. 옮긴이

—하프시코드 치는 법 배우기.

—중국어 공부하기.

마터호른에 오르기에는 아직 늦지 않았을 것이다. (마오쩌둥은 고령의 나이에 양쯔 강을 11마일이나 수영하는 모범을 보여 주지 않았던가?) 내 요동치던 폐는 십대 때보다는 튼튼해졌으니.

리처드 맬러리는 산봉우리 근처에서 목격된 후 거대한 구름 뒤로 영원히 사라졌다. 결핵을 앓던 내 아버지도 중국에서 돌아오지 않았다.

나는 언젠가는 중국에 갈 것이라는 사실을 한 번도 의심해 본 적이 없다. 미국인으로서는 가기 힘들었던, 아니 전혀 불가능했던 때조차도.

—그렇게 확신했기 때문에 중국에 가는 것은 죽기 전에 해야 할 일에 들어가지도 않았다.

내 아들 데이빗은 아버지의 반지를 끼고 있다. 아버지의 반지, 아버지의 이니셜이 검은 비단실로 수놓인 하얀 비단 스카프, 안쪽에 아버지의 이름이 금빛으로 찍혀 있는 돼지가죽 지갑, 이 세 가지가 내가 가지고 있는 아버지의 물건 전부다. 나는 아버지가 글씨를 어떻게 썼는지, 심지어 서명을 어떻게 했는지도 모른다. 반지에 있는 인장에도 아버지의 이니셜이 새겨져 있다.

    —그 반지가 데이빗의 손가락에 꼭 맞는다는 것은 놀라운 일이다.

여덟 가지 변수:

인력거

아들

아버지

아버지의 반지

죽음

중국

낙천주의

청재킷

여기에서 순열의 수는 의미심장하다: 서사시적이고 비장한. 음조를 가진.

내가 태어나기 전에 찍혔던 사진들도 몇 장 있다. 인력거에서, 낙타 위에서, 갑판 위에서, 자금성을 둘러싼 벽 앞에서. 혼자. 연인과 함께. M과 함께. 동료인 첸 씨와 벨로루시 인과 함께.

보이지 않는 아버지를 두고 있다는 것은 고통스럽다.

Q. 데이빗도 보이지 않는 아버지를 두고 있지 않나?

A. 그렇지만 데이빗의 아버지는 살아 있다.

아버지는 계속 젊어지고 있다. (나는 아버지가 어디에 묻혔는지 모른다. M은 잊어버렸다고 말했다.)

끝없는 중국의 미소 속에서 길을 잃을지도 모르는, 단지 그럴 가능성이 있을 뿐인, 끝나지 않는 고통.

VIII

세상에서 가장 색다른 곳.

중국은 내가 가기로 결심했다고 해서 갈 수 있는 장소는 아니다.

부모님은 나를 중국으로 데리고 가지 않기로 하셨다. 나는 정부의 초청을 기다려야 했다.

―또 다른 정부 말이다.

그들의 중국, 변발과 장제스의 중국으로부터 초청을 기다리는 동안에, 셀 수 없이 많은 사람들이 중국을 낙관론, 밝은 미래와 연결시켰고, 또 더 많은 사람들이 중국을 청재킷과 챙이 있는 모자와 연결시켰다.

개념, 선先 개념*.

이 여행에 앞서 나는 어떤 개념을 가질 수 있을까?

정치적 해석을 찾기 위한 여행?
　─문화혁명을 정의내리기 위한 단상.

그렇다. 하지만 어림짐작에 근거한, 오해로 구체화된 개념일 것이다. 중국말을 모르기 때문이다. 아버지가 돌아가셨을 때의 나이보다 여섯 살이나 더 먹은 나는 아직 마터호른 산에 오르지도 못했고, 하프시코드 치는 법도, 중국어도 배우지 못했다.
　개인적 슬픔을 달래기 위한 여행?

만일 그렇다면, 그 슬픔이라는 것을 달래는 방식도 제멋대

---

*선 개념pre-conception은 '앞선pre 개념화conception' 이기 때문에 '예측' 이라는 뜻도 있고 '선입견' 이라는 뜻도 있다. 옮긴이

로일 것이다. 이제 그만 슬퍼하고 싶기 때문이다. 죽음은 피할 수도 없고 시기를 조정할 수도 없다. 동화할 수도 없다. 하지만 누가 누구를 동화한다는 말인가?

"만인은 죽는다. 하지만 죽음은 그 의미에 있어서는 다양할 수 있다."

고대 중국의 작가 사마천은 이렇게 말했다.

"죽음은 모든 사람에게 비슷하게 닥치지만, 태산보다 더 무거울 수도, 깃털보다 더 가벼울 수도 있다."

— 이 짧은 인용문은 『마오쩌둥 의장 어록』에서 옮긴 것이지만 모두를 옮긴 것은 아니다. 하지만 이것만으로 충분하다.

— 마오쩌둥 어록의 인용 안에는 또다른 인용들이 계속된다는 것에 주목하라.

— 여기에 옮겨 놓지 않은 마지막 문장에서 마오쩌둥은 사실 무거운 죽음이 바람직하고 가벼운 죽음은 그렇지 않다고 단언한다.

아버지는 그렇게 머나먼 곳에서 돌아가셨다. 아버지의 죽음을 방문함으로써 나는 아버지의 죽음을 무겁게 만들 것이다. 직접 내 손으로 아버지를 묻을 것이다.

나는 내가 아닌 곳을 방문할 것이다. 그것이 미래인지 과거인지는 미리 결정될 수 없다.

중국인을 독특하게 하는 것은 그들이 과거와 미래에 동시에 살고 있다는 점이다.

가설. 진실로 훌륭해 보이는 사람은 다른 시대에 속해 있는 듯한 인상을 준다. (과거의 어느 시대이든 혹은 단순히 미래이든.) 비범한 사람은 동시대인이 아닌 것 같다. 동시대인은 아예 눈에 띄지 않는다.

그들은 투명하다.

도덕주의는 과거의 유산이자 미래의 영역을 지배한다. 우리는 망설인다. 우리는 경계하며, 비웃고, 환멸을 느낀다. 이 현재란 얼마나 건너기 힘든 다리가 되었는가! 공허하고 투명해지지 않기 위해서 우리는 얼마나, 얼마나 많은 여행을 떠나야만 하는가.

IX

『위대한 개츠비』 2쪽: "지난 가을 동양에서 돌아왔을 때 나는 세상이 똑같기를, 그리고 영원히 일종의 도덕적인 태도를 가지기를 바랐다. 특권적 시선을 가지고 인간의 마음속을 요란하게 여행하는 것은 이제 그만하고 싶었다."

―또 다른 '동양', 하지만 상관없다. 이 인용문은 적절하다.

　(사실 피츠제럴드는 중국이 아니라 뉴욕을 일컬었다.)

―한나 아렌트가 발터 벤야민을 가리켜 "인용문의 현대적 기
　능의 발견"이라고 말했던 것에 대해 생각해 보아야 한다.

　　―사실들:

　　　작가

　　　뛰어난 사람

　　　독일 인(즉 베를린에 거주하는 유대인)

　　　난민

　　　1940년 프랑스-스페인 국경에서 사망

　　―벤야민에다 마오쩌둥과 고다르를 덧붙일 것.

　"지난 가을 동양에서 돌아왔을 때 나는……."

　왜 세상은 확고한 도덕적 태도를 가지고 있지 않을까? 불
운한, 상처 입은 세상.

　미국에서 사망한, 내가 이름을 밝히지 않은 오스트리아 유
대인 망명자에게서 인용한 두 번째 인용문의 절반은 이렇다.

　"우리 시대에는 인간 그 자체가 문제다. 개인의 문제라는
것은 사라지고 있으며, 심지어 금지되기까지 한다. 도덕적
으로 말이다."

　나는 중국에 가는 것에 대해 단순해지는 것이 두렵지는 않

다. 진리는 늘 단순하다.

나는 공장, 학교, 집단농장, 병원, 박물관, 댐 등으로 이끌려 다닐 것이다. 연회와 무용 공연에도 갈 것이다. 나는 결코 혼자가 아닐 것이다. 나는 자주 미소를 지을 것이다. (중국말을 전혀 모르지만)

인용문의 나머지 절반은 이러하다.
"개인의 사적 문제는 신의 조롱거리가 되어 버렸다. 신은 동정심을 가지지 않는다는 점에서 올바르다."

"개인주의와 싸워라."
마오쩌둥은 이렇게 말했다. 도덕주의의 대가大家.

한때 중국은 최고의 우아함을 의미하기도 했다. 도자기, 학대, 점성술, 예법, 음식, 에로티시즘, 경치, 회화, 생각과 기호의 관계 등에서. 이제 중국은 최고의 단순화를 의미하고 있다.

중국으로 출발하기 전날 밤에 생각해 보니, 나는 선善에 대한 이야기라면 질리지 않고 좋아한다. 내가 아는 모든 이들에게서 감지할 수 있는, 너무 선한 것에 대한 불안감을 나는 이해할 수 없다.

— 마치 선은 에너지 상실, 개성 상실을 가져올 것이라는 듯이.

　(남성에게 있어서는 생식 능력의 상실을.)

"착해빠진 남자는 꼴찌를 하는 법이다."
미국 속담이다.

"어느 정도 선해지는 것은 어렵지 않다. 어려운 일이란 평생 선하게 사는 것, 평생 나쁜 짓을 하지 않는 것이다."

　(『마오쩌둥 의장 어록』, 밴텀 페이퍼백, 141쪽)

저임금 노동자와 후처後妻가 득실거리는 세상. 잔인한 지주들의 세상. 팔짱을 끼고, 넓은 소매부리 안에 긴 손톱을 감추고 있는 거만한 관리들의 세상. '붉은 별'이 중국을 지배하면서 모든 것이 '천상소녀소년대Heavenly Girl & Boy'로 평화롭게 바뀌어 간다.

왜 선해지고 싶어 하지 않는가?

하지만 선해지려면 단순해져야 한다. 기원으로 돌아가듯이, 단순하게. 위대한 망각 속에서처럼, 단순하게.

X

한번은, 자식(자식들)을 만나러 중국을 떠나 미국으로 오던 중 아버지와 M은 기차를 탔다. 식당도 없는 시베리아 횡단 기차에서 열흘 동안 그들은 스테르노 곤로로 요리를 해 먹었다. 아버지는 담배 연기를 한 모금만 마셔도 곧바로 천식 발작을 일으킬 수 있었기 때문에 흡연자인 M은 복도에서 시간을 많이 보냈을 것이다.

　─이건 내 상상이다. M은 이 이야기는 해 준 적이 없었다.

　하지만 다음 이야기는 M에게서 직접 들은 것이다.

스탈린이 지배하던 러시아를 횡단하여 기차가 비아위스토크에 섰을 때 M은 잠깐 기차에서 내리고 싶었다고 한다. M이 열네 살일 때 돌아가셨다는 M의 어머니가 비아위스토크에서 태어났기 때문이다. 하지만 1930년대에 외국인 전용 칸은 밖에서 잠겨 있었다.

　─기차는 그 정거장에서 몇 시간 동안 서 있었다.

　─늙은 여인이 따뜻한 러시아 맥주와 오렌지를 팔려고 성에 낀 창유리를 두들겼다.

　─M은 흐느꼈다.

　─M은 어머니가 태어난 곳의 땅을 직접 밟아 보고 싶었다.

　단 한 번만이라도.

―허가는 내려지지 않았다. (만일 잠시만 기차에서 내리게 해 달라고 한 번만 더 요구한다면 체포하겠다는 경고까지 받았다.)

―M은 흐느꼈다.

(물론 울었다는 이야기는 하지 않았지만, 나는 안다. 나는 그 모습을 볼 수 있다.)

동정심. 상실의 유산. 여자들은 쓰라림을 이야기하기 위해 모인다. 나도 쓰라렸다.

왜 선해지려고 하지 않는가? 마음의 변화. (마음, 세상에서 가장 색다른 장소.)

M을 용서한다면 나는 스스로를 자유롭게 하는 것이다. 그녀는 지금까지도 그녀의 어머니가 그렇게 죽은 것을 용서하지 않는다. 나는 아버지를 용서할 것이다. 그렇게 죽은 것을.

―데이빗은 자기 아버지를 용서할까? (죽은 것에 대해서가 아니라.)

그가 결정할 문제다.

"개인의 문제는 사라지고 있다……."

XI

내 안의 어딘가에서, 나는 초연하다. 나는 늘 (부분적으로)

초연해 왔다. 늘.

　　―동양적 초연함?

　　―자신감?

　　―고통에 대한 공포?

고통에 대해 말하자면, 나는 창조적이다.

　M이 1939년 초 중국에서 돌아온 후 몇 달이 지나자, M은 나를 불러 아버지는 오시지 않을 것이라고 말했다. 1학년이 끝나 가고 있었고, 반 친구들은 내가 중국에서 태어났다고 믿고 있었다. M이 내게 거실로 들어오라고 말했을 때, 뭔가 엄숙한 일을 이야기하려 한다는 느낌을 받았다.

　　―비단 소파에서 우물쭈물하면서 고개를 돌렸을 때, 시선이
　　　닿는 곳마다 부처상이 있어서 정신이 산만해졌다.

　　―M은 짧게 말했다.

　　―나는 그다지 오래 울지는 않았다. 이미 이 사실을 친구들에
　　　게 어떻게 이야기해야 할지 상상하고 있었다.

　　―나는 밖에 나가 뛰어놀라는 말을 들었다.

　　―사실 아버지가 돌아가셨다는 사실을 진정으로 믿고 있지는
　　　않았다.

엄마. 나는 전화를 할 수가 없어요. 나는 여섯 살이에요. 내

슬픔이 엄마의 따뜻한 흙 같은 무심함 위에 눈송이처럼 떨어져요. 엄마는 스스로의 고통을 들이마시고 있어요.

슬픔은 깊어졌다. 폐가 요동을 쳤다. 내 의지는 더 강해졌다. 우리는 사막으로 갔다.

콕토의 『포토막*Le Potomak*』(1919년 판, 66쪽): "톈신Tien-Sin 마을에는 나비가 한 마리 있었다."

아버지는 톈진에 남겨졌다. 내가 중국에서 잉태되었다는 것이 더 중요해졌다.

지금은 그곳에 가는 것이 더 중요한 것 같다. 이제 역사는 나의 개인적이고 사적인 여러 이유들과 섞인다. 그리고 그것들을 표백하고 이동시키고 무효로 만든다. 나폴레옹 이래 세계에서 가장 위대하고 역사적인 인물 덕택이다.
낙심하지 말라. 어차피 고통은 피할 수 없으니. 마오의 즐거운 지식을 적용하라.
"단결하라, 깨어 있으라, 성실하고 활기 있으라."(81쪽)

대체 "깨어 있으라."는 것은 무슨 말이었을까? 집단적인 무위도식을 피하기 위해 자신에 대해 방심하지 말라?

—다 좋다. 너무 많은 진리를 쌓게 될지도 모르는 위험을 제외하고는 말이다.

— '단결' 의 해악을 생각하라.

깨어 있음의 정도는 게으르지 않은 정도, 습관을 피할 수 있는 정도와 동일하다. 방심하지 말라.

진리는 단순하다, 아주 단순하다. 진리는 중심적이다. 하지만 사람들은 진리를 제외한 음식물을 원한다. 철학과 문학에서 진리의 특권적 왜곡. 예를 들자면.

나는 나의 열망을 존중한다. 그리고 그 열망들로 인해 인내심을 잃는다.

"문학은 앎의 측면에서 보았을 때 조바심에 불과하다."

(미국에서 죽은, 내가 이름을 밝히지 않은 오스트리아 유대인 현자로부터의 세 번째, 그리고 마지막 인용문.)

비자를 받고 나니 더욱 더 중국에 가고 싶어 안달이 난다. 알고 싶어서. 그렇다면 나는 문학과 충돌함으로써 멈출 수 있을 것인가?

만일 문학이 인민에 봉사한다면 (예난에서의 마오쩌둥의 강의에 따르면) 문학과의 충돌은 존재하지 않을 것이다.

하지만 우리는 언어에 지배된다. (문학은 언어에 무슨 일이 일어나는지를 이야기해 준다.) 더 핵심으로 들어가자면, 우리는 인용문들에 지배된다. 중국에서뿐만 아니라 모든 곳에서 그러하다. 과거의 전달력에 대해서는 그만 됐다! 문장을 해체하고 기억을 파편화하라.

> —내 기억이 구호가 될 때면 나는 더 이상 기억을 필요로 하지
> 않는다. 그것을 믿지도 않는다.
>> —또 다른 거짓?
>> —무심코 뱉은 진실?

죽음은 죽지 않는다. 그리고 문학의 문제도 사라지지 않는다……

<h1 style="text-align:center">XII</h1>

홍콩과 중국을 잇는 선전 강을 가로지르는 뤄후 교를 걷고 난 다음에는, 광저우로 가는 기차를 탈 것이다.

그때부터는 어느 위원회가 나를 데리고 다닐 것이다. 나를 초청한 사람들이다. 고상한 관료 시인들. 그들이 내 일정을 담당한다. 내가 보았으면 하는 것, 내가 보기에 적합하다고 생각하는 것을 보여 줄 것이다. 나 또한 그들을 고분고분 따를 것이다.

하지만 만일 내게 더 보고 싶은 것이 있냐고 물어본다면 이렇게 말할 것이다. 북쪽으로 갈수록 좋습니다. 나는 더 가까이 갈 것이다.

나는 추운 곳을 싫어한다. 사막에서 유년기를 보내서인지 뜨거운 열기와 열대, 사막, 이런 것들을 좋아한다. 하지만 이번 여행은 추울수록 좋다.

—중국에도 추운 사막이 있다. 고비 사막 같은 곳 말이다.

신화적 여행.

불공평함과 책임감이 너무 분명하고 억압적이 될 수록, 신화적 여행은 역사 바깥에 있는 장소들로 향한다. 예를 들면, 지옥 같은 곳. 죽은 자의 땅.

이제 그런 여행은 역사 안으로 포섭된다. 현실의 사람들의 역사가 신성시하는, 개인적 삶의 내력이 신성시하는 곳으로의 신화적 여행.

그 결과는 당연히 문학이다. 지식이라기보다는.

쌓아 올리는 행위로서의 여행. 아무리 선한 의도를 가진다해도 여행은 영혼의 식민주의다.

　—아무리 순수하더라도, 아무리 착해지려고 노력하더라도.

영혼은 문학과 지식의 경계에서 큰 소리로 푸가를 연주하는 오케스트라다. 여행하는 사람은 비틀거리고 덜덜 떤다. 말을 더듬는다.

허둥거리지 말라. 식민주의자든 원주민이든, 여행을 계속한다는 것은 창의력을 요한다.

암호 해독으로서의 여행. 짐을 내려놓는 행위로서의 여행. 나는 타자기도, 카메라도, 녹음기도 가지고 가지 않을 것이다. 단지 작은 가방 하나만 들고 갈 것이다.

아무리 보기 좋은 물건이라도, 혹은 아무리 회상하기에 좋은 기념품이라도, 집으로 가져오려는 유혹을 뿌리칠 수 있기를 바라면서.

중국에 가고 싶어 얼마나 조바심이 나는지! 하지만 아직 떠나기도 전에 내 안의 어떤 나는 이미 오랫동안 국경까지 여행했으며, 곳곳을 돌아다니고 다시 돌아왔다.

홍콩과 중국을 잇는 선전 강을 가로지르는 뤄후 교를 걷고 난 다음에는, 호놀룰루로 가는 비행기를 탈 것이다.

—그곳에는 한 번도 가 본 적이 없다.

—며칠 동안 머무를 것이다. 3년이 지나자 나와 M 사이를 왔다 갔다 하는 수많은 씌어지지 않은 편지, 걸지 않은 전화들에 나는 완전히 지쳐 버렸다.

그 다음에는 다른 비행기를 탈 것이다. 완전히 혼자일 수 있는 곳으로 가기 위해. 혹은 최소한 집단적 게으름에서 나를 보호해 줄 곳으로 가기 위해.

끊임없이 스스로를 연민스러워하는 마음(안도감 때문이든 무심함 때문이든)이 사물들에게 덮어씌우는 눈물에서 나 자신을 보호해 줄 곳으로.

XIII

나는 뤄후 교를 양방향으로 건널 것이다.

그러고 나서는?

놀라지 마시라.

그러고 나서는 문학이 올 것이다.

—앎의 조바심

—자기 수양

—자기 수양 속에서의 조바심

나는 기쁘게 침묵할 것이다. 그러나 그 다음에는, 슬프도다, 나는 어떤 것도 알고 싶어지지 않을 것이다. 문학을 포기하기 위해서는 내가 뭔가를 알 수 있다는 사실을 확신해야만한다. 내 무지를 거칠게 증명해 줄 확실성.

그 다음에도, 문학이다. 이전과 이후의 문학. 의미가 과잉 결정되어 있는 이번 여행에 필요한 재치와 겸손함에서 나를 해방시켜 주지 않는 문학. 그 수많은 모순적 주장들을 드러내는 것이 두렵다.

유일한 해결책:알면서 동시에 모르기. 문학이면서 동시에 문학이 아닌 것.

똑같은 언어적 몸짓을 취하면서도.

지난 세기에 유행했던 소위 낭만파 중에서는 여행을 다녀와서 꼭 책을 한 권씩 내놓는 사람들이 있었다. 로마로, 아테네로, 예루살렘으로, 그들은 자신이 다녀온 곳에 대해 글을 쓰기 위하여 여행했다.

중국에 가기 전에 벌써 중국 여행에 관하여 책을 한 권 쓸 수 있을 것 같다.

안내 없는 여행

Unguided Tour

물론 가 봤지. 내 무지를 지키면서도 양심적인 한에서.
내가 아는 것 이상을 알고 싶지는 않아.
이미 좋아하지만, 그 이상 더 빠져들고 싶지는 않아.

nis

나는 아름다운 것들을 보러 여행을 나섰어. 다른 경치도 보고, 기분 전환도 할 겸. 그거 알아?

뭐?

그것들은 여전히 거기 있어.

아, 하지만 거기 오래 있지는 않을 거야.

알아. 그래서 간 거야. 작별 인사를 하러. 내가 여행을 하는 건 늘 작별 인사를 하기 위해서야.

타일로 된 지붕, 나무로 된 발코니, 만灣의 물고기, 구리로 된 시계, 바위 위에 널려 있는 숄, 은은한 올리브 향기, 다리 너머 해가 지는 모습, 황토색 돌. "정원, 공원, 숲, 산림, 운하, 개인 소유의 호수, 오두막, 별장, 문, 정원 의자, 망루, 정자, 동굴, 외딴집, 개선문, 예배당, 절, 사원, 연회를 여는 집, 원형

건축물, 천문대, 새집, 온실, 얼음 창고, 샘, 다리, 배, 폭포, 목욕탕." 로마의 원형경기장, 에트루리아의 대리석 석관. 1914년에서 1918년 사이 전쟁 중에 마을 광장에서 죽은 사람들을 위해 세워진 기념비. 군사기지는 보이지 않아. 그건 시 외곽에 있고, 큰 길에서 떨어져 있어.

전조. 수도원 벽이 사선으로 길게 금이 갔어. 수위水位가 높아져. 대리석으로 된 성자의 코는 더 이상 매부리코가 아니게 됐어.

이곳. 경건함이 나를 늘 이곳으로 데리고 와. 여기에 있는 모든 사람들을 생각하지. 그들의 이름은 프레스코 벽화 아래 새겨져 있어.

예술 파괴자다!

그래. 이름이 여기 새겨져 있다는 건.

인간이 만든 가장 자랑스러운 작품이 자연물 상태로 격하된 거야. 최후의 심판이지.

그걸 모두 박물관에 가둬 놓을 수는 없어.

너희 나라에는 아름다운 것들이 없니?

아니. 그래. 거의 없지.

관광 안내서, 지도, 열차 시간표, 튼튼한 신발은 가지고 간 거니?

나는 집에 가서 안내서를 보려고 해. 내가 가지고 싶은 건 단지…….

직접적인 인상?

그렇게 말할 수도 있겠지.

하지만 너는 명소도 봤잖아. 그런 곳을 고집스럽게 무시한 건 아니잖아.

물론 가 봤지. 내 무지를 지키면서도 양심적인 한에서. 내가 아는 것 이상을 알고 싶지는 않아. 이미 좋아하지만, 그 이상 더 빠져들고 싶지는 않아.

어디로 갈지 어떻게 알았지?

룰렛 판 돌리듯이 기억을 돌려서.

가 본 곳을 기억해?

그다지 많이 기억하지는 않아.

그것 참 슬프군. 나는 기억 속에 기념품처럼 갇혀 있는 과거를 좋아할 수 없는데.

실물 교육. 그리스 항아리. 후추 분쇄기 에펠탑. 비스마르크 초상이 그려진 맥주잔. 베수비오 화산이 있는 나폴리 만 스카프. 미켈란젤로의 다비드상이 찍힌 코르크나무 쟁반.

기념품은 됐어. 실물을 이야기하자.

과거. 음, 과거에 대해서는 늘 말로 표현될 수 없는 무언가가 있지. 그렇게 생각하지 않아?

찬란했던 영광. 교양 있는 여자에게 없어서는 안 될 유산이라고 할 수 있지.

나도 동의해. 너처럼 나도 과거에 열중하는 게 일종의 속물

근성이라고 생각하지는 않아. 짝사랑의 여러 불행한 형태들 중 하나일 뿐이지.

빈정댄 거야. 나는 바람기가 있어. 과거가 살아남기 위해 필요한 건 사랑이 아니라, 선택의 결여야.

스캔들에 대한 두려움과 허영심, 탐욕 때문에 제대로 다니지도 못하는 부유한 사람들의 무리, 그리고 효과 없고 불편한 여행. 파라솔을 들고 진주 핸드백을 들고 긴 치마를 입은, 으스대면서 걷지만 눈빛은 수줍은 여자들. 실크 모자를 쓰고, 왼쪽으로 넘긴 윤기 나는 머리칼을 가진, 실크 양말을 고정시키는 대님을 한, 콧수염을 기른 남자들. 하인, 구두 수선공, 넝마주이, 대장장이, 순회 공연하는 연예인, 인쇄소 사환, 굴뚝 청소부, 레이스 만드는 사람, 산파, 짐마차꾼, 석공, 마부, 간수, 성구聖具 보관인을 대동한 사람들. 최근까지 그런 사람들이 있었지. 지금은 사라졌어. 그 사람들 말이야. 그리고 그들의 당당한 위풍도.

내가 그런 걸 보러 갔다고 생각하는 거야?

그 사람들 말고. 그 장소, 그 아름다운 것들. 여전히 거기 있더라고 했잖아. 오두막, 외딴집, 동굴, 공원, 성. 중국식 새장. 귀족의 영지. 헤치고 들어갈 수 없는 그 숲 한가운데의 달콤한 은둔.

나는 그곳에서 행복했어.

너는 뭘 느꼈니?

나무들이 베어진 것에 대한 유감.

그래서 너는 자연물에 대한 막연한 시각을 가지고 있다는 거야. 도시에서의 과민한 금속성 쾌락에 너무 탐닉한 거지.

내 열정과는 다르게 나는 호수에서 달아났고, 숲에서 달아났고, 반딧불이가 날아다니는 들판에서 달아났고, 향기로운 산에서도 달아났어.

촌스러운 헛소리. 너는 덜 외로운 걸 원하는 거야.

나는 이렇게 말하곤 했어. 경치는 인간과 관계가 있는 한에서만 내 관심을 끈다. 아, 누군가를 사랑하면 이 모든 것이 빛난다……. 하지만 인간들이 우리에게 불어넣는 감정이란 슬프게도 서로 닮아 있어. 그런 장소, 관습, 모험적인 상황이 변할수록, 우리는 그것들 한가운데 있는 우리 자신이 변하지 않았다는 걸 깨닫게 돼. 내가 취할 반응을 모두 알고 있는 거지. 내가 다시 내뱉을 말도 모두 알고.

너는 대신 나를 데리고 갔어야 해.

그 사람 말이구나. 그래, 물론 나는 혼자는 아니었지. 하지만 우리는 내내 싸웠어. 그 사람은 터벅터벅 걷고, 나는 짜증내고.

사람들은 말하지. 여행은 식어 버린 사랑을 되찾는 데 좋은 시간이라고.

아니면 최악이 될 수도 있어. 파편이 반쯤 박혀 있는 듯한 느낌. 각자의 의견. 의견의 충돌. 황금 같은 여름 오후에 호텔로 돌아온 다음, 필사적인 사랑 행위. 룸서비스.

어떻게 그렇게 울적하게 되었지? 처음에는 그렇게 희망적이더니.

시시해! 교도소와 병원에는 희망이 넘쳐나지. 하지만 전세비행기와 고급 호텔에는 그렇지 않아.

하지만 감동을 받기도 했잖아. 가끔은.

아마 지쳐서 그랬을 거야. 정말 그랬어. 지금도 그래. 내면의 감정은 늘 눈물로 축축하지.

그럼 외면은?

아주 건조해. 음, 필요한 만큼만 건조하지. 얼마나 지루한지 상상도 못 할 거야. 두 겹의 막으로 둘러싸인 향수의 기관. 눈물을 길어 올리고 눈물을 퍼내는.

깊이와 체력을 갖춘 사람의 자질이지.

안목도. 모두 불러낼 수 있다면.

나는 지쳤어. 그 아름다운 것들은 사실 모두 다 아름답지는 않아. 그렇게 땅딸막한 큐피드와 그렇게 못생긴 미의 여신들을 많이 본 적은 이제껏 없어.

여기 카페가 있어. 카페에서. 마을 목사가 핀볼 게임을 하고 있고, 모자에 붉은 깃 장식을 단 열아홉 살짜리 선원이 구경하고 있어. 누런 염주를 들고 있는 노신사들. 카페 주인의 손녀가 테이블에서 숙제를 하고 있어. 사냥꾼 둘이서 수사슴이 그려진 그림엽서를 사고. 주인은 이렇게 말해.

"신맛이 나는 현지 와인을 먹으면 기분이 조금 좋아지고 긴장이 풀릴 겁니다."

르네 씨는 오후 다섯 시에 영업이 끝난다고 했어.

그림. "그림마다 좋은 말이 적혀 있어. 내가 그 우아한 그림들을 골똘히 쳐다보고 있는 걸 눈치 채자 그가 말하지. '여기에는 모든 것이 자연스럽죠.' 그림 속 인물들은 정말 살아 있는 사람들처럼 옷을 입고 있어. 물론 훨씬 더 아름다웠지만. 눈부신 빛, 짙은 어둠, 존재하기는 하지만 존재하지 않는 남녀들."

우회할 만하다고? 아니, 여행할 만하지! 그건 정말 훌륭한 컬렉션이야. 여전히 아우라를 품고 있지. 정말 여행하라고 조르는 것들.

컬렉션에 대해 설명하는 그 남작의 열정. 공손한 예절. 그는 질문 공세에 끝까지 충실히 답해 주었지.

꼭 필요한 동질성. 혹은 완전히 구체적인 사건.

나는 그 골동품 가게로 돌아가고 싶어.

"둥근 아치형 현관은 고딕 풍이지만 건물 중앙에 있는 회랑과 측면은……."

너는 기분 맞추기가 어려워.

즐거움을 쌓지 않고 오히려 즐거움이 더 귀해지는 여행을 상상할 수 있겠어?

만족은 내 관심사가 아니야. 경건함도 아니고.

식사를 기다리는 것 말고는 할 일이 없어. 짐승처럼.

감기 걸렸니? 이걸 마셔.

나는 정말 괜찮아. 제발 카탈로그는 사지 마. 엽서 크기 복제화도. 세일러 칼라 스웨터도.

화 내지 마. 그런데, 르네 씨한테 팁은 줬어?

하루에 50번씩 혼잣말을 해. 나는 예술 감식가가 아니다, 나는 낭만적 방랑자가 아니다, 나는 순례자가 아니다.

내 말이 바로 그거야.

"인류의 영원한 정신적 유산입니다."

나 대신 저것 좀 번역해 줘. 외국어 숙어집을 깜빡 잊고 안 가지고 왔어.

그래도 너는 네가 보는 것만 봐.

축적에 대한 배치의 오랜 승리.

하지만 가끔은 너도 행복했잖아. 그 모든 것에도 불구하고가 아니라, 정말로.

교회 세례당의 모자이크 바닥을 맨발로 걷는 것. 아치형 버팀벽 위로 기어 올라가는 것. 먼지 쌓인 대성당에 희미하게 아른거리는 바로크풍 성체현시대聖體顯示臺 앞에 서는 것.

사물들의 광채. 크고 넓은. 눈부신. 형언할 수 없는 지극한 기쁨.

너는 '지극한 기쁨'이라고 쓴 엽서를 보냈지. 기억나? 나한테 보냈잖아.

기억나. 말 막지 마. 나는 날고 있어. 나는 서성거리고 있어. 에피파니.* 뜨거운 눈물. 의식의 착란. 나를 막지 마. 나는 잘생긴 웨이터를 어루만지듯 내 착란을 어루만진다.

질투하라고 그런 말을 하는구나.

말 막지 마. 그 매끈한 피부, 멋진 웃음소리, 휘파람, 촉촉하게 젖은 셔츠. 우리는 레스토랑 뒤편 창고에 갔어. 나는 말했지. 내 안으로 들어오세요. 내 몸은 당신의 성이고, 당신의 오두막이고, 당신의 막사, 당신의 별장, 당신의 마차, 당신의 고급여객기, 당신의 응접실, 당신의 부엌, 당신의 고속정, 당신의 창고…….

그 사람이 가까이 있는데도 그런 짓을 했어?

그 사람? 그는 호텔에서 낮잠 자고 있었어. 태양 공포증이 와서 말이야.

호텔에서. 호텔로 돌아와서 그를 깨웠어. 발기했더군. 나는 그 위에 앉았지. 중심, 중핵, 지렛목. 완전히 한낮의 세상. 사물이 그림자도 던지지 않는 정오의 세상.

---

*에피파니epiphany는 사물에 대한 직관이나 통찰을 가리킨다. 옮긴이

덜 현명한 사람들만 이런 기분을 경멸하겠지.

나는 돌고 있어. 커다란 핸들처럼, 인간의 손에 조종당하지 않고. 나는 돌고 있다······.

다른 즐거웠던 일? 그거야 너도 알잖아.

"가시적 세상에서는 고딕성당에서 해가 지는 걸 보는 것보다 더 강렬한 감정적 경험은 없다."

눈의 즐거움. 이것도 강조해야 해.

"불타는 저녁 해가 서쪽으로 넘어갈 때, 그 모든 반짝이는 것들은 우리 머리 위에서 준엄하고 엄숙하게 열을 지어 서쪽으로 떠간다. 우리 눈에 보이는 것은 오직 이것이다."

잠깐 동안 나타나는 영적 무한성의 사자使者.

"불의 감각이 모든 것을 관통하고, 색채들이 환호하고 흐느끼며 노래를 부른다."

정녕으로 그것은 또 다른 세상!

미쉐린 지도에는 없는 것들을 가득 담고 있는 아주 훌륭한 낡은 베데커 여행 안내서를 찾았어. 가자. 동굴에 가자. 폐쇄하지 않았다면.

제1차 세계대전 공동묘지에 가자.

요트 경기를 보러 가자.

이곳. 여기 이 호숫가에서 그*가 자살했어. 약혼녀와 함께.

1811년에.

나는 이틀 전 항구에 있는 어느 식당에서 웨이터를 유혹했어. 그는 말했어. 자기 이름은 아리고라고.

당신을 사랑합니다. 심장이 두근거려요.

저도 그렇습니다.

중요한 건 우리가 함께 이 아케이드를 돌아다녔다는 거야.

돌아다녔다는 것. 쳐다보았다는 것. 그건 아주 아름다웠다는 것.

실물 교육. 그 가방을 주세요. 무겁군요.

지금 이 즐거움이 작년의 즐거움보다 더 좋은 것이 아닌지 의아해하지 말자. 결코 그렇지는 않아.

그건 과거를 다시 유혹하는 일이니까. 지금이 그때가 될 때까지 그냥 기다려. 우리가 그때 얼마나 행복했는지 알게 될 거야.

나는 행복해졌으면 좋겠어. 불평. 난 벌써 그걸 봤어. 거긴 벌써 꽉 찼을 거야. 너무 멀어. 운전을 너무 빨리 해서 아무것도 제대로 볼 수가 없잖아. 영화는 7시와 9시에만 상영해. 파업을 해서 전화가 안 돼. 이 빌어먹을 시에스타 같으니라고. 1시부터 4시까지는 문을 연 가게가 없잖아. 이 가방에 모

---

*독일의 극작가이자 시인 하인리히 폰 클라이스트Heinrich von Kleist를 말한다. 그는 1811년에 베를린 근교 클라이너 반제 호수에서 권총 자살했다. 옮긴이

든 것이 다 들어 있는데 왜 모두 다시 쑤셔 넣어지지 않느냔 말이야.

사소한 일 때문에 칭얼거리는 걸 곧 멈추게 될 거야. 너는 어떤 의무도 없이 홀가분하다는 걸 깨닫게 될 거야. 그러면 불편함이 시작되지.

신의 계시를 경험한 중상층 청교도인 같은 사람은 갈팡질팡 내리쬐는 지중해 햇볕과 지중해식 방식에 히스테리가 나려고 하며 신경쇠약에 걸리게 되지. 너는 여전히 그 웨이터를 생각하고 있구나.

사랑한다고 했잖아. 너를 믿어. 난 신경 안 써.

그러면 안 돼. 그런 식의 비밀 폭로는 싫어. 나는 욕망을 만족시키고 싶지 않아. 마구 화를 내고 싶어. 내 사랑, 나는 우울의 유혹에 저항하고 싶어. 얼마나 심한지 네가 알아준다면 좋으련만.

그렇다면 너는 시인과 큐레이터가 만들어 낸 과거와 그만 놀아나야 해. 그런 오래된 것들은 잊어버릴 수 있어. 그곳 엽서를 사고, 거기 음식을 먹고, 그들의 성적 냉담함을 찬미하면 되는 거야. 노동절 축제에 행진하면서 '인터내셔널가'를 부를 수도 있어. 가사는 정확히 모르더라도.

난 기분이 완전히 좋아졌어.

그렇게 해도 안전할 거야. 히치하이커를 태우고, 아무 물이나 마시고, 광장에서 마약도 해 보고, 홍합 요리도 먹어 보고,

차에 카메라를 두고 내리고, 선창가 난간으로 몸을 내밀고, 호텔 안내원에게 예약도 맡기기도 하고.

근사한 것. 뭔가 멋진 걸 해 보고 싶지 않아?

다른 모든 나라도 비극적인 역사가 있을까? 우리나라 말고.

이곳. 보여? 저기 기념패가 있어. 창문 사이에.

황폐해졌다. 수십 년 동안 용감한 작품 감상 때문에 황폐해졌어. 자연이라는 매춘부도 협조했지. 백운석 바위산은 태양 빛 때문에 너무 붉어졌고, 석호는 달빛 때문에 너무 창백해졌고, 그리스(혹은 시실리)의 푸른 하늘은 하얀 아치형 벽 때문에 더욱 더 푸르게 되었어.

폐허. 여기는 지난 전쟁 때 남겨진 폐허야.

골동품 수집가의 뻔뻔스러움. 우리가 묵고 있는 예쁜 숙소.

그곳은 미켈란젤로의 도안에 따라 지어진 수도원이었어. 1927년에 호텔로 바뀌었지. 토박이들이 이런 아름다운 것들을 신경 쓸 것이라고 기대하지 마.

기대 안 해.

사람들은 말하지. 운하를 메워서 고속도로를 만들고, 공작 부인의 로코코풍 예배당을 쿠웨이트 인에게 팔고, 소나무 숲이 있는 저 절벽 위에 콘도를 짓고, 어촌에 화려한 부티크를 차리고, 게토에서 빛과 소리로 된 쇼를 열 것이라고. 빨리 변하고 있어. 국제위원회. 보존하려는 시도. 각하의 후원하에. 너무 빨리. 뛰어야 할 거야.

뛰어야 한다고?

그럼 그냥 놔둬. 인생은 경주가 아니니까.

다른 곳에서는 그렇기도 해.

또 다른 것들. 이제는 더 이상 자줏빛 잉크로 메뉴를 쓰지 않는다는 것은 애석한 일 아니니? 밤에는 호텔방 밖에 신발을 놓아 둘 수 없다는 것도. 기억해. 가치가 떨어지기 전까지는 붙어 있던 커다란 벽보들. 지난번. 지난번에는 차가 많지 않았는데, 그렇지?

어떻게 참았니?

그다지 어렵지 않아. 불기둥 같은 상상으로. 마음은 소금기둥이라고 상상하고.

그래서 관계를 깨려고 했구나.

맞아.

롯의 아내로군!

아니, 롯의 연인이야.

내가 말했지. 내가 말했지, 너는 나를 대신 데려갔어야 했다고.

빈둥거리기. 바실리카 성당에서. 여관 뒤 정원에서. 시장에서. 침대에서, 황금 같은 오후에.

왜냐하면. 왜냐하면 근처 석유 화학 공장에서 뿜어내는 연기 때문에. 왜냐하면 박물관을 지키고 있는 사람이 많이 없기 때문에.

"조각상은 두 그룹으로 나뉠 수 있습니다. 하나는 정숙하고자 하는 노력을, 다른 하나는 고삐 풀린 음탕함을 보여줍니다."

물가가 얼마나 치솟았는지 알겠어? 끔찍한 인플레이션이야. 여기 사는 사람들은 대체 어떻게 먹고 사는 건지 알 수가 없어. 집세는 우리나라만큼 비싼데 월급은 반밖에 되지 않아.

"큰길 왼쪽으로 '안식의 무덤'('툼바 벨라'라는 이름의)으로 들어갑니다. 벽감壁龕 주변과 기둥에는 생전에 망인이 가장 좋아했던 물건들과 집에서 사용하던 물품들이 회반죽에 그려져 있습니다. 개, 투구, 칼, 바지, 방패, 배낭, 잡동사니 가방, 그릇, 주전자, 의자, 집게, 톱, 칼, 부엌에서 쓰는 용기와 용품, 밧줄 등등입니다."

나는 확신해. 그 여자는 창녀였다는 걸. 그 여자 신발 봤어? 오늘밤 성당에서 콘서트가 열린다고 나는 확신해. 게다가 사람들이 말했어. 별 세 개, 별이 세 개라고 사람들이 말했어. 확실해.

이곳. 그 영화에 나오는 그 장면을 여기에서 찍었어.

여기는 거의 그대로군. 놀라운걸. 나는 최악의 상태일 거라고 생각했는데.

저 사람들이 노새를 빌려 준대.

물론. 이 나라에서 노동자는 모두 5주 유급 휴가를 받아.

여자들은 금방 늙어 버려.

친절한 것. 관광부에서 '친절하자'는 캠페인을 벌인 지 이 년째 되는 여름이야. 망가진 유물이 땅 위를 굴러다니는 나라.

표지판. 표지판에는 이곳이 복원을 위해 잠정 폐쇄되었다고 써 있어. 더 이상 수영할 수 없다고도 씌어 있어.

오염.

사람들은 말했어.

난 신경 안 써. 들어와. 물이 카리브 해처럼 따뜻해.

널 원해, 널 느껴. 내 목을 핥아. 반바지를 벗어. 우리…….

우리. 우리 호텔로 돌아가자.

"마니에리스모 양식*의 건축과 회화에서 공간을 다루는 방식은 르네상스의 '폐쇄된' 세계 질서에서 마니에리스모적 우주의 '열려 있고' '느슨하며' 비껴가는 움직임으로의 변화를 보여 주고 있다."

대체 무슨 말을 하려는 건데?

"조화롭고 지적이며 일관된 르네상스식 세계관은 이탈리아 궁전의 좌우대칭형 안마당에 잘 나타나 있다."

---

*1520년대부터 1590년대까지 이탈리아에서 유행했던 미술 양식. 옮긴이

증거를 들이대며 내 지성을 치장하고 싶지는 않군.

그림이 보고 싶지 않다면, 나를 봐.

저 표지판 보여? 그런 식으로 배를 탈 수는 없어. 핵잠수함 기지에 가까이 가게 돼.

보도. 콜레라 감염이 다섯 건이나 보도되었다.

이 광장은 영웅 광장이라고 불리지.

밤에는 훨씬 더 추워. 스웨터를 입어야 해.

매년 열리는 음악 페스티벌 덕분이야. 겨울에 이곳을 봐야 해. 겨울에는 죽어 있지.

재판이 다음 주라서 시위를 할 거야. 현수막을 봐. 저 노래를 들어 봐.

가지 말자. 저긴 분명 바가지 씌우는 술집일 거야.

사람들이 말했지. 상어라고, 사람들이 그렇게 말했다고 생각해.

수중익선水中翼船*은 싫어. 그게 더 빠르다는 건 알지만 멀미가 나서.

"태양이 하늘 높이 솟았고 열기는 너무나 뜨거워서 우리는 나무 그늘이 드리워져 있는 안마당으로 물러나야 했다."

---

*선체 아래 날개를 단 배. 옮긴이

그를 사랑하지 않는 건 아니야. 하지만 몸이 피곤할 때는…….

네 기분대로.

가끔은 만족해. 심지어 황홀하기까지.

그렇게 들리지는 않아. 음미하려고 노력하는 것처럼 들려.

아마도. 공동묘지에서는 판단력을 상실해.

보도. 북쪽 지방에는 내전이 계속되고 있어. 해방전선의 지도자는 아직 망명 중이고. 독재자가 뇌출혈을 일으켰다는 소문이 돌고 있어. 하지만 모든 것이 너무…….

평화롭다고?

내 생각에는……. 평화로워.

이곳. 이곳에서 그들은 학생들 삼백 명을 학살했대.

너와 함께 가는 게 좋겠어. 너는 흥정을 해야 할 거야.

여기 음식이 좋아지기 시작했어. 너도 조금 있으면 익숙해질 거야.

옛날 그림을 보면 명암 표현이 전혀 없어.

여기 있으니 기분이 좋아. 볼 것은 많이 없어.

"화관과 리본을 비롯한 다양한 것들이 달려 있는, 잎이 우거진 작은 나무 아래에는 남자 같은 형상들이 번갈아 춤을 추고 있다. 한 사람은 누워서 관이 두 개인 피리를 불고 있다."

카메라. 여자들은 사진 찍히는 걸 싫어해.

우리에겐 안내자가 필요해.

이건 발굴된 보물에 관한 책이야. 그림, 청동기, 등燈.

저건 정치범 용의자들을 고문했던 감옥이야. 미지의 공포.

파리로 뒤덮였군. 저 불쌍한 어린아이 말이야. 안 보여?

전조. 어제의 정전停電. 오늘 아침 기념비에 그려진 새로운
낙서. 정오에 탱크가 대로를 밟고 지나갔어. 사람들은 말해.
지난 72시간 동안 비행장의 레이더가 꺼져 있었다고.

독재자는 심장마비에서 점점 더 회복되어 가고 있다고 해.

아니, 병에 담긴 생수. 강인한 사람들. 완전히 다른 초목.

그리고 여자를 다루는 방식을 봐! 엄청난 짐을 진 가축 취
급이야. 저 무거운 부대자루를 저 언덕까지 끌고 올라가
는…….

스키장을 짓는대.

나병 환자 수용소를 점차 폐쇄하고 있대.

저 남자 얼굴을 봐. 너한테 말을 걸려고 하는데.

물론 우리는 여기에서 살 수 있겠지. 특별 대우를 받으니.
하지만 우리나라는 아니야. 도둑을 맞아도 상관 안 해.

"태양이 하늘 높이 솟았고 열기는 너무나 뜨거워서 우리는
오아시스의 그늘 아래로 물러나야 했다."

가끔은 그를 사랑했었지. 하지만 몸이 피곤할 때면……

네 기분대로.

나의 대담한 애무. 나의 심술궂은 침묵.

너는 실수를 바로잡으려고 했어.

나는 상황을 바꿔 보려고 한 거야.

내가 말했지, 대신에 나를 데리고 갔어야 했다고.

그래도 그렇게 달라지진 않았을 거야. 거기서부터는 혼자 갔어. 너도 남겨 두고 갔을 거야.

떠나는 날 아침. 모든 것이 준비되어 있고. 장엄한 해변(나폴리, 리오, 혹은 홍콩)에서 솟아오르는 태양.

하지만 더 있겠다고 결정할 수도 있어. 새로운 계획을 짜는 거야. 그렇게 하면 마음이 자유로워질까? 아니면 무엇과도 바꿀 수 없는 뭔가를 버렸다고 느낄까?

온 세상을.

그 때문에 빠르기보다는 늦었다는 거야.

"태초에 세상은 미국이었다."

우리는 태초보다 얼마나 멀리 있는 걸까? 우리는 언제 처음으로 상처를 느꼈을까?

이 지혈되지 않는 상처, 다른 곳에 대한 거대한 갈망. 이 장소를 다른 장소로 만드는 것.

다미에타 사원에는 어떤 기둥이 있는데, 혀에 피가 날 때까지 그 기둥을 핥으면 불안이 치유된다고 해. 피를 반드시 흘려야 한대.

방랑벽이라는 신기한 단어. 나는 언제든지 떠날 준비가 되어 있어.

나는 이미 떠났지. 후회하면서, 의기양양하게. 교만한 서정. 잃어버린 것은 낙원이 아니야.

충고. 가자, 서둘러 떠나자, 나를 막지 마, 가장 빨리 여행하는 사람은 혼자 여행하는 사람이야. 이제 시작해 보자구. 이 늦잠꾸러기, 일어나. 나는 여길 떠날 거야. 빨리 가방을 챙겨. 일찍 자려면 그 베개도 필요해.

여자는 서두르고 있고 남자는 꾸물거리고 있다.

이렇게 빨리 다니면 아무 것도 못 봐. 속도를 늦추면······.

모든 것. 그렇게 되면 나는 그 모든 것이 사라지기 전에 보지 못하게 될 거야.

모든 곳. 나는 모든 곳을 가 봤지. 나는 모든 곳을 가 보지는 못했지만, 내 여행지 목록에는 있어.

땅 끝. 하지만 물은 있어. 아, 내 마음이여. 그리고 내 혀에는 소금을.

세상의 끝. 이곳은 세상의 끝이 아니야.

Susan Sontag

as

오랜 불만을 다시 생각함

Old Complaints Revisited

이러한 토론이 우리를 존속시키는 도구인가?
12년 동안의 조직 생활 동안 내가 기억하기로는 회의를 통해 결정된
것은 아무것도 없었다. 우리의 말은 말에서 끝나는 것 같았다.
우리는 이야기하는 데 너무 많은 시간을 보냈다.

나는 떠나고 싶다. 하지만 그럴 수 없다. 매일 아침 눈을 뜨면 편지를 쓰리라 결심한다. 아니다, 차라리 지도자에게 직접 찾아가서 그만두겠다고 말하자. 내가 할 말은 조리 있게 정리되어 있다. 나는 머릿속에 다시 정리해 본다. 하지만 지도자의 이야기도 설득력이 있다. 물론 백 번도 넘게 들었지만. 화를 내지 않으면서도 단호하게 행동하는 일은 늙은이에게는 쉽지 않다. 지도자의 뺨은 축 처져 있고, 땀을 흘리고 있으며, 책상을 움켜쥔 손톱은 붉어졌다. 스트레스는 늙은이에게 위험한 것이다. 지도자의 이야기에 설득이 되어서인지, 지도자의 좋지 않은 건강을 생각해서인지는 알 수 없지만, 어쨌든 나는 이야기를 그만둔다. 지도자에게서는 죽음의 냄새가 난다. 그리고 나는 지도자가 아끼는 회원인 것이다.

지도자를 깔보면서 내 입장을 강요할 수도 있다.

동의를 얻어 내거나, 아니면 씩씩거리면서 기침하는 그를 남겨 두고 그냥 빠져나온다고 생각해 보자. 하지만 그것은 시련의 시작일 뿐이다. 지도자의 허락을 받아 낸다 하더라도 나는 동료 회원들과 대면해야 한다.

나는 동료 회원들의 말보다 그들의 눈빛이 더 무섭다. 태만한 동료 회원을 다룰 때 그들의 얼굴을 스쳐 지나가는 특유한 표정을 얼마나 잘 알고 있는가. 나 또한 그런 표정을 짓는 데 익숙했으니. 분노, 부러움, 경멸, 애도, 무관심이 차례로 지나가는 익숙하고도 복잡한 시선. 나의 그 어떤 장점도 동료 회원들의 질책을 면하게 해 줄 수는 없다. 내가 동료 회원들을 버린다면 왜 분노하지 않겠는가? 동료 회원들은 자유롭지 못한데 내가 자유로울 수 있는 권리가 어디 있단 말인가?

아니다. 더 좋은 생각이 있다. 늘 똑같은, 더 좋은 생각. 일단 해외로 간다. 병원에서 새로운 홍보를 맡게 된 리Lee는 이 전쟁 같은 때에 해외로 나가려 하지는 않을 것이다. 나는 고집스럽게 주장하고, 삐지고, 흐느끼고, 설명할 것이다. 다행히 우리는 모두 지난달에 여권을 갱신했고, 얼마 되지는 않지만 평일 아침이면 은행에 가서 저금을 찾을 수도 있으며, 번역가(나는 몇 개 언어에 능통하다.)와 의사라면 어디에서나 일을 구할 수 있을 것이다. 하지만 그렇게 되면(이것이 다음으로 드는 생각이다.), 내가 떠난다면, 내가 어떻게 그들과 마주할 수 있을까? 여기 사람들을 말하는 것이 아니다. 이곳은 꽤 큰 지부다. 반면 리와 나와 딸을 위해 가려 하는 그 더운 나라에는 회원들이 적을 것이며, 지도자도 없다. 있다면 죽은 사람들뿐이다. 내가 죽어서 갈 곳에서 만나게 될 사람들.

(내가 내세 같은 걸 믿는다고 할 때 웃지 마라.)

내가 장례식을 위해 깨끗이 씻고, 좋은 옷을 입고, 폐의 가스도 제거하고, 몸에는 총알 자국이나 채찍 자국이나 불에 거슬린 자국도 없이 조심스럽게 입장하면, 그들은 모두 나를 빽빽하게 둘러쌀 것이다. 그리고 그들은 내 앞에서 자신들의 무자비한 얼굴과 불구가 된 몸을 과시할 것이다. 순교란 부정하기 어려운 유산이다. 형제자매들이여! 나는 외친다. 나는 무릎을 꿇고 앉아 두 팔을 뻗으면서 그들에게 용서를 구한다. 그리고 내가 거부한 것은 그들의 희생이 아니라고 설명한다. 하지만 그들은 나를 용서하려 하지 않는다. 그들은 말할 것이다. 어떻게 네가? 우리가 죽음을 고수하고 있을 때, 어떻게 너는 감히 떠날 수가 있지?

당신은 참지 못해 끼어들 것이다. 그렇다면 당신을 붙들고 있는 것은 두려움이다. 그들의 주장, 그들의 경멸, 그들의 질책, 그들의 비애감에 대한 공포. 잿빛처럼 어두운 그들의 입술에 대한 두려움. 눈물이 찔끔찔끔 비져 나오는 흐릿한 지도자의 눈, 의심스럽게 이리저리 굴러다니다가 다시 미끄러지듯 초점을 맞추고는 당신의 목에다 유죄의 칼날을 겨누는, 그 눈빛. 비겁했다고, 남겼다고 고백해. 다시 좋은 동료 회원이, 진지함의 노예가, 미덕의 신도가, 의무감의 어릿광대가 되도록 해. 모든 사람이 다 자유로워질 수 있는 것은 아니라는 걸 깨달아야지.

조급해 하지 마라. 아, 그저 겁쟁이기만 할 수 있다면. 하지만 상황은 더 나쁘다. 죽은 사람은 제외하자. 그 늙은이가 곧잘 말하듯, 나는 문학적이니까. 살아 있는 동료 회원들에 대해서 말하자면, 어떻게 내가 그들을 두려워할 수 있겠는가? 그들은 권력이라고는 가지고 있지 않은데 말이다. 물론 여기에서 말하는 권력이란 일반적으로 말하는 권력을 말한다. 조직 바깥에 있는 사람들은 우리가 명백한 권력을 휘두르고 있다고 생각하겠지. 실제로 그들은 우리가 갈수록 강대해지고 있다고 믿는다. 하지만 나는 안다. 우리에게 속한 사람들이라면 모두 안다. 우리가 얼마나 나약한지를. 육체의 손상이라는 형식으로, 혹은 내 경력에 회복할 수 없는 손해를 끼치는 형

식으로 보복한다는 것은 동료 회원들의 원칙과도 반대될 뿐
더러 그들 권력 너머의 일이기도 하다. 우리를 떠나는 자에게
가해지곤 하던, 추방이라는 굴욕적인 절차도 이제는 없어졌
다. 그리고 있을 법 하지는 않지만 만일 내게 협박이나 괴롭
힘이 가해진다고 해도, 나를 보호해 줄 비회원은 늘 있을 것
이다. 신변이 안전하기 위해서는 나는 단지 조심스럽게 조용
히 사라지면 된다. 내가 공개적으로 야단법석을 떨지 않는다
면, 내가 떠나는 것을 누구도 눈치 채지는 못할 것이다. (지도
자만 제외한다면. 아마 그는 자신의 책을 번역해 줄 새로운 번역자를
구해야 하겠지.) 예컨대 조직을 비난하는 편지를 써서 신문사
에 보낸다든지, 조직의 비밀을 텔레비전 토크쇼나 대학 순회
강연에서 폭로한다든지 하는 짓을 하지 않는다면 말이다. 나
를 이탈하지 못하게 막는 것은 단순한 공포가 아니다.

정말로, 나는 그들에게 설득되었다. 나의 충성심은 극복되
었다고 생각될 때마다 불사조처럼 부활했다. 충성심을 죽이
는 것은 살해가 아니다. 그것은 자살이다. 그리고 회원들 사
이에 퍼져 있는 비통한 생각과는 반대로, 우리는 자살을 시도
하지 못한다. 조직이 명령하는 것에 대해 내가 아무리 뒷걸음
친다 해도, 마음속에 나는 여전히 회원으로 남아 있다. 비록
그들이 틀렸다는 것을 알지만, 그들의 실수에 관여한다는 것
도 하나의 특권이라고 느끼지 않을 수 없는 것이다. 나는 그

것을 찬란한 실수라고 생각한다.

다른 사람들과 함께 올바른 것보다는 저들과 함께 잘못된
것이 낫다.

저건 인용이라고 나는 생각한다. ("다른 사람들과 함께 올바른
것보다는 우리와 함께 잘못된 것이 낫다."가 아닌가?) 내 머리는 인
용문으로 꽉 차 있다.

그래, 나도 그 모든 것을 믿지는 않는다. 그럴 수 없다. 꾸
며 낸 변명과 정상 참작이라는 상황을 벗겨 내면 내 딜레마는
어리석은 것처럼 보인다. 그리고 너처럼 나도 그 부조리함을
안다.

한 가지 탈출 방법. (정직함에 대한 보상으로.) 그 모든 **뻔뻔한**
부조리에 내 감정을 위치시킴으로써 나는 그 감정의 저주받
은 순환 바깥으로 도약할 수 있었다. 내가 믿는 것이 잘못되
었다고 선언함으로써, 그리고 진심으로 잘못을 확신함으로
써, 나는 무조건 믿고 보는 마술에서 풀려났다. 이성이라는
좋은 마술 덕분에 해방된 것이다. 나는 조직에 대해서, 나 자
신에 대해서, 내가 설명한 대로 느끼고 있다. 하지만 이제는
내가 느끼는 것에 대해서도 더 이상 믿지 않는다.

아니다, 그렇게 간단하지 않다. 다시 시도해 보라.

'번역가가 해묵은 문제와 한판 대결을 시도하다.' 짧은 메시지. 혹은 어느 책의 제목.

첫 번째 문단: 지도자의 말투로. 그는 국외에서 태어났고, 지도자의 일가친척은 모두 숙청당하거나 대학살 때 죽었다. 나는 지도자의 책을 번역하며, 지도자의 언어와 나의 언어 사이에서 산다. 나는 다른 책들도 번역한다. (그다지 중요하지 않으며 재미만을 위해 쓴 책들을 번역하는 것은 어느 정도 위안이 된다. 소설책이나 미래를 예견하는 연구서 같은 것들 말이다.) 물론 생계를 유지하기 위해 번역을 하기는 한다. 늙은이의 책은 내 가족을 부양할 수 있을 만큼 많이 팔리지는 않는다. 따라서 지도자가 받는 인세에서 나한테도 떨어지는 돈이 얼마나 적은지 상상할 수 있을 것이다. 지도자는 내가 하는 다른 번역 일에 대해 관대한 미소를 짓는다. 지도자는 '문학'을 할 시간은 없다고 말한다. 문학 또한 다른 사람들, 비회원들의 것이다.

번역가가 된다는 것이 얼마나 사람을 쇠약하게 하는지 상상도 못할 것이다. 하지만 만일 내가 조직에 대해 책을 쓴다면 그렇게 잘 무장된 명쾌한 글을 쓸 수 없을 것이다.

보라. 실제로는 이렇다. 우리는 아주 오래된 조직이다. 그리고 당신도 알다시피 어떤 의미에서는 비밀 조직이지만 우리는 이미 대중에게 잘 알려져 있다. 학술적이거나 대중적인 수많은 책과 기사가 우리 이야기를 하고 있다. 20세기 이전에 씌어진 설명은 신뢰할 수 없지만, 조직에 대한 최근의 이야기는 최소한 확실한 근거에 기초하고 있다. 옛 기록들이 파기되었던 두 번째 숙청에서도 초기 문서들은 제법 많이 보존되었다. 과거 대통령과 그 측근들이 작성한 비망록, 총회 의사록, 선언문, 탄원서, 비밀리에 유통되던 팸플릿, 지부들 간에 오간 서신들, 지도적 회원의 전기 등등. 공식 번역자로서 나는 납으로 된 보관소에 저장되어 있는 이 낡아 빠진 누런 문서들을 조회할 수 있다. 하지만 이 자료들을 이용하기 위해서 새로운 기록을 참조해야 할 필요는 없다. 30년 전, 조직은 외부 세계와의 관계를 개선하기 위해 어울리지도 않는 겸손한 태도를 취하면서, 이 문서들을 선별하여 편집한 축소 복사 필름을 찍었다. 이것은 이제 장서를 잘 갖추어 놓은 시립 도서관이나 대학 도서관에서 열람 가능하다.

근처 아파트에서 개 한 마리가 짖어 대고 있다. 저 아래 길을 지나는 구급차 소리보다 더 크다. 계단에서 소리를 질러 대는 아이들 목소리보다 더 크다.

20세기로 접어들면서 몇몇 회원들은 회원들을 위해 보관된 기록들뿐만 아니라 대중에게 공개된 기록들까지 모두 다 위조된 것이라고 비난했다. (그들의 주장: 문서들이 너무 잘 보존되어 있으며, 글자들이 모두 너무 깨끗하다는 것. 그렇게 오래된 문서라면 일부는 해독할 수 없을 만큼 훼손되어 있어야 하는데도 말이다.) 이 반대자들은 가장 핵심 회원들조차 조직의 기원에 대한 진실을 모른다고 주장한다. 하지만 우리는 알고 있는 것처럼 행동해야 한다. 왜냐하면 기원이란 아주 중요하기 때문이다. 실제로 우리의 기원은 우리의 자부심이다. 회원들은 모두 우리가 오래 전에, 영예로운 사람들의 지휘 아래 출범했다는 사실에 대해 자랑스러워한다.

이단자들은 마지막 숙청 이후로 거의 사라졌다. 이제는 우리의 기원이라고 인정받는 판본에 대해 싸우는 것이 가치 있다고 생각하는 사람은 없다. 정통적 설명이 단지 어림짐작이고 거짓말이라 하더라도 오늘날에는 중요한 문제가 아니다. 믿음이 깨지지 않고 몇 세대에 걸쳐 내려왔기 때문에, 이러한 문제는 회원들에게 공허해졌다. 처음에는 진실이 아니었다고 해도 이제는 진실이다. 그리고 아마도 기원이 되는 시점이 더욱 과거로 물러날수록 그것은 더욱 진실해질 것이다. (확실히 그것은 갈수록 중대해지고 있다.)

한번은 지도자에게 이런 이야기를 한 적이 있었다.

"맞아."

우아한 미소가 그 시들어 가는 얼굴을 휘감았다.

"갈수록 진실하지."

지도자는 숨을 씨근거리면서 참나무 회전의자에서 힘겹게 일어나, 책상 뒤에 있는 책장 앞에서 잠시 머뭇거리더니, 두껍고 낡은 책을 꺼내 어느 부분을 크게 읽었다. 그것은 그 문제의 핵심을 이야기하고 있는 '일곱 번째 강의'에 첨가된 주석이었다. (여덟 개의 강의 중에서 일곱 번째 것은 '소급적 진리'라는 주제를 다루고 있다.)

우리는 이제 더 세련되어졌다. 영리하고 논쟁적인 사람들조차도 소급적 진리로 충분하다는 것에 동의한다.

실제로 우리 모두는 기원에 대해 별로 신경 쓰지 않는다. 지금 우리를 몰두하게 하는 것은 우리의 역사, 그중에서도 고난의 역사다. 그리고 이 역사적 설명이 진실한가에 대해서는 논쟁의 여지가 없다. 새로 회원이 된 사람에게 맨 처음 주어지는 주제 또한 우리 운동의 불행한 역사다. 그것은 네 권짜리 『회고록』이나, 『무엇을 할 것인가』의 인용문 선집을 읽기도 전에 주어지는 주제다.

리는 병원에서 곧 돌아올 것이며, 그러면 저녁 시간이 될 것이다. 작은 기수 같은 몸을 가진 우리 딸은 거실에서 텔레비전으로 농구 경기를 보면서 숙제를 하고 있을 것이다. 이 이야기를 하는 이유는, 내가 얼마나 평범하게 사는지를 단적으로 보여 주기 위해서다.

이견異見은 이견에서 파생된다. 나는 다른 방식으로 의견을 달리한다는 식이다.

세부 사항들에 대해 논쟁하려는 것이 아니라, 혹은 지도자들이 무지하다거나 우리를 속이고 있다고 비난하려는 것이 아니라, 나는 역사에 대한 우리의 개입 자체에 도전하고 싶다. 우리의 기원이 논쟁의 여지가 있다는 것(아마도), 아주 오래 전 일이라는 것(확실히)이 문제는 아니다. 조직의 완전한 연속성이 문제다. 우리의 운동이 그렇게 오래되었다는 것, 우리가 그 많은 오해와 중상모략과 부당함 속에서 살아남았다는 것만으로는 결코 충분하지 않아 보인다.

나를 이해하라. 나는 운동이 더 성공적이지 못했다는 것에 대해 반성하는 것이 아니며, 더 많은 일을 성취해야 했고 더 많은 회원을 포섭해야 했으며 더 많은 제도 속으로 침투해야 했고 더 많은 영토를 차지하고 더 많은 도시를 다스려야 했다고 주장하는 것은 아니다. 그 실제 범위에 대해서는 저명한 회원들만 알고 있기는 하지만, 우리의 성공이 결코 미미한 것은 아니었다. (우리 조직은 신중하게도 이러한 종류의 일을 과시하지 않는다.) 그리고 가시적인 성공이란 운동 개념 자체를 위험에 빠뜨릴 수 있다는 것 또한 나는 알고 있다. 지지자들이 아무리 분산되어 있다 하더라도, 운동의 성공 여부는 얼마나 소규모로 꽉 짜여 있는지에 달려 있다. 내가 의심하는 것은 우리의 성공이라는 것이 우리가 치른 대가만큼 진정 가치 있는가 하는 점이다. 단순히 억압적 장애물에 직면했을 때 인간의 인내심의 한계가 어디까지인지를 보여 주려 한 것이 아니었다면 말이다. 하지만 비판적 회원들조차도 이런 주장을 하지는 않는다.

다른 타자기를 구하기 위해 타자기 수선 가게로 가기에는 너무 늦은 시간이다.

조직에 전혀 오점이 없어야 한다고 주장하는 것은 아니다. 수많은 미심쩍은 일들이 조직의 이름으로 은폐되었다. 우리의 역사에는 불명예스러운 부분들이 있는 것이다. 그리고 우리들에 대한 비난이 있다는 것도 인정한다. 속물적이라는 것, 배타적이라는 것, 미묘하게 다른 조직들과 차이를 만들어 가고 있다는 것 등. 어느 정도는 옳다. 나를 괴롭히는 것은 우리의 잘못이 아니라 우리의 미덕이다.

운동의 순수한 영예에 대해 생각해 보라. 회원들에게 계속

충심을 유지하게 하는 다양한 방식들. 가르침의 치밀함과 유연함. 이상의 고결함. 이 모든 것이 의도하는 것은 특정 유형의 인간, 즉 회원을 만드는 것이다. 사람들이 생각하는 것과는 반대로, 운동은 사회를 전복하려는 음모를 꾸미는 것이 아니며, 세상 위에서 작동하는 것이 아니라 스스로에 대해서 작동하는 것이다. 무엇을 위해? 운동에 속해 있는 사람들을 더욱 단단하게 묶기 위해서.

이러한 끝없는 자기 영속화를 정당화하는 것은 무엇인가? 다른 사람들, 비회원들은 모르는 비밀을 공유한다는 것? 하지만 비회원들 중 일부도 비밀을 알고 있다. 우리는 그들에게 비밀을 알려 주었다. 그리고 그들은 우리를 모방하고 우리의 원칙을 가져다 쓴 더 큰 조직을 만들었다. 그렇다면 우리는 왜 계속해야 하는가? 그들이 아직 채택하지 못한, 남아 있는 우리의 진실을 위해서? 하지만 그들은 결코 그것을 택하지 않을 것이다. 그들이 우리에게 남겨 둔 것, 우리를 모방하지 않은 것은 우리의 진실뿐이다.

내 손가락은 활자에서 묻은 잉크로 얼룩져 있다. 나는 5천 권에서 6천 권 정도 되는 책과 잡지들을 소장하고 있다. 리도 거의 그만큼 가지고 있다. 그중 삼분의 일은 의학 서적이다. 바퀴벌레는 책 속에 사는 걸 좋아한다. 딸은 책 읽는 것을 좋아하지 않는다.

근처 아파트에서 누군가 현관문을 두드리고 있다.

이 도시에서는 벽의 두께만으로도 그 건물의 나이를 정확하게 맞출 수 있다. 문 두드리는 소리가 점점 더 커져 간다.

우리는 비회원의 변절에 대해서는 대놓고 멸시한다. 하지만 회원들은 계속적인 변절이 필요한 것처럼 보인다. (많은 회원들이 임무에 태만하며, 조직에 속한다는 자랑스러운 책임감에 대해 신경 쓰지 않는다는 것은 지도자들도 비공식적으로는 인정하는 사실이다.) 보통 몇 년 동안 지속되는 최초의 열광이 사라지면, 우리 대부분은 운동을 사회적이고 업무적인 접촉을 위해 이용하는 경향이 있다. 혹은 계약을 체결하거나 믿을 만한 변호사를 찾거나 파트너를 구할 때도 사용한다. 우리 회원들은 비회원을 의심하는 전통을 가지고 있다. 그럴 만하다고 나는 쉽게 인정한다. 실제로 우리는 잔혹한 박해를 받아 왔기 때문이다. 대학살 이후 우리 회원 수는 눈에 띄게 줄었다. 조직에 충성하는 사람과 그렇지 않은 사람, 열정적인 사람과 태만한 사람들이 똑같이 가혹하게 당했다. 다른 사람들은 우리를 그렇게 구별하지 못한다. 이제는 우리도 구별이 안 된다. 왜냐하면 그 어떤 명확하게 식별되는 원칙도 없고, '여덟 개의 강의' 조차도 폭넓게 해석될 수 있기 때문이다. 오히려 우리를 결합하는 것은 우리가 거부하는 것을 통해서다.

나는 『무엇을 할 것인가』에서 새로운 인용문 선집을 편집할 수 있을 것이다. 저 제목은 아마도 실수였을 것이다.

우리를 결합하는 것은 익숙함이라는 유대로 회원들을 묶을 수 있는, 어떤 성격적 특이성이다. 우리는 회원들에게서 무엇을 기대할지 알고 있다. 그리고 서로에게 더 가혹할 수 있으며, 자기 경멸이라는 점에서는 비회원보다 더 신랄할 수 있지만, 그래도 결국에는 서로를 이해하고 허용하는 것으로 끝난다. 사람들은 우리의 독특한 관습과 인사, 에너지, 양심의 가책, 심지어 (사람들이 말하기로는) 비슷한 얼굴 생김새와 자세로 인해 우리를 알아본다.

조직에 대해 아직도 말도 안 되는 편견이 얼마나 많이 존재하는지! 분명 우리는 비슷하게 생기지 않았다. 우리 회원들은 인종과 국적이 다양하다.(우리는 실로 강경한 국제주의자들이다.) 게다가 회원들이 하나의 가정에 오래 머무는 일도 흔하지 않다. 내 경우를 보라. 물론 리 또한 회원이다. 하지만 우리 딸은 미래의 회원이 될 만한 기질이나 관심이 전혀 없다. 우리는 분명 어느 정도 실망했다. 나보다는 리가 더 많이. 하지만 지금 기분으로는 딸의 행운에 기뻐해야 할 것 같다.

조그마한 자비심. 최소한 어느 누구도 조직에 적합하게 태어나지는 않는다! 태어날 때부터 그런 선택이 정해져 있다는 것, 그렇게 병적인 편애로 인해 유년기를 무기력하게 시달린다는 것은 너무 부당한 일이다. 다른 일에는 엄격하고 가혹한 우리 지도자들이 여기에서는 인간애를 발휘하고 있다. 즉 그들은 우리가 스스로 조직을 찾도록 내버려 두는 것이다.

오늘은 리가 늦다. 먼저 저녁을 먹어야겠다.

조직에 참여하도록 이끄는 것은 무엇인가, 하고 당신은 물을 것이다. 이상주의다. 이에 대해서는 말할 것도 없다. 이보다 덜 고귀한, 하지만 비천하지는 않은 다른 동기들도 있을 것이다. 내가 말했듯 누군가에게는 사회적 이득 때문일 것이다. 우리의 신임장을 보여 주면 전 세계 어느 곳에서도 다른 회원들을 찾을 수 있으며, 그들의 도움과 환대를 받을 수 있다. 세상은 위험한 곳이기 때문에, 어디에 있든 도움을 청할 수 있는 유용한 동료들이 있다는 것은 결코 작은 이점이 아닌 것이다. 누군가에게는 또 수많은 유명한 작가, 학자, 과학자, 배우, 정치가 등이 회원으로 있다는 점이 참여를 자극했을 수 있다. 그런 사람들은 자신이 일종의 정선된 사교 집단에 들어

왔다고 느낄 수도 있다. 또 다른 누군가에는, 우리의 고난이라는 감동적 이야기가 동기가 됐을 수도 있다. 고통은 우리에게 끌린 사람들에게 커다란 권위를 가지고 있다.

지금 생각해 보면, 이 모든 동기들이 나를 조직으로 이끌었던 것 같다. 어릴 때부터 나는 잠재적 회원이 될 만한 심리적 성향을 가지고 있었다. 아홉 살 때부터 나는 작가가 되고 싶었다. 나만의 목소리로 글을 쓰는 자유가 아직 생기지 않았을 때는 다른 작가들을 위해 글을 쓰는 직업을 가졌다. 특정 공동체와 고귀한 이상에 봉사하는 것은 늘 삶을 가치 있게 하는 것처럼 보였다. 하지만 그 어떤 직업도, 내가 처음 생각했던 작가라는 고상한 직업조차도, 진리에 대한 나의 목마름을, 단순히 선한 삶이 아니라 도덕적으로 강도 높은 삶을 살고 싶다는 나의 소망을 만족시켜 주지는 못했다.

또한 내가 기억하기로, 나는 남들과 다르다는 생각에 매혹되었다. 초등학교 윤리 시간을 졸면서 보내면서, 유대인으로 태어났다면 얼마나 좋을까 하고 생각했다. 나는 왼손잡이라고 상상했다. 나는 동성애자나, 수녀 혹은 수도사, 폭탄을 투척하는 혁명가가 되어 있는 모습을 상상했다. 나는 로빈 후드를 꿈꾸었다. 아직 어렸을 때 조직에 대해 어렴풋이 이야기를 들은 적이 있었다. (지부가 이렇게 많은 이곳에서 어떻게 조직에 대한 이야기를 듣지 못할 수 있었겠는가?) 하지만 나는 성인이 될 즈음까지도 조직의 일원이 되리라고는 생각하지 못했다. 한 번도 회원을 만나 보지 못했기 때문이다. 물론 조직이 새로운 지지자를 포섭하는 데 주로 사용되는 방법은 개인적 접촉이다. 사람들은 단순히 책을 읽거나 소문을 들은 것만으로 조직에 들어오지는 않는다.

때로는 회원과 처음 접촉하는 것이 오히려 장래의 회원 후보를 몰아내는 역할을 하기도 한다. (그 회원이 무뚝뚝하거나 멍청하다면.) 나 또한 그럴 뻔했다. 내가 만난 최초의 회원인, 애처로운 목소리에 연한 갈색머리를 하고 안경을 쓴, 고모와 결혼했던 그 남자는 정말 최악에 해당하는 회원이었다. 회합에 정기적으로 얼굴을 보이고 회비를 꼬박꼬박 내는, 마치 그 이상 기대할 것이 없는 것만 같은 그런 회원. 조지 고모부가 얼마나 진지하지 못한 회원인가 하는 점은 비회원 가문과 선뜻 결혼했다는 점에서도 벌써 암시되어 있다. 많이 배웠다는 것을 자랑으로 생각하는 내 부유한 부모님은 고모가 약혼자를 데리고 오자 즉시 결혼을 허락했다. 심지어 부모님은 고모부의 식탁 예절에 대해서, 그리고 반팔 스포츠 티셔츠를 입고 온 것에 대해서도 말을 삼켰다. 고모부는 나름대로 예절을 차렸다고 생각했다. 반면 가족들은 고모부를 받아들이는 것이 현대적이고 용기 있는 일이라고 생각했다. 나는 회원과 알고 지낼 수 있다는 생각에 (당시 나는 열다섯 살이었다.) 여러 가지 질문을 퍼부었다. 고모부는 그 모든 질문을 진부한 과장과 무심한 으쓱거림으로 회피했다. 나는 고모부가 비밀을 발설해서는 안 되는 규칙을 지키고 있는 것이거나, 나를 가족이 보낸 스파이라고 생각하여 자신의 이야기를 털어놓지 않는 것이라고 결론지었다. 나중에 환상이 깨진 뒤 깨달은 것은, 조지 고모부의 불확실한 태도는 조직의 일원이라는 것을 너무 가볍게 생각한 것에서 기인한다는 사실이었다.

한때 나는 조지 고모부를 지도자에게 설명한 적이 있었다. 조직이 그런 사람도 받아들이는 것은 너무 느슨한 것이 아니냐고 비난하기 위해서였다. 회원들의 특유한 사고방식이기도 한 순진한 불만이었다. 조직에 수년간 몸담은 뒤에도 조직에 대한 나의 자부심, 회원들은 다른 사람들보다 더 나은 사람이어야 한다는 소망 혹은 믿음은 여전했다.

내가 등록한 대학의 교수였던 두 번째 회원을 만난 것은 열여덟 살 때였다. 그에 대해 알기 훨씬 전부터 나는 크랜스턴 교수에게 끌리고 있었다. 크랜스턴 교수는 팔꿈치 부분에 가죽을 덧댄 양복을 입고 있었고, 강단에서는 특유의 오만한 태도를 보였다. 나는 젊은이 특유의 파토스로 크랜스턴 교수의 그러한 태도를 좋아했다. 크랜스턴 교수는 머리가 빠르게 벗겨지고 있었다. 당시 나이는 스물여덟 혹은 스물아홉 살쯤이었음이 틀림없지만, 크랜스턴은 최소한 사십대 초반으로 보였다. 난해한 분야에서 국제적으로 명성을 얻은 이 전문가는 가난하고 교육받지 못한, 백정과 양재사와 경관으로 가득한 집안 출신이었다. 대학과 대학원을 혼자 힘으로 다니면서 거의 굶다시피 했기 때문에 크랜스턴 교수는 극도로 여위어 있었다. 동급생들의 쑥덕공론으로 그가 회원이라는 것을 알게 되었을 때, 나는 크랜스턴 교수의 검소함과 헌신의 비밀을 알게 되었다고 생각했다.

물론 나는 조직에 대한 개인적 관심을 크랜스턴 교수에게 즉시 털어놓지 못했다. 부끄럼이 많았던 것이다. 그리고 단순한 호기심을 뛰어넘는 진지한 무언가를 크랜스턴 교수에게 보여 주고 싶었다. 크랜스턴에게 접근하기 전에 나는 조직의 역사에 대한 모든 것을 읽었다. 전혀 조직에 대한 경험이 없었기 때문에 솔직히 내가 읽은 대부분을 이해하지 못했다. 하지만 그에 기초하여 19세기 초반 조직의 신조에 대해 기말 페이퍼를 쓰겠다고 제안했다. 크랜스턴 교수의 조교는 주저하면서 내 주제를 허락했다. 그 다음 단계는 크랜스턴 교수를 직접 찾아가서 만나는 것이었다. 하지만 결코 쉬운 일은 아니었다. 크랜스턴 교수는 강의가 끝나면 늘 서둘러 자리를 떴기 때문이었다. 나는 크랜스턴 교수에게 던질 수 있는 적절한 질문을 생각해 내려고 했다. 다시 말하면 잘 모르고 하는 불쾌한 질문도 아니고, 잘 안다고 하는 주제넘은 질문도 아닌, 그런 질문 말이다.

"그 조직 회원들이 서로 결속하고 있는 이유가 속물성이나 당파성 때문이 아니라, 어려운 상황에서 서로 도와줄 수 있게 하기 위해서라는 것에 동의하십니까?"

나는 어느 날 수업이 끝난 후 복도에서 크랜스턴 교수에게 불쑥 이렇게 물었다. 크랜스턴의 수업에서 기말 페이퍼를 준비한다는 구실이었다.

"우리는 전 세계적 형제애를 이야기합니다."

크랜스턴 교수는 무미건조하게 대답했다. 나는 퇴짜를 맞은 것이다. 하지만 그 점 때문에 그를 존경했다. 나는 굴하지 않고 다음 주에 다시 크랜스턴 교수에게 다가갔다. 이번에는 아예 질문 목록을 타자로 쳤다. 그리고 그것을 교수의 손에 찔러 넣었다.

"이 질문들이 다 기말 페이퍼 때문입니까?"

크랜스턴 교수는 인상을 찌푸리며 물었다. 그의 손가락은 길고 여위었으며, 손톱은 아름답게 창백하고 뾰족했다.

"반드시 그렇지는 않습니다, 선생님."

내가 말했다.

"개인적 관심이 더 큽니다. 그리고 제가 생각하기에 선생님께서는……. 그러니까, 제가 듣기로 선생님께서……."

내가 조직에 끌렸던 또 다른 이유(나는 그 모든 이유를 말해야 한다.)는 어머니가 격렬하게 반대하셨기 때문이라고 생각한다.

"고모가 그런 사람과 결혼하는 것은 괜찮다. 고모는 극렬 분자는 아니니까."

어머니는 그렇게 말씀하셨다. 사실 어머니는 시가 쪽 사람들은 아무도 좋아하지 않았으니까. 어머니는 자신을 낮춰서 아버지와 결혼했다고 믿고 계셨기 때문에, 아버지의 오누이가 조지 같은 신분이 더 낮은 사람과 결혼하는 것도 괜찮다고 생각하셨던 것이다. 하지만 당신의 버릇없고 조숙한 아이(위대한 작가가 되려 하는)가 그런 천박하고 미심쩍으면서도 배타적인 인간과 어울린다는 것은 용납되지 않는 일이었다. 게다가 그것은 위험하기까지 한 일이다. 저들의 활동은 불법이 아닌가 말이다. 나는 어머니를 배신하는 것에서 즐거움을 맛보았다. 마침내 어머니가 나를 걱정할 이유가 뭔가 생긴 것이다. (나는 너무 말을 잘 듣는 아이였기 때문이다.) 하지만 수년이 지나자 어머니는 스스로 회원이 되셨다. 나는 당황했다.

놀랍게도 크랜스턴 교수가 갑자기 나에게 관심을 보이기 시작했다. 크랜스턴은 내 팔꿈치를 어정쩡하게 잡고는 "이름이 뭐지?" 하고 물었다.

크랜스턴 교수는 학교 근처에 있던 자신의 원룸 아파트로
나를 초대했다. 그리고 커피포트에 커피를 끓이기 시작했다.
그런데 전기 코드가 고장 났다. 그날 우리는 몇 시간이고 이
야기를 나누었다. 이후 수많은 대화를 나누게 될 출발점이었
다. 크랜스턴 교수는 가죽으로 제본되어 있는 17세기의 희귀
본을 꺼내 보여 주었다. (그중 하나는 『오세아니아』였다.) 기분이
어찌나 우쭐했던지! 조직 회원에 대해 상상했던 가장 훌륭한
사람이 여기 있는 것이다! 위엄 있고, 똑똑하고, 과묵한, 하지
만 (누구에게도 숨길 수 없는) 거대한 열정으로 불타오르는 사람.

하지만 나는 조직의 가장 평범한 유형의 회원, 즉 조직에
속하는 것을 부끄러워하면서 숨기고 다니는 유형의 사람은
아직 만나 보지 못했다.

크랜스턴 교수는 미소를 지었다, 그것도 미소라고 할 수
있다면. 사실 그의 해골 같은 준수한 얼굴은 웃지 않을 때가
더 나았다. 크랜스턴 교수가 이빨을 드러내면서 웃으면 누구
나 그의 잇몸 상태가 심각하다는 것을 볼 수 있기 때문이었
다. 크랜스턴 교수는 내게 조직에 대해 조금씩 이야기해 주
기 시작했다. 고모부와는 달리 크랜스턴 교수는 자신이 운동

과 연계되어 있다는 사실에 대해 으스대지 않았다. 크랜스턴의 언급은 객관적이었고 사실에 입각한 것이었다. 그에게 나는 여전히 외부인이었으며, 크랜스턴 교수는 나를 개종시키는 것에 별로 관심이 없었다. 나는 부러진 안락의자에 앉아 조직에 대한 그의 목적의식에 넋을 잃었다. 그리고 크랜스턴 교수를 고취시켰던 것을 나 또한 공유하고 싶다는 열망에 사로잡혔다.

조직에 가입하게 된 경위에 대해서는 넘어가는 것이 좋겠다. 왜냐하면 나를 조직으로 이끌어 준 것에 대한 감사의 마음과 존경심으로 자꾸 이야기가 빠지려 하기 때문이다. 여기에서는 떠나려는 이유에 대해 설명하려고 한다. 그리고 아마도 이야기하는 과정에서 나의 결심도 강해지리라.

내가 떠나려는 가장 큰 이유는, 회원들이 서로 동지애로 단단히 결속되어 있음에도 나는 소외감을 느끼기 때문이다. 이에 대해서는 설명하기가 어렵다. 내 주위에는 늘 회원들이 있었을 뿐더러, 우정을 나누고 연애를 한 곳도, 직업적 교류가 이루어지는 곳도, 회원이 되고 9년이 지나 결혼을 하게 된 것도 모두 조직이기 때문이다. 나는 결코 혼자였던 적이 없었다. 우리의 운동이 수적으로는 아주 열세임에도 (전 세계 인구의 아주 극소수에만 해당할 것이며, 세상에는 아직 조직이 거점을 세우지 못한 곳도 많다.) 종종 세상에는 우리 회원들만 살고 있는 것처럼 느껴질 때가 많았다. 세 대륙을 모두 여행해 봤지만, 가는 곳마다 회원들이 있었다. 아마도 이는 일종의 망상일지도 모른다. 회원이 되면서부터 가지게 되는 일종의 특유한 사고방식 혹은 독특한 세계관 때문일 것이다. 입회와 동시에 주어지는 일종의 자기 보호적 근시안이랄까. 비회원일 것이라고 생각되는 어느 낯선 사람과 우연히 대화를 나누다가 그가 회원이라는 사실을 발견하고 놀랐던 경우가 얼마나 많았던가! (물론 나는 그가 회원일 리가 없다는 식의 확고한 자각을 가지고 이야기한 것은 아니었다. 그런 식의 자각은 때로 우리의 친밀감을 높일 수 있으나 대부분은 오히려 친밀감을 방해한다.) 아마 그도 회원이라는 것을 숨기고 있었을 것이다. 귀찮아서이기도 하고, 혹은 박해를 당할 시점이 가까이 왔다고 두려워서일 수도 있다.

혹은 이미 조직을 떠난 회원일지도 모른다. 회비를 납부하지 않고 회합에 참석하지 않는 회원 말이다. 그러나 그렇다 하더라도 나는 그를 회원의 한 사람으로서 존중하지 않을 수 없다. 왜냐하면 우리 운동의 특징 중 하나는 회원이 될 사람을 가려내는 데 아주 세심하지만 (혹은 그렇다고들 하지만), 회원 중 누군가가 정말로 조직을 버렸다고는 생각하지는 않기 때문이다. 추방된 회원이라도 그의 행적은 계속 보고된다. 우리는 그들을 조심스럽게, 그리고 어느 정도는 근심스럽게 지켜보는 것이다.

한번은 지도자에게 왜 운동이 과거 회원들에게 그렇게 집착하는 것이냐고 물었다. 일종의 감상이 아닌가?
"불평분자들은 제적되어 마땅합니다. 우리에게 그 어떤 기여도 하지 않는 회원들 말입니다."
하고 나는 말했다. 잘못된 행동을 판단할 수 있는 명확한 기준과, 그런 사람들과 단절할 수 있는 믿을 만한 절차가 있는 것이 바람직하다고 나는 주장했다. 영원한 결속 계약이라고 생각되는 결혼도 이혼 가능성과 양립하지 않는가 말이다.

지도자와 이러한 대화를 한 것은 4년 전이다. 내가 조직에 대해 자부심이 아닌 다른 것들을 느끼기 시작했던 때이기도 하다. 그 늙은이는 첫 번째 심장마비에서 막 회복된 참이었다. 나는 지도자의 세 번째 토론집 번역을 다듬고 있는 중이었다. 지금 생각해 보니 내 질문은 사심 없는 것은 아니었다. 나는 무엇보다도 나 자신을 위해 그런 것들을 요청했던 것이다. 내가 조직을 떠날지도 모른다는 가능성 때문에.

조직에서 추방될 가능성이 없다고 말하지는 않겠다. 실제로 그런 가능성은 있다. 하지만 그것은 공개적으로 문제 있는 행동을 취했을 때만 그렇다. 다른 조직에 들어가는 것도 추방의 적절한 이유가 된다고 누군가는 말한다. 다른 사람들은, 회원이 아무도 없는 나라로, 즉 작은 세포 조직도 없고 초기 지부도 없는 곳으로 이주하는 것도 그런 이유가 된다고 한다. (몇몇 사람들은 후자가 전자에 맞먹는 것이라고 생각하기도 한다.) 또 다른 사람들은 비희원에게 조직을 비난하거나 비밀을 누설하는 경우에도 추방의 대상이 될 수 있다고 한다. 운동에 큰 영향을 미치지 않는 한에서는 그런 경솔함에 대해서는 관대하기로 유명한 조직이기는 하지만 말이다. 하지만 추방될 것이 확실하다는 확신을 가지고 그런 배신행위를 하는 사람은 없다. 많은 경우 지도자는 대단한 관대함을 베풂으로써 반항적 회원들을 놀라게 했다. 내가 어떤 특정한 조치를 취하는 것을 망설이는 이유 중 하나도 이것이다. (물론 이것이 유일한 이유는 아니다.) 추방이라는 결과를 가져올 수 있는 최소한의 행동 몇 가지를 보증하는 전례가 있다면 더 편할 텐데.

주제를 벗어났다는 것을 당신은 눈치 챘을 것이다. 내가 조직을 떠나기 힘든 이유는 조직을 떠나야 하는 이유와 동일하지 않다. 내가 설명하려는 것은 후자다.

앞서 나는 주변에 회원들이 가까이 도움을 주고 있었음에도 내가 느꼈던 소외감에 대해 이야기했다. 내게는 단절되는 것에 대한 예민한 감수성이 있다. 이것 말고는 소외를 어떻게 더 정확하게 묘사할 수 있을지 모르겠다. 하지만 무엇으로부터 단절이라는 말인가? 조직에 속한 지 12년밖에 되지 않았지만 나는 소속되지 않았다고 느낀 적이 거의 없었다. 회원이라는 것이 주는 이득과 특권을 부인하고 있다고 생각하지는 마라. 하지만 조직에 들어오면서 내가 잃은 것이 있다는 것, 아마도 조직을 떠난다 하더라도 다시는 회복할 수 없는 (왜냐하면 조직이 네게 표식을 남길 것이기 때문이라고 조직의 교사는 공공연히 말한다.) 무언가가 있다는 것을 알고 있다. 나는 열두 살을 더 먹었기 때문에 이제는 더 이상 젊지도 않다. 아마도 나는 내 인생의 가장 좋은 때를 운동에 바친 것이리라.

공평하게 말하자면, 조직은 회원에게 요구되는 희생을 숨기지 않는다는 것을 설명해야겠다. (이는 순교의 위험을 무릅쓰는 것과는 다른 것이다. 순교란 내게 실제로 와 닿지 않는다. 나는 그러한 범죄를 시도하게 내버려 두지 않는 국가의 국민이기 때문이다.) '고통을 통한 역량 향상'은 조직의 슬로건 중 하나다. 이에 대해서는 모든 지원자들이 곰곰이 생각해야 한다. ('책 속으로 더욱 더 깊이'라는 다른 슬로건은 좀 더 불명료한 것으로, 입회 수련 기간 후반에 몇몇 회원에게만 탐구되는 주제다.) 하지만 나는 회원 자격이 요구하는 몇 가지 희생을 조직이 과소평가한다고 생각한다. 우리는 조직에 대한 세상의 냉대에 대해, 그리고 조직의 전통이 회원에게 요구하는 도덕적 요구 사항들에 대해 철저히 학습한다. 하지만 그것을 제외한 나머지 희생에 대해서는 일절 언급이 없다. 이런 것들은 토론에서 간과되고 있는 것일까? 아니면 은폐되고 있는 것인가? 그렇지는 않다. (다른 불만이 무엇이든 나는 지도자의 위선이나 잘못된 신념에 대해 비난하지는 않는다.) 내가 보기에 일반 회원들 뿐만 아니라 의장들도 이에 대해서는 인식조차 하지 못하고 있다. 가장 씁쓸한 진리다.

예를 들면 회원에게 요구되는 좁은 범위에 한정된 삶의 방식 말이다. 우리의 운동이 사람들이 별로 없는 지역에 살고 있던 은둔자들에 의해 처음 생겨났다 하더라도, 그것은 대도시 거주자들에게 거의 독점적으로 호소력을 가져왔다. 사막에서와 같은 메마른 고독이 운동의 이상을 세우고 운동을 탄생시키는 경험을 하는 데 필요했던 것과 같다. 하지만 도시 생활 같은 기운 없는 혼잡함은 운동을 영속화하는 데 필요한 전제다.

엘리베이터가 또 고장 났다. 리는 16층까지 계단을 걸어 올라와야 할 것이다. 근처 아파트에서 짖던 개는 잠잠하다. 이웃이 저녁을 만들고 있다. 가까운 이웃들 중 누군가는 바이올

린을 연습하고 있다. 제멋대로인 피아노 조율사와 함께.

우리 회원들은 시골에서 휴가를 보내기도 하고 때로는 축사에서 살기도 한다. 하지만 그들은 그곳에서 편안함을 느끼지는 않는다. 회원들은 농촌에서 일하는 것을 좋아하지 않으며, 즐거움이라는 목적으로 자연을 착취하는 것 또한 싫어한다. 이는 부분적으로는 비폭력이라는 조직의 원칙(실제로는 전통에 가까운)으로 설명될 수 있다. 하지만 회원들이 싫어하는 것은 단순히 사냥과 낚시(농업과 축산업 또한 포함하여)가 아니다. 아무 생각 없이 육체에 굴복해야 하는 모든 종류의 스포츠 또한 본능적으로 회피한다. 미식축구를 하거나 여우 사냥을 하거나 배를 타거나 낙하산 점프를 하거나 자동차 경주를 하거나 탱고를 추거나 밀을 키우는 회원들이 있다면, 그는 아마도 놀랄 만큼 힘들고 납득할 수 없는 가식적 행동을 보여주고 있는 것이리라.

하지만 그것은 본능이 아니다. 이 회원도 어릴 때 한번쯤은 권투를 하거나 말을 타거나 테니스를 쳤을 것이다. 이러한 혐오를 가지게 된 것은 회원이라는 자격이 만들어 낸 특정한 유형의 성격 때문이다. (이는 명시적인 규칙이 아니라 회원들 사이의 접촉을 통해 만들어진 것이다.) 그 증거는 우리가 그러한 무능력에 대해 심지어 자부심을 가지고 있다는 것이다. 우리는 이렇게 비꼬는 법을 배운다.

"저건 다른 사람들이나 하는 거야."

우리 회원들이 공유하는 음식에 대한 취향도 마찬가지다. 분명 회원들은 젊었을 때는 다른 사람들처럼 시금치도 먹고 양배추도 먹었을 것이다. 하지만 조직에 들어온 뒤로는 대부분 그러한 음식 앞에서 고개를 돌린다.

"풀이잖아."

하면서 조소하는 것이다. 이는 초록색에 대한 오래된 미신(우리에 대해 비회원들이 믿는 어리석은 믿음들 중 하나) 때문은 아니라고 장담한다. 또한 오래된 종교적 금기 때문도 아니다. 우리가 채소를 싫어하고 육식만 하는 이유는 채식을 정신적 아둔함과 연결시키기 때문이다. 하지만 이러한 혐오를 보충하기라도 하는 듯, 회원들은 과식하는 경향이 있다. 그래서 우리의 식사는 종종 축제 분위기다.

우리에 대해 가해지는 비난들이 이치에 맞는다고 하더라도 아주 모순적이라는 사실을 깨달은 적이 있는가? 어떤 사람들은 우리가 아주 더럽다고 한다. 다른 사람들은 우리가 병적으로 깨끗하다고 한다. (회원들은 세면대를 더러운 물로 채워 놓고 그냥 나오는 법이 없다.) 어떤 사람들은 우리가 유식한 체한다고 말한다. 다른 사람들은 우리가 너무 음란하다고 한다. (우리는 먹는 것을 좋아한다. 우리는 섹스도 좋아한다.) 이것이 조직의 비범함이다. 우리는 뿔뿔이 흩어져 있는 동시에 단단히 결속해 있고, 너무 비슷한 동시에 너무 제각각이다. 아마도 그 수많은 박해를 견뎌 올 수 있었던 것은 이러한 방식을 통해서였을 것이다.

그럼 시골로 가라, 하고 당신은 말할지도 모른다. 햇볕에 누워 몸을 태워라, 미용 체조도 하고, 불륜도 저질러 보고, 스쿠버다이빙도 해 보고, 오토바이도 타 보고, 개도 키워 보고, 상추도 먹어 봐라. 하지만 그렇게 간단하지가 않다. 나 또한 다른 회원들 앞에서 대놓고 하는 건 아니지만, 몇몇 가지는 직접 하기도 한다. 하지만 그래도 내게는 어색할 따름이다. 그런 것들을 해도 된다는 허락이 떨어지지 않았다는 느낌이 든다. 그리고 나 스스로에게 그런 허락을 내린다고 하더라도, 허락을 원한다는 것 자체가 뭔가 나쁜 일이라는 의미인 것이다.

불행히도 나는 타자기 없이 시골에 가 본 적이 없다. 나는 늘 할 일을 산더미처럼 가지고 있다.

시골 생활이나 육체적 만족을 마음껏 즐기지 못한다는 것보다 더 멍청한 일은, 원칙에 맞춰서 내키지도 않는 일을 하려고 노력하는 것이다. (노력이란 자신의 정신을 고양시키고 원칙을 완벽하게 하는 데 쓰이도록 해야 한다.) 아직도 나는 내 한심한 프로젝트를 조심스럽게 진행하고 있다. 예를 들면 나는 우리 아파트 옥상에 정원을 하나 만들었다. 공기는 나쁘지만 콩을 재배하고 있다.

지난 토요일에 어머니 집에 갔을 때, 어머니는 전쟁에 관한 책에 열중해 계셨다. 눈은 충혈되어 있었다. 어머니는 자주 눈을 비비셨다. 나는 기분이 좋았고 건강했으며 편안했다.

"너는 늘 고리타분해."

어머니는 중얼거리셨다.

"그래서 조직에 끌렸을 거야."

어머니는 관절염에 걸린 당신의 손을 내려다보았다.

"우리 조직에는 착하고 융통성 없는 사람들이 가득하죠."

나는 기분 좋게 해 드릴 수만 있다면 어머니를 모욕하는 것도 개의치 않았다. 그래서 '우리'라는 말을 강조했다.

"들어 봐."

하고 어머니는 말씀하시면서 책을 내려놓았다.

"다른 조직이 있어."

어머니의 발음이 분명하지 않다고 생각했다.

"뭐라고요?"

내가 소리쳤다.

"무슨 말인지 들었잖니."

어머니가 말씀하셨다.

"다른 경쟁 조직을 말씀하시는 건가요?"

나는 조심스럽게 물었다.

"아니, 우리하고 비슷한 조직 말이야."

어머니는 중얼거리셨다.

"그런데 우리보다 더 열려 있어. 너라면 거기를 더 좋아할 거다."

그러고는 의자에 파묻혀서 눈을 감으셨다.

"나는 쇼핑하는 게 아니에요."

나는 유쾌하게 말해. 공포심이 고개를 쳐들었다.

범죄를 저지를 수 있다면, 그리고 성공할 수 있다면.

이 나라의 회원들은 조직의 규칙을 희석시키기 시작했다. 만약 규칙이 있어야 한다면 오히려 더 엄격해야 한다고 나는 생각한다.

우리 운동의 구성에 대해 한마디 해야겠다. 우리는 느슨한

위계질서를 가지고 있다. 각 지역마다 지도자가 한 명 있고, 그 아래 수많은 회원들이 있다. 어떤 나라의 회원들은 중앙위원회 같은 체계를 쓰기도 한다. 다른 나라에서는 의장을 선출하기도 한다. 문서로 명시된 구성 원칙이란 없다. 국제본부를 세우려는 시도가 있었지만 수세대 전에 너무 위험하다는 이유로 거부되었다. 단지 매년 나라를 바꿔 가면서 지도자 회의를 한 번씩 여는 관례가 있을 뿐이다. 조직이 중앙집권적이지 않기 때문에 생기는 일로는, 몇몇 분리주의자 집단이 생겨서 스스로를 조직의 분파라고 부르고, 그 지지자들(이들은 스스로를 회원이라 부른다.)이 중앙 기록 보관소에 보관해 달라고 매년 엄청난 분량의 기고문을 보내는 경우다. 그리고 오래 전부터 비밀 분파가 있다는 소문도 있었다. 그들은 인도 서부 지역에 있으며, 그들만의 『회고록』 인용문 선집을 편집했다고 한다. 선진적 회원을 양성하는 학교 외에 각 지역에 유일하게 설립된 것이 있다면 법원이다. 법원(열 명의 연장자 회원들로 구성된)의 의무는 박해가 임박했다고 판단될 때마다 소집되어 회원들의 생명과 재산을 보호할 수 있는 계획을 세우는 것이다. 일상적이고 사법적 의미에서 기능할 때는 만장일치를 필요로 하지 않는다. 사회에서 만장일치란 없다.

법원은 또한 회원이 될 후보자를 검증하고 새로운 회원에 대한 교육을 감독하는 일을 한다. 지부 법원에서는 지도자의 제자와 반대자들이 역사와 교육에 대한 강의를 종종 열기도 한다. (우리 지도자는 이제 집에 죽치고 있다. 병 때문이기도 하고 새로운 책을 준비하고 있기 때문이기도 하다.) 강연이 끝나면 토론이 시작된다. 우리 운동은 자유롭고 긴 토론에 대한 전통적 신념을 가지고 있다. 그렇다고 회원들이 논쟁하는 것을 유난히 좋아하는 것은 아니다. 최소한 논쟁이 물리적 폭력으로 이어지는 경우는 결코 없다. 하지만 외부인에게 우리는 말이 많고 장황하기로 악명 높다. 주로 자정에 끝나는 것으로 일정이 짜인 매주 회합은 종종 다음날 새벽 세 시까지 계속되곤 한다. 회의가 다음으로 연기되어도 몇몇 회원들은 바깥에서 해가 뜰 때까지 계속 토론하기도 한다.

이러한 토론이 우리를 존속시키는 도구인가? 12년 동안의 조직 생활 동안 내가 기억하기로는 회의를 통해 결정된 것은 아무것도 없었다. 우리의 말은 말에서 끝나는 것 같았다. 우리는 이야기하는 데 너무 많은 시간을 보냈다.

아마도 대부분 회원들의 몸이 내게 지금 충격적으로 보이는 이유는 이 때문일 것이다. 그들의 몸은 발육부전이다. 우리 대부분이 북쪽 기후에서 살고 있지만 추위에 지독하게 예민한 것도, 그래서 비회원들처럼 옷을 껴입는 것도 이 때문일 것이다. 아침 이른 시간에 회원들이 회관 바깥에 서서, 아무도 없는 거리의 맨홀에서 솟아나오는 증기처럼, 토론 중에 나온 세부사항에 대해 논쟁하고 있는 것을 보면, 그들은 대부분 터틀넥 스웨터에 롱코트를 입고 있는 것처럼 보이는 것이다. 계절이 언제가 되었든.

아마 나는 과장해서 말하고 있는지도 모른다.

리와 함께 이주하려 하는 그 열대 나라에서 우리는 늘 덥다고 불평할 것이다. 우리 딸은 피라니아*와 친한 아이로 클 것이다. 딸은 마을 아이들과 함께 강에서 발가벗고 수영할 것이다. 그리고 모기장 안에서 잠을 잘 것이다. 나는 타자기 앞에서 땀을 흘릴 것이다. 타자기가 고장이 나도 그곳에는 고칠 사람이 없다. 리는 덤불로 가서 키니네 제劑**를 제조하거나 아픈 아이를 지료하거나 정글 부패병에 걸린 물 운반인의 발을 살펴볼 것이다. 몇 주마다 나는 뗏목을 타고 강 아래로 내려가 우체국에서 교정쇄를 보내거나 인세 수표를 받거나 새로운 원고를 받을 것이다. 대학 시절 공부는 해 보았지만 한 번도 번역은 해 본 적은 없는 낯선 언어로 된 원고 말이다.

---

*피라니아piranha는 이빨이 날카로운 남미산産 민물고기다. 옮긴이

**키니네quinine 제는 말라리아 특효약이다. 옮긴이

최근에 나는 추위에 몸을 단련하려고 노력하고 있다. 나는 창문을 연다. 종이가 책상 위에서 펄럭거린다. 저건 소방차 소리일 것이다. 아이들이 계단에서 늑대처럼 뛰어놀고 있다.

리와 내가 이민 가려 하는 그 열대 나라에서는 우편물이 도착하는 데도 삼 주일은 걸릴 것이다. 게다가 우편 업무도 제대로 되어 있지 않다. 리와 나는 수도에서 우파가 쿠데타를 일으켰다는 소식을 들을지도 모른다. 우리는 심지어 분노하지도 않을 것이다. 우리는 이제 외국인이니까, 우리와는 아무 상관없는 일이니까.

하지만 그 머나먼 초록빛 마을에서는 여기에서보다 더 열심히 일해야 할 것이다. 낯선 느낌을 억누르기 위해서 말이다. (나는 더 많은 책을 번역해야 할 것이고, 리는 더 많은 신생아를 분만하고 더 많은 죽어 가는 사람들을 위로해야 할 것이다.) 회원들은 다른 회원들과 너무 오래, 너무 멀리 떨어져 있게 되었을 때 낙심하는 경향이 있다. 가족과도 같은, 조직이라는 피난처를 잃은 것만 같은 것이다. 우리가 아이처럼 자연을 즐긴다 해도, 우리는 점점 더 불편함을 느끼게 된다. 우리와는 상관없는 일이니까.

한 번이라도 분노가 휘몰아치지 않을까? 하지만 쿠데타가 얼마나 끔찍한지 들은 적이 있나? 만 명이나 되는 노동조합 지도자들과 언론인, 학생들, 전前 정부 지지자들이 새로 지은 현대적인 축구 경기장에 열흘 전부터 감금되어 음식도 먹지 못했으며, 그중 6백 명은 고문을 당해 불구가 되었으며, 어느 날 군사들이 들이닥쳐 그들을 시립공원으로 끌고 가 시멘트 벽에 일렬로 세워 총살했다는 뉴스가 반얀나무를 지나 우리에게 와 닿을 수 있을까?

조직의 회원들이 도시에 몰려 있는 이유는 명백하다. 도시는 우리가 가장 일을 잘 수행할 수 있는 공간이다. 도시에서는 늘 사건이 벌어지고, (우리가 느끼기에) 우리를 필요로 한다. 도시에서는 예술이 창조되고 권력이 행사된다. 좋든 나쁘든 모두에게 영향을 끼치는 결정은 도시에서 이루어진다. 시골은 아름다운 곳일지는 모르지만 도덕적으로는 공허한 곳이다. 육체적 힘을 발휘하는 곳이지만 도덕적 의지를 발휘하는 곳은 아니다. 그곳은 도덕적 강렬함을 고양시키는 장소가 못 된다. 시골은 무無도덕적이다. 도시는 도덕적이거나 부도덕적이다.

지도자가 쓴 새 책의 일부가 바닥에 굴러다니고 있다. 창문을 닫는다.

도덕적 의지에 대해 더 이야기할 필요가 있을까? 지난여름

나는 다른 사람 때문에 리를 떠날 뻔했다. 편집자와 약속이 있다거나 늙은이에게 가 봐야 한다고 하면서 나는 실제로 시내에 있는 어느 화가의 작업실로 향했다. 니키와 잠자리를 하면서 나는 온갖 죄의식을 맛보았다. 일부일처제는 비회원보다 회원들이 더 엄격하게 지켰다. 그리고 우리는 가정생활이 따뜻하고 안정적이기로 유명하다.

'번역가가 바야흐로 섹스에 대해 이야기하다.'

도덕적 의지에 대해 이야기하는 대신 섹스에 대해 이야기하려 한다. 하지만 여기에는 내가 스스로 만들어 낸 장애물이 있다. 이미 말했듯 나는 결혼한 것이다. 나는 불륜에 대해서도 언급했다. 하지만 너무 자세하게 말하고 싶지는 않다. 내 문제가 일반적인 것이라는 감각을 당신들이 잃어버릴까 두려워서다.

그 때문에 나는 지금까지 내가 남자인지 여자인지에 대해 명백하게 밝히지 않았다. 앞으로도 그럴 것이다. 내가 설명하려 하는 논점을 흐리게 할 수 있기 때문이다. 생각해 보라. 만일 내가 남자라면, 나의 문제는 존속하겠지만 나는 하나의 유형적 인물이 될 것이다. 나는 전형적일 뿐만 아니라 심지어 알레고리적 인물이 되어 버릴 것이다. 만일 내가 여자라면,

나는 특이한 개인으로 남을 수는 있겠지만 나의 딜레마는 사소한 것으로 축소되어 버릴 것이다. 단순히 불륜에 대한 불안한 마음을 반영하는 것이 되는 것이다. 내가 여자라고 말한다면 당신은 내 문제를 단순히 '여성적'이라며 지워 버릴 것이다. 남자든 여자든, 문제는 여전히 똑같은데도 말이다!

　내가 남자라고 가정해 보자. 만약 그렇게 하면 나의 문제가 일반적 문제라는 것이 더 잘 이해가 된다면 말이다. 예를 들어 삼십대 중반에, 키가 크고 잘생겼으며, 안색이 창백하고 허리는 두꺼운, 그리고 주로 양복과 넥타이 차림의 남자라고 생각해 보자. 자, 이제 모두들 주목하시라. 리와 니키는 여자다. 니키는 아마 금발머리에, 껌을 씹고, 리보다 가슴이 더 클 것이다. 니키는 록 음악 잡지를 읽고 대마초를 피운다. 그리고 리는 안경을 쓴다. 하지만 반드시 이럴 필요는 없지 않는가. 내가 삼십대 중반에, 긴 생머리를 하고, 가슴은 작으며, 피부가 희고, 손톱을 물어뜯는 버릇이 있으며, 주로 청바지와 단추 달린 셔츠를 입는 여자라고 해 보자. 내가 여자라면, 리는 집안이 좋고, 말을 온화하게 하는, 업무에 시달리는 남편일 것이다. 그리고 니키는 프롤레타리아에, 바지에는 물감이 튀어 있고, 맥주를 벌컥거리며, 거친 말투를 쓰는 젊은 연인일 것이다. 두 경우 모두 리보다는 니키와의 섹스가 훨씬 더 강렬할 것이라고 생각할 것이다. 불행히도 나는 이에 동의해야 한다.

　번역가로서 나는 영어가 성차性差 문제를 건드리지 않아도
되는 유일한 언어라고 생각한다. (무심코 성차를 누설하는 '그의'
혹은 '그녀의' 라는 말만 잘 피해 가면 된다. 그건 어려운 일이 아니다.)
내가 아는 다른 언어들에는 성차가 깊이 배어 있다. 작은 승
리감. 나는 번역될 수 없는 것을 쓰는 쾌감을 맛본다.

　이것이 영어와 다른 언어들 사이의 유일한 차이라는 것은
아니다. 다음의 단어들이 얼마나 다양하게 번역될 수 있는지
생각해 보라: 기피 인물, 맹공격, 타고난, 반란을 일으킨, 공
포.*

　나는 나 자신에 대해 이야기하는 것이 내키지 않는다. 너무
많은 인적 사항이 드러나면 내 문제가 그다지 진지하지 않게
받아들여질 수도 있기 때문이다. 하지만 니키를 묘사할 수는
있다. 그리고 그것은 또한 나를 묘사하는 것이 되기도 한다.
니키는 나에게 결여된 많은 자질을 가지고 있다. 예를 들면
다른 사람을 잘 판단하려 하지 않는 것이다. 그 어떤 것도 니
키를 화나게 하지 않는다.

---

*차례로 pariah, onslaught, inbred, insurgent, fear. 옮긴이

푹푹 찌는 여름에 나는 니키와 침대에 누워, 조직을 그만두려는 내 욕망에 대하여 니키의 공감대를 끌어내려고 노력했다. 하지만 내게 되돌아온 것이라고는 미소뿐이었다. 무심한 미소는 아니었지만. (확실히 그 미소는 우리에 대한 나쁜 소식을 듣고는 기분이 좋아진 비회원의 전형적 반응 양식은 아니었다.)

　사실은 어렸을 때 나는 성자聖者가 되고 싶었다. 이것이 얼마나 우스꽝스러운지를 충분히 알면서도. 무엇인가를 절박하게 원하는 사람은 종종 천사가 되거나 성자가 되기를 원한다. 불행하게도 천사는 성자가 아니다. 그리고 성자도 천사가 아니다. 니키는 (다행스럽게도?) 천사였다.

　어느 날 니키는 내게 아무것도 판단하지 않고도 하루를 보낼 수 있다고 설명해 주었다. 그 기술은 사건과 그에 대한 행동 사이에 시간이 뜨지 않게 하는 것이다. 니키는 말했다. 판단이란 건 무능하다는 외침이야. 상황을 변하게 하기 위해 할 수 있는 것이 아무것도 없다면, 그것에 대해 판단하는 것 말고는 뭐가 있겠어? 하지만 행동하려면 판단하는 데 필요하잖아, 합리적으로 행동하려면 말이야, 하고 내가 물었다.
　"아냐."
　니키가 대답했다. 니키에 따르면, 무능력에는 능력이 내포되어 있지 않듯이 행동에는 판단이 내포되어 있지 않다.

다른 사람을 판단하는 일(내가 제일 좋아하는 일들 중 하나인)
에 대해서도 니키가 어떻게 생각하고 있는지 짐작할 수 있을
것이다.

　우리의 연애가 끝나갈 즈음 니키가 그리기 시작한 내 초상
화는 나에 대한 어떤 판단도 담고 있지 않았다. 초상화는 나
를 기록했다. 삼십대 중반의, 키가 크고 잘생긴 등등, 혹은 긴
생머리와 작은 가슴과 물어뜯은 손톱 등등. 이런 것은 중요하
지 않다. (내가 남자냐 여자냐 하는 것은 내게는 아주 중요한 일이다.
하지만 당신들이 그것을 아느냐 모르느냐 하는 것은 전혀 중요하지 않
다.) 나는 니키에게 계속 뭔가를 덧붙여 달라고 요구한다.
　"뭘 말이야?"
　니키가 묻는다.
　"얼굴 말이야."
　나는 대답한다.
　"나는 네가 그린 것처럼 저렇게 고요하지 않다고."
　"그럼 의심에 대해 그려 달라는 말이야?"
　니키가 물었다.
　"슬픔?"
　니키는 캔버스에서 일어서 냉장고로 맥주를 가지러 가면
서 물었다. 나는 고개를 저었다.
　"누군가가, 다른 누군가가 되어 가는 과정을 보여 줘. 하지

만 직선이나 구상을 써서 초상화를 그려 줘. 물감을 떨어뜨린다든지, 얼룩지게 한다든지, 흐릿하게 한다든지 하지는 말아 줘."

"너는 네가 아닌 다른 사람이 될 수 없어. 그냥 너 자신인 거야. 네 보폭을 넘어서 걸을 수는 없어."
"할 수 있어, 나는 할 수 있어, 니키."
나는 중얼거렸다.
"그렇게 해야만 해."

물론 니키가 옳았다. 하지만 니키가 옳았다고 해서 리에게 돌아갈 수 없는 것은 아니었다. 리에게 돌아간 것은 죄의식 때문이 아니었다. 그것은 일종의 향수병 때문이었다. 말에 대한 열망이었다. 니키와 나는 간결하고 아포리즘적인 대화를 나누었다. 하지만 리와 내가 나누었던 진정 어린 언어적 결합이 훨씬 더 중요했다. 리에게로 돌아간다는 것은, 내 삶에 필수불가결한 '이야기'라는 따뜻한 욕조 안으로 풍덩 뛰어드는 것과도 같았다.

니키와 향유했던 육체의 쾌락에 대해서는 신경 쓰지 마라. 결국에는 회원의 일생은 언어에 기초하고 있다. 이야기하는 것은 중독이 된다. 술(회원들이 기피하는)과 일(회원들이 특히 중독되어 있는)처럼.

이제까지 내가 쓴 것을 다시 읽어 보니, 우리가 얼마나 언어적이었는지 느끼게 된다. 하지만 다른 대안은 모르겠다. 내가 침묵할 수 있다면, 나는 아마도 내 보폭을 넘어설 수 있을 것이다. 심지어 날 수 있을지도 모른다. 하지만 내가 침묵한다면, 나는 어떻게 추론할 수 있을까? 그리고 내가 추론할 수 없다면, 나는 어떻게 출구를 찾을 수 있겠는가? 그리고 내가 이야기할 수 없다면, 나는 어떻게 불평하고 비난하고 요약할 수 있겠는가? 그렇게 하기 위해서는 말이 필요한 것이다.

요약.

"조직이 내 순수함을 박탈한 것에 대해 비난한다. 내 의지를 복잡하게 만든 것에 대해.
(그것이 내 정신을 향상시켰으며, 더 참되고 덜 그릇되게 기대하는 방식으로 세계를 보는 것을 가르쳤다는 것을 부인하지는 않는다. 하지만 진리를 다른 사람을 경멸하는 데 쓴다면, 진리라는 것이 무슨

소용이 있는가? 다른 사람들을 경멸하면서 너는 사실 너 자신을 경멸하고 있을 뿐이다.)

나는 조직이 내 평범함을 박탈한 것에 대해 비난한다. 내게 그릇된 자만심을 불어넣은 것에 대해.

(여기에는 이타주의가 있다는 것을 부인하지는 않는다. 나는 나 자신을 위한 것이 아니라 조직의 영광을 위해서 야망에 넘쳤던 것이다. 그들에게 영예로운 사람이 되기 위해. 하지만 이타주의가 누군가를 더 허영심 넘치게 만든다면, 이타주의라는 것이 무슨 소용이 있는가?)

나는 조직이 내 힘을 박탈한 것에 대해 비난한다. 내게 회원이 아닌 사람들에 대한 공포를 가지라고 가르친 것에 대해. 나는 조직이 내 어리석음을 박탈한 것에 대해 비난한다. 나를 엄숙하고, 진지하고, 매사 판단을 내리는 사람으로 만든 것에 대해……."

내 말을 알아듣겠습니까? 내가 여러분을 놀라게 했나요? 감탄사를 내뱉은 사람은 없나요? 짧게나마 박수를 치는 사람은?

내가 매주 회합에서 한 번이라도 이런 이야기를 실제로 했다면, 나는 박수를 받을 자격이 있을 것이다. 하지만 나는 아무엇도 하지 않았다. 동료 회원들이 이야기하는 것을 들을 때 애매한 시선을 취했던 적을 제외하고는. 나는 주로 회의에서 침묵을 지키는 편이다. 이야기를 할 때는 보기 드문 열렬함을 보이기는 하지만. 나는 꽤 유능한 연설자였다. 그 능력 때문에 지금 나는 조직에서 어느 정도의 서열에 올라 있다. 하지만 지금은 말을 할 때면 얼굴이 붉어지고 눈자위까지 뜨거워지는 것을 느낀다. 말을 더듬기도 하고 부적절한 몸짓을 취하기도 하며, 너무 오래 이야기해서 늙은이한테 부드러운 질책을 듣기도 한다.

흠잡을 데 없는 정통적 교리에 대한 소감을 말할 때 일어나는 이 모든 정신적 동요라니. 하지만 나를 격렬하게 만드는 것은 수치심이다. 그동안 나를 잘 믿어 준 동료 회원들을 속이고 있었고, 그들의 신뢰를 배반하고 있었기 때문이다. 여덟 개의 강의와 다른 교리들에 대한 나의 오래된 확신에 대해 설명하는 대신, 나는 의심과 회의에 대해 남김없이 털어놓는 용기를 냈어야 했다.

"나를 봐!"

나는 이렇게 말하고 싶어 견딜 수가 없다.

"나는 당신들에게 도움이 못 돼. 내 입이 떠드는 진리란 다 거짓말이야. 내 말을 듣지 마. 내가 말하는 것을 나 스스로도 믿지 않아. 나는 당신들을 감염시킬 거야. 당신들도 의심하기 시작하겠지. 나를 가르쳐 봐. 나를 강등시켜. 나를 추방해."

물론 나는 이런 이야기를 한 적이 없다. 내게 되돌아올 폭소가 두렵고, 경멸스러운 미소가 두렵고, 정신이 나가 버린 누군가를 대하듯 동정어린 태도를 나에게 취하는 것이 두렵다.

혹은 아마도 나는 회원들이 내 말을 있는 그대로 받아들여 나를 추방할까 봐 두렵다. 그러면 나는 온갖 추방의 고통을 느끼게 될 것이다. 전쟁에, 당파 논쟁에 익숙해진 나는 세상이 텅 비어 버린 듯한 느낌을 갖게 될 것이다. 나는 조직의 우편 발송 리스트에서도 제외될 것이다. 매달 발행되는 출판물도 받지 못할 것이고 개인적 메모도 받지 못할 것이다. 한밤중에 긴급 회합을 알리는 전화도 오지 않을 것이다. 회합도 없다. 완전히 혼자다.

이런 결심이 필경 후회할 것이 뻔한, 성급하고 돌이킬 수 없는 행동에서 온 것이 아니기를 바란다. 허세를 부리는 행동이라든지, 연극배우 같은 몸짓은 결국 실패하기 마련이다. 조직을 떠나겠다는 나의 결심이 그들로부터가 아닌, 온전히 나의 것이기를 원한다. 비록 내가 다시 조직에 남으라는 꼬드김을 받기를 기대하거나 희망하는 것은 아니지만(지금 나 스스로에게 거짓말을 하고 있는 건가?), 나의 이탈이 동료 회원들에게는 본의 아니게 부과된 짐이기를 바란다.

화려한 수사는 이만 하면 됐다. 오직 한 가지 중요한 행동만이 유용할 것이다. 하지만 그렇다고 해도 지부의 주도적 회원들이 나의 이탈을 받아들이지 못하고 계속 나를 회원으로 대할 가능성이 있다.

아이디어 하나: 조직에서 물러날 때 누군가(나만큼 헌신적이고 믿을 만한 회원)를 함께 데리고 가는 것이다. 그리고 그런 식으로 공격을 이중화하면 최소한 나의 추방만큼은 확실하게 할 수 있을 것이다.

아마 개인적 불만만으로는 조직을 떠나는 데 충분하지 않을 수도 있다. 불만을 가지는 것은 조직의 중심 교리와도 아주 잘 맞는 일이다. 우리 늙은이의 개인적 성격과 결함이 그를 지도자가 되게 하는 데 전혀 문제가 되지 않는 것처럼 말이다. 예를 들면 지도자의 손톱, 뒷목 등은 아주 지저분하다. 한 뭉치 털이 귀와 코에서 자라고 있다. 넥타이에는 계란 얼룩이 묻어 있다. 바지 지퍼는 대개 열려 있다. 때로 나는 지도자에게 고개를 숙여 내가 번역하고 있는 지도자의 글 일부를 보여 주어야 한다. 그럴 때마다 지도자의 입에서 쉰 냄새가 코를 찌른다. 지도자의 아파트에 걸려 있는 그림들은 너무 추하고 유치해서 쳐다볼 수조차 없다. 자기 아내를 괴롭히는 것도 싫다. 하지만 나의 개인적 까다로움이 뭐가 중요하단 말인가?

지도자의 사무실에서 느껴지는 위엄, 지도자가 상징적으로 지지하는 가치들은 볼에 난 커다란 사마귀와는 아무 관계가 없는 것이다.

내가 마지막으로 지도자를 만난 것은 수요일 저녁, 그의 아파트에서였다. 전날 지도자가 격월마다 한 번 받는 건강 검진을 리가 해 주었고, 심장 상태는 좋아 보인다고 말해 주었다. 지도자는 실로 초순경에 보았을 때보다 더 건강해져 있었다. 하지만 그렇게 나약한 상태로는 상황이 어떻게 급변할지 아무도 모른다. 나를 보자 지도자는 요통이 심하다며 불평하기 시작했다. 나는 안됐다고 이야기했다. 그러자 지도자의 표정이 밝아지더니, 리가 얼마나 훌륭한 의사인지에 대해 이야기했고, 그 와중에 아내를 불러 위스키를 탄 차 두 잔을 가져오라고 시켰다. 나는 깜짝 놀랐다. 지도자가 평소에 술을 마시지 않았을 뿐만 아니라, 조직에서는 엄격한 금욕 원칙을 강조하기 때문이었다. 리가 그에게 한마디 해야 할 것이다.

어머니는 늘 술을 많이 드셨다. 물론 알코올 중독이라고까지 부를 수는 없지만. 그래서 어머니라면 결코 조직에 끌리지 않을 거라고 생각했다. (조직에 들어왔을 때 어머니는 다소 늦은 나이라고 할 수 있는 마흔한 살이었다.) 만일 요즘 술을 드신다면, 나는 그렇다고 생각하지만, 아마도 비밀로 하셔야 할 것이다. 분명 수치심을 느끼실 것이다. 여전히 발버둥치는, 불행하고 불쌍한 어머니. 과거보다 훨씬 더 죄가 많다고 느끼시다니!

지도자의 손에서 잔을 받아들기 위해 지도자의 메스꺼운 숨결 근처로 다가가야 했다. 오늘 따라 지도자는 유난히 활기차 보였다. 우리는 이야기를 계속했다.

나는 일상적 화제 근처를 헤매고 있었다. 나는 지도자가 운동에 대해 설명하고 정당화해 주기를 원했다. 나의 회의와 불만이 얼마나 심각한지 들키지 않은 채. 하지만 늘 그렇듯이 나는 이 나약하고 상처 입기 쉬운 한 남자가 평생을 바쳐 온 것에 대해, 지도자의 모든 일가친척이 (지도자가 이 나라에 도착하기 전에) 모두 처형되었던 이유에 대해 캐묻는 것 같아 당황스러웠다.

이웃집 현관문을 두드리는 소리가 다시 시작된다.

조직에 대해 이야기하는 대신에 나는 즉흥적으로 나의 불안함을 넌지시 암시해 보았다. 늙은이는 내 질문 아래 숨어 있는 무언가를 눈치 챘다. 그는 개인적 고민은 그만두어야 한다고 강조했다.

"지금 그런 것들은 적절하지 않아."

지도자는 말했다. 지도자의 관점에서 보면 옳다. 내 문제는 조직이 알고 있는 고통, 전 인류가 직면한 고통, 역사 자체의 고통에 비하면 실로 작은 것에 불과하다. 그것이 궁극적으로 우리의 비밀이다. 그것을 위해 우리는 그토록 엄숙하게 세상을 헤쳐 나가는 것이다. 그것을 위해 우리는 전설적인 유머 감각을 타고났고, 신랄한 명랑함을 타고난 것이다. 내가 자리에서 일어나 문을 향해 뛰어가자, 지도자는 뒤에서 "비밀을 보호하라!" 하고 외쳤다.

지도자는 술에 취했던 것일까? 심장에 좋지 않을 텐데. 리에게 이야기해야겠다.

비밀이라고! 무슨 비밀? 모든 인간이 고통을 겪는다는 것? 하지만 그것에 대해서는 누구나 다 알고 있다. 만일 고통을 겪지 않는 사람이 있다면 그들의 무지에 축복을 내려야 할 것이다. 그리고 나의 인식에 저주를. 그 수많은 사람들, 산 자와 죽은 자의 고통을 나와 연결시키는 인식에 저주를. 내가 알지 못하는 사람들에서부터, 건드리기 역겨운 그 지저분한 늙은이의 고통까지. 수세기에 걸친 고통의 기억에, 내 것이 아닌

그 고통의 기억에 저주를. 소외와 불만의 수천 년에 저주를.
나를 묶고 있는 책의 사슬에 저주를.

"책 속으로 더욱더 깊이."
리가 그립다.

다시 시작하겠다. 조직을 어떻게 떠나야 할지 모르겠지만,
그 방법을 찾는 데 도움이 되는 것이 무엇인지는 알고 있다.
혼란스러움을 공유할 수 있는 사람, 나와 비슷한 반항적 불만
을 품고 있는 누군가가 필요하다. 물론 비회원에게 털어놓아
봤자 좋은 것은 없다. (니키에게 얼마나 실망감을 느꼈던가.) 비회
원이 내 문제를 도와줄 만큼 날카롭지 않고 따뜻하지도 않다
고 생각하는 것은 아니다. 원칙적으로는 비회원을 전적으로
신뢰하는 것만큼 좋은 것은 없다. 회원들은 비회원보다 자동
적으로 더 영리하고 도덕적이며 기민하다고 생각하기 때문
에, 조직 내부에서만 친구를 찾으려 한다. 그런 회원들의 습
관을 내가 가지고 있지 않다는 것을 보여 주기 위해서라면 비
회원을 신뢰하는 것도 좋을 것이다. 그러나 불행히도 나는 그

럴 수 없다. 하지만 나의 이유는 완전히 다른 것이다. 조직에 대한 충성심 때문이다. 아무리 내가 비회원들의 지성과 인격을 높이 평가한다 하더라도, 나는 그들에게 내 이야기를 털어놓을 수 없다. 내 의견에 찬성하는 비회원의 입으로 다시 내가 한 비판을 듣게 된다면, 나는 분명 조직을 옹호하고 싶어질 것이다. 탈퇴하고 싶게 하는 이유들에도 불구하고 나는 오히려 조직에 대한 충심을 더욱 강렬하게 느끼고 있다.

만일 내일 새로운 박해가 시작된다면, 그래서 조직 회원들이 자신들의 검소한 집, 사무실, 도서관에서 경찰서로 잡혀가고, 감옥으로 보내져 처형을 당한다면, 내가 어디에 있든, 심지어 몸이 아프다 해도, 조직에 대한 불만이 무엇이든, 조직의 회합에 잘 참여하지 않더라도, 나는 한순간도 지체하지 않고 급히 옷을 챙겨 입고는 엘리베이터를 타고 내려가, 혼자서, 어느 누구의 경호도 받지 않고, 마치 누군가 머리에 권총을 겨누고 있는 것처럼 엄청난 속도로 서두르면서 경찰서로 달려가, 회원 리스트 맨 아래 내 이름을 써 넣고는, 내 동료 회원들과 자랑스럽게 운명을 같이 할 것이다.

나는 지금 조직에 대한 충성심을 뽐내고 있는 것이 아니다. 물론 내 행동은 쉽게 예상할 수 있다. 이것이 조직이 가르치는 것이기 때문이다. 조직을 위해서는 어떻게 (떨어져서) 살아야 하는가 뿐만 아니라, 조직을 위해서 어떻게 죽어야 하는가까지 가르침을 받은 것이다. 내가 과연 반역자가 되는 용기를 낼 수 있을까? 내가 특별하고 중요한 사람이었다는 생각을 그만두어야 한다. 그렇게 느끼고 싶다는 욕구도 접어야 한다.

이 때문에 나는 동료 회원 누군가에게 흉금을 털어놓을 필요가 있었다. 똑같은 불합리한 자부심과 충성심에 질질 끌려다닌다고 느끼는 회원 말이다. 회원이 내 환멸을 지지해 주는 것만이 의미가 있을 것이다. 비회원의 조직 비판은 몰인정한 편견에 불과하다고 생각하게 되어 있었다.

딸이 샐러리 줄기를 오독오독 씹으면서 서재 문 앞에 서 있다. 딸은 리가 언제 집에 오는지 궁금해 한다.

그래. 조직을 바깥에서 비판하는 것은 너무 쉬운 일이다. 우리는 늘 공격을 받는다. 우리의 완강함, 우리의 허영심, 우리의 배타성 등등. 내가 이런 비판을 반복하고 있다고 생각하니 움찔한다. 회원인 내가 회원 자격으로 그런 말을 하면 뭔가 다른 것이라고 스스로에게 말한다. 어쨌든, 나는 조직의 이상이 주는 매력이 조직의 규율에 묻혀 버렸다고 느꼈다. 그런 비판을 하는 것은 다른 사람들에게는 아무것도 요구하지 않는 반면, 내게는 엄청난 대가를 요구한다. 하지만 실제로 그런가? 내가 무슨 대가를 치러야 한단 말인가? 자신이 가증스러운 위선자라는 인식에서 오는 고통을 제외한다면 말이다. 아직 나는 아무것도 하지 않았다. 내 마음을 이야기하지도 않았다.

만일 내가 크게 이야기한다면, 갑자기 회합에 나가 조직을 비난하기 시작한다면, 그들이 나를 떠나게 해 줄까? 조직에 대한 비판은 우리 회원들이 가장 소중하게 생각하는 일이니까. 지난번 마지막으로 늙은이를 만났을 때, 나는 조직과 회원들의 결점에 대해 가볍게 이야기했고, 지도자는 동의했다. 물론 우리도 거만하고 타락했어, 하고 그가 말했다.

지도자는 위스키를 섞은 차를 마시고 있었다. 아마 취했을 것이다.

아직도 출구를 못 찾겠다. '번역가가 곤경에 빠지다.'

그 때문에 믿을 만한 사람이 필요한 것이다. 하지만 누구? 리는 아니다. 나와 공모한다면 독자적 신념에서가 아니라 배우자에게 성실해야 할 필요성 때문이었을 것이라고 쉽게들 생각해 버릴 것이다. 게다가 리는 조직에 소속된 것에 대해 전혀 후회하는 것 같지 않고, 조직의 현재 체제에 대해서도 불만이 없는 것 같았다. 지부에 있는 친구들에게 접근하는 것도 걱정된다. 감히 그렇게 못 하겠다. 차라리 안 보이는 곳에서 급습하는 것이 낫겠다.

그 때문에 나는 이 글을 쓰고 있다. 그리고 내일 이 글을 복사할 것이다.

오직 회원들만 손에 넣을 수 있는 것을 지금 당신이 읽고 있는 것이다. 말도 안 돼, 하고 당신은 끼어들 것이다.

내가 쓴 글이 비회원에게 읽힐 의도로 쓰인 것처럼 보일 수도 있다는 것에 나도 동의한다. 그렇지 않다면 왜 내가 조직에 소속된 모든 사람들에게 잘 알려져 있는 문제를 이렇게 고생스럽게 설명하겠는가? 하지만 겉으로 보이는 것에 속지 마라! 내가 어떻게 이 글을 비회원에게 보낸다는 생각을 진지하게 할 수 있겠는가? (그것도 굉장한 배신이 될 테니까 말이다.) 내게는 회원이 아닌 절친한 친구가 없는 것이다.

나는 이 글의 복사본을 이곳과 해외의 백 명 가량의 회원들에게 우편으로 보낼 것이다. 내가 무슨 생각을 하는지 알 권리가 있는 리를 제외하고, 나를 실제 조직에 가입시켰던 그 학자(크랜스턴 교수는 아니다.)를 제외하고, 내가 만났던 세 번째 회원을 제외하고, 어머니 등등을 제외하면, 내 우편 발송 명단에 있는 이름은 대부분 내가 모르는 회원들이다. 기록 보관소에서 무작위로 고른 사람들인 것이다. 관심을 가지는 사람이 있다면 내 편지에 답장을 보낼 것이다.

나는 답장을 기다리고 있다.

아마도 크랜스턴 교수 같은 사람은 내게 답장을 쓸 것이다. "너의 문제는 평범하다. 그리고 해답도 없다. 그것은 평범한 사람의 문제일 뿐이야. 네가 추구하는 해방은 평범하다. 네가 빠져나가려고 하는 속박에 대한 생각이 그렇듯이. 누가 너의 그런 사소한 문제들에 대체 신경을 쓰겠어? 지혜에 대해 네가 무얼 알아?"

그러면 나는 어떻게 해야 할까? 내가 지혜에 대해 잘 알지 못한다는 것은 맞는 말이다. 하지만 최소한 다음 사실은 믿어줘야 한다. 지혜에 대한 사랑은 내가 조직에 가입해서 그토록 열정적인 회원으로 12년 동안 활동했던 주요한 이유 중 하나라는 것을.

속박에 대한, 그리고 해방에 대한 내 생각이 만일 평범하다
고 해도, 그것은 여전히 실제적인 문제를 만들어 낸다. 최소
한 수백만의 사람들이 희미하게 느끼고 있는 문제, 즉 해방을
만들어 내야 한다는 문제 말이다.

몇몇 사람들은 별로 멋지지 못한 말로, 예를 들어 변절자
다, 겁쟁이다, 의지 박약자다 하는 식으로 나를 비난하는 편
지를 쓸 것이다. 아마도 이 편지들 중 하나는 어머니에게 온
것일 것이다.

"대체 이런 생각을 하게 된 이유는 무엇인가?"
하고 또 다른 편지는 시작될 것이다.
"오랫동안 서서히 무르익은 불만이라고 말하지 마라. 뭔가
특별한 경험이, 네게 이런 생각을 촉발시킨 누군가와의 대
화가 필시 있었을 것이다."
"그렇습니다."
하고 나는 대답할 것이다.
"그런 종류의 경험이…… 있긴 했죠. 하지만 거기에 대해
서는 이야기하고 싶지 않군요."
"왜 안 한다는 거지?"

"왜냐하면 그건 제 일이니까요."

나는 단호하게 말한다.

"왜냐하면 거기에 대해서는 설명할 수 없으니까요."

하고 덧붙인다.

"왜냐하면, 그것은 조직을 떠나는 이유가 될 수 없으니까요. 단지 동기가 되었을 뿐이죠."

하고 결론 내린다.

누군가, 아마 조직에서 고위급이라 할 수 있는 사람, 아마도 조지 고모부일 것이 틀림없는 누군가가 편지를 쓸 것이다.

"너는 날 이해하지 못했군. 너는 나를 고모와 결혼한, 모카신을 서른 켤레나 갖고 있는, 껌이나 질경질경 씹으면서 이름이나 팔려고 하는 지도부라고 생각했겠지. 실제로 나는 네가 속한 무지몽매한 공동체에서 아주 중요한 비밀 임무를 수행하고 있었어. 그래서 그런 식의 가면을 써야만 했지. 자, 이제 네 차례야. 너는 그 모든 기밀 사항에 관여하고 있었으면서도 아무것도 이해하지 못했다. 네가 묘사했던 것처럼 조직은 단지 '전선'일 뿐이라는 것을 너는 생각하지 못했던 거야. 그러니 그만 트집 잡고, 그만 하소연하고, 네 자신만 생각하는 것도 그만 해. 믿어 봐. 조직이 훌륭한 대의야. 가장 좋은 대의지. 그리고 이제 조직은 아주커다란 위험에 처해 있어."

그런 이야기들 뒤에 무지한 시골 애국주의자 군중을 이용하여 우리 회원들을 박해하려는 이웃 나라 장관을 암살하라는 지령이 담겨 있을 것이다. 그리고 비행기표 한 장과 위조 여권이 동봉되어 있을 것이다. 나는 당장 내일 이 위험한 임무를 수행하기 위해 떠나야 한다. 조직의 최고 국제 위원회가 내린 신임장을 가지고.

그렇게 되면 어떻게 해야 할까?

누군가, 아마도 리의 직장 동료가 편지를 쓸 것이다.
"당신은 모든 것을 뒤로 돌려놓았다. 당신에게 조직은 성가신 의무들로밖에 생각되지 않겠지. 하지만 나는 위안의 원천이 된다는 점에 조직의 가치가 있다고 생각한다. 첫 번째로 역사가 그것을 증명한다. 두 번째로는 개인적으로도 그렇다."
편지는 계속해서 그녀의 결혼과, 그녀의 남편이 자신을 얼마나 학대하고 무시했는지에 대해 이야기한다. 그리고 이렇게 덧붙인다.
"어떻게 당신이, 조직에서 고생해 온 당신이, 조직을 떠날 생각을 할 수가 있지?"
누군가, 아마도 다른 도시에 있는 지부의 지도자가 편지를 쓸 것이다.

"중앙위원회에 당신을 내 후계자로 지명하는 편지를 보냈소. 이제 당신이 새로운 지도자요."

십대 때 학교 친구였던, 그리고 이후 만난 적이 없는 친구, 그리고 내가 조직에 입회한 지 2년 후에 회원이 된 모르간에게 답장이 올 것이다. (조직 파일에서 모르간의 신상 조사서를 찾아보았다. 모르간이 시골에서 살고 있다는 것은 좋은 전조처럼 보였다. 하지만 내가 몰랐던 것은 모르간이 18개월 전 비밀 집회에서 추방되었다는 것이다. 그리고 그 불명예스러운 일이 있은 직후 모르간은 버려진 농장을 개조해서 살기 시작했다.) 내가 모르간에게 받은 편지는 직접적인 답장이 아니라, 내가 여기에 쓴 것의 거울 이미지일 것이다. 편지는 이렇게 시작된다.

"나는 돌아가고 싶다. 하지만 그럴 수 없어."

기타 등등. 나는 받을 수 있는 다양한 답변들을 상상해 본다. 그 결과는 예측 불가능하다. 왜냐하면 모든 답변이 다 신랄하지 않기 때문이다. 어떤 이들은 내게 공감한다.

내가 특이한 것이 아니라는 것을 알게 된다면 기분이 이상하지 않을까? 내가 찾던 믿을 만한 사람은 찾을 수 없는 것이 아니라 사실은 모든 곳에 원래부터 존재하고 있었던 것이 아닐까? 아마도 조직을 떠나려 하는 것은 회원만의 진기한 특징은 아닐 것이다. 그리고 나와 비슷한 수천의 불평불만이 세상을 떠돌아다니고 있을 것이다. 만일 그렇다면, 내가 굳이 남아야 할까?

지도자가 직접 답장을 쓴다면. (그에게도 이 글의 복사물을 보냈다.) 그런 일은 일어나지 않을 것 같다. 하지만 누가 알겠는가? 지도자는 어떤 말이라도 할 수 있다.

다른 나라에서 활동하는 어느 지도자에 대한 이야기를 들은 적이 있다. 그는 자신이 좋아하는 제자 앞에서 어느 사건에 대해 판결을 내렸다. 처음에는 한쪽 편의 이야기를 들었다. 그리고 잠시 생각에 잠기더니 고소인에게 말했다.

"당신이 옳소."

그녀가 나가자 상대편이 들어왔다. 지도자는 이쪽의 불평 이야기를 진지하게 들었다. 그리고 잠시 침묵을 지키더니,

"당신이 옳소."

하고 말했다. 두 번째 고소인도 정당한 판결이 내려졌다면서 똑같이 만족하면서 자리를 떴다. 지도자와 젊은 제자만 남게 되자 제자가 화를 내기 시작했다.

"하지만 선생님, 두 사람의 이야기는 서로 완전히 모순됩니다. 그런데 각각에게 옳다고 말씀하시다니요. 그건 옳지 않습니다. 아니, 불가능합니다. 실수하신 겁니다."

지도자는 잠시 생각하더니 제자에게 말했다.

"당신이 옳소."

모순의 원칙에 대한 늙은이의 뛰어난 에세이를 기억한다. 그것은 세 번째 강의의 주제였다. 그 늙은이가 나의 무례함과 천박함을 꾸짖는 것이 실은 상상이 더 잘 되기는 하지만, 내 말에 동감하는 것도 상상이 간다.

아마도 지도자에게서 자신도 떠나고 싶다는 편지를 받게 될지도 모른다. 늘 떠나고 싶었지만 감히 그럴 용기를 내지 못했다고. 처형 당한 일가친척이야 무슨 상관이람. 무슨 얼어 죽을 책임감이람. 지도자는 아주 나이가 많으면서도 여전히 즐기면서 살고 싶어 한다. 춤도 추고, 젊은 여자애들도 쫓아 다니고, 서핑도 하고, 알토 색소폰도 연주하면서 말이다. 아마도 지도자는 내게 함께 조직을 떠나자고 제안할 것이다.

정말 그렇게 된다면, 나는 이곳에 남게 될 것이다.

방금 내가 쓴 것을 다시 읽어 보았다. 이 글의 한계에 대해서 언급한 점을 생각해 보라. (번역가로서 나는 텍스트에 대한 특정한 감각을 가지고 있다.) 다시 읽으면서도 너무 괴로웠다. 나의 곤경은 실행에 옮기지 않고서는 검토될 수 없다는 걸 깨달았기 때문이다. 진성 회원의 그 나른하고 생기 없는 목소리라니! 어쨌든, 다른 회원들은 내 목소리를 알아들을 것이다. 그것은 지문처럼 내 신원을 증명하는 증명서다.

내 스타일을 바꿀 수만 있다면 얼마나 좋을까. (그렇다면 굳이 다른 나라로 갈 생각을 할 필요가 없을 텐데.) 내 살가죽에서 뛰쳐나오기. 니키가 "너는 네가 아닌 다른 사람이 될 수 없어." 하고 말했을 때 나는 "할 수 있어, 나는 할 수 있어, 니키. 그건 내가 해야 할 일이기도 해." 하고 중얼거렸다. 만일 내가 머무를 수 있다면, 헌신이라는 버팀목과 함께. 아니면 진짜 떠나 버리거나.

아마도 이제까지 쓴 것을 다시 쓴다면 훨씬 더 설득력이 있을 것이다. 내가 서정적이라면! 내가 변덕스럽다면! 글을 간결하게 쓸 수 있다면! 모든 것을 있는 그대로 사랑할 수 있다면! 하지만 슬프게도, 이 지나치게 소심하고 허약한 목소리가 바로 나다. 만일 내가 목소리를 바꿀 수 있다면, 그래서 다른 방식으로 쓸 수 있다면, 나는 지금의 내가 아닐 것이다. 그래서 지금의 문제도 내게 닥치지 않았을 것이다.

'번역가가 일반화를 시도하다.'

내 문제는 내 언어와 동일하다. 다시 말하면 이 언어로 말하지 않았다면 이런 문제를 가지지 않았을 것이다. 이 문제가 없었다면 나는 이 언어를 쓰지 않았을 것이다. 당신의 도움도 필요하지 않았을 것이고.

왜냐하면 나는 당신의 도움과 공감이 절실하다고 말할 수밖에 없는 언어를 사용하는, 그런 사람이기 때문이다. 하지만 이 언어는 공감을 불러일으킬 수 없는 언어이기도 한 것 같다. 최소한 내가 존경하는 사람으로부터는.

당신은 내게 솔직해야 한다. 내가 글 쓰는 방식 때문에 당신의 공감을 전혀 얻지 못하고 있는 것인가? 당신은 열정이 없다고 내 이야기를 일축하는가? 자발적이지 못하다고? 너무 구체적이지 못하다고? 마치 육체를 떠난 것 같다고? 하지만 내게도 육체는 있다. 내가 당신에게 나 자신에 대해서, 그리고 내가 어떤 육체를 가졌는지에 대해 이야기하지 않은 이유는, 내가 가지고 있는 문제가 일반적인 것이기 때문이다.

나는 평정심을 잃지 않으려고 노력한다. 히스테리를 일으키지 않으려고.

이런 방식의 언어 전개, 이런 방식의 언어 도피는 누구의 것인가? 그렇다, 나의 것이다. 하지만 나는 내 언어를 부인한다. 나는 내 목소리 그 이상이다. 세부적인 사실들에 대해 구체적이지 못하고 독단적으로 다루면서, 다소 경직된 늙은 목소리로 이렇게 내 딜레마에 대해 쓴 이유는, 바로 내가 당황하고 있으며 부끄러워하고 있기 때문이다. 그리고 두려워하고 있기 때문이다. 나는 자유롭지 못하니까. 나는 있는 그대로의 내가 아니니까. 나는 회원이니까. 하지만 있는 그대로의 내가 된다고 하더라도 나는 달라지고 싶어 할 수도 있다. 당신도 그건 인정할 것이다.

내 언어가 훼손된 것에는 직업도 한몫 거들었다. 나는 두 개(혹은 그 이상)의 언어 사이에서 일한다. 하지만 그건 어느 정도는 내 문제와 일치하는 것처럼 보인다. 나 또한 두 개(혹은 그 이상)의 문제 사이에 있으니까. 이 글을 쓰면서 자연스럽게 흘러나온 문장 구조와 어법은 하나의 언어(내가 아직도 완전히 사용해 보지 못한 수많은 단어와 리듬을 가진 아름답고 풍요로운 모국어)에만 기초하고 있는 것은 아니다. 이 글은 다른 언어들의 메아리도 함께 가지고 있다. 이 또한 내 문제와 일치한다. 내 문제는 다른 문제들의 메아리를 함께 가지고 있으니까.

내가 말하는 언어는 바닥에서 몇 센티미터 위에 둥둥 떠다

니는 언어다. 당신에게 이야기해 준 내 문제가 바닥에서 얼마
간 떠다니고 있듯이. 이 언어는 부족할 수 있다. 나는 그것을
옹호하려고 하지 않을 것이다. 하지만 내 문제가 아무리 익숙
한 이야기처럼 보인다고 해도, 그것은 진짜다. 오래된 불만이
며, 이단자의 향수고, 이견을 말하는 사람의 사과이며, 배반
자의 격정이다.

내 딜레마가 경멸할 만한 것이라고 하더라도, 내 느낌을 생
각해 보라. 그것이 내 글쓰기에 어떤 영향을 미쳤는지를. 그
것이 내 어법을 어떻게 훼손시켰고, 내 목소리 안에 어떤 방
식으로 깃들어있는지. 나를 너무 성급하게 판단 내리지 마라.

내가 처음부터 다시 시작한다면, 당신은 더 잘 이해할 수
있을까? 웃지 마라.

조직 회원들 중에는 편지를 절대 열어 보지 않는 사람들도
있다고 들었다. 이야기하거나 책을 읽느라 너무 바쁘기 때문
에. 아니면 하품하느라. 아니면 허공에 손짓을 하느라. 아니
면 미래의 회원이 될 아이들을 키우느라. 아니면 스스로를 갈
고 닦으면서 세상을 바꾸느라. 아니면 수염을 쓰다듬느라. 아
니면 자신을 암살하려는 자객들에게서 도망다니느라. 아니
면 가만히 있다가 살해당하느라. 아니면 책을 쓰느라. 아니면

돈을 버느라. 아니면 우울하고 무거운 눈꺼풀로 주변을 비꼬
듯 쳐다보느라. 이런 것들은 해답이 되지 못한다. 나도 이런
짓은 할 수 있다.

내게 말을 해! 대답을 해!

당신의 답장을 기다리겠다.

결국에는 모두가 처음으로 돌아간다
―삶으로의 강건한 회귀를 위하여

김전유경

    내가 "손택의 소설을 번역하고 있다"고 했을 때 지인들은 대체로 "손택이 소설도 썼어?" 하고 반문했다. 그만큼 국내에서 손택은 『해석에 반대한다』와 같은 저작들에서 보여 준 뛰어난 평론가의 이미지로 각인되어 있다. 하지만 『강조해야 할 것』에서 손택이 고백하고 있듯이 그녀는 어린 시절부터 작가가 되고자 했고, 작가가 되기 위해 학자의 삶을 거부하기도 했다. 손택의 소설은 국내에는 잘 알려져 있지 않지만, 미국에서는 『미국에서 *In America*』나 『화산의 연인 *The Volcano Lover*』과 같은 장편소설로 이미 그 문학성을 인정받은 바 있다. 여기에 소개되는 『나, 그리고 그 밖의 것들』은 손택이 십여 년 간 쓴 단편소설을 묶은 작품집이다. 이 작품집에 나오는 단편들은 작가 손택의 실험 정신을 잘 보여 준다. 게다가 손택이 단순히 형식상의 실험에만 몰두한 것이 아니라, 시대에 대한 예리한 통찰력을 통해 현대인의 '삶'의 문제를 진정으로 고민했음을 읽을 수 있다. 작품별로 살펴보면, 「미국의 영혼들」과 「베이비」는 미국 사회에 대한 비판적이고 알레고리적인 서사라 할 수 있으며, 「인형」과 「지킬 박사」, 「사후 보고」는 현대인의 일상과 구원의 문제를 다루고 있는 작품이고, 「중국 여행 프로젝트」와 「안내 없는 여행」, 「오랜 불만을 다시 생각함」은 손택의 개인적 경험이 반영되어 있는 일종의 자기 고백적 서사라 할 수 있다.

「인형」은 '자기 복제'와 '기계'라는 주제가 절묘하게 결합된 작품이다. 지리멸렬하고 괴로운 일상에서 벗어나기를 꿈꾸는 주인공은 "죽거나 복제하거나"라는 두 가지 선택 중에서 '복제'를 선택한다. 그래서 자신과 똑같이 생겼을 뿐만 아니라 모든 일상생활을 똑같이 해내는 기계인형을 하나 만든다. 그것은 대성공이었다. 하지만 인형이 인간과 너무 똑같기 때문에, 인간에게 생길 수 있는 의외의 사건이 발생하고 만다. 바로 그것은 '사랑'이다. 사랑은 견고한 일상을 송두리째 전복시킬 수 있는 '약한 고리'인 것이다. 결국 인형은 사랑을 위해 인형으로서의 삶을 거부하고 '인간답게' 살아가기를 원하고, 주인공은 다시 두 번째 인형을 만들어 자신의 삶을 영

위하게 한다.

　여기에서 '자기 복제'라는 상징은 실상 '자기 분열'을 의미한다고 읽을 수 있다. 현대사회에서 우리는 먹고 살기 위해 노동을 해야 한다. 노동의 시간으로 채워진 일상생활은 갈수록 기계적 활동에 다름없는 것으로 변해 가고 있다. '돈을 벌기 위해서' 태엽 감긴 기계처럼 자동적으로 움직여야 하는 것이다. 삶을 이어 나가기 위해 이런 생활을 감내하면서도, 우리는 다른 한편으로는 일상의 탈출을 꿈꾼다. 일상에서 벗어난 휴식이든, 일상 규범으로부터의 일탈이든. 그리고 그 사이에서 분열을 느끼곤 한다.

　주인공이 자신의 일상을 대신 살아 줄 '기계'를 만든다는 것은, 다람쥐 쳇바퀴 도는 듯한 시간을 아무렇지도 않게 견디는 '기계'로 살기를 결심했다는 것으로 읽어도 될 것이다. 즉 자신이 기계로 분열된 것이다. 하지만 아무리 자신을 분열시켜 일상을 견딘다 해도, 일상에는 모든 것을 파괴하고 무화시킬 수 있는 덫이 숨어 있기 마련이다. 첫 번째 인형이 사랑에 빠지는 것처럼. 주인공의 첫 번째 자기 분열은 실패로 돌아간다. 그래서 두 번째 인형이 다시 주인공의 삶을 살아간다는 마지막 설정은 불완전한 '자기 복귀'로 읽어도 좋을 듯하다. 왜냐하면 인형들에게 일상을 맡긴 후 정작 주인공은 다른 삶을 사는 것이 아니라 인간의 삶 자체에 대한 권태에 빠져 부랑자처럼 살기 때문이다. '인간다운' 삶이란 결국 허상에 불과했다는 깨달음, 그러나 그렇다고 하여 일상이 즐거워지는 것도 아닌 딜레마. 마지막에 주인공은 자신의 성공을 자축하고 있으나, 이는 분열의 허망함을 깨달은 후의 불완전한 자기 복귀에 대한 자위일지도 모른다.

「지킬 박사」는 로버트 스티븐슨의 『지킬 박사와 하이드 씨』를 현대적으로 다시 쓴 작품이다. 원작이 인간 내부에 공존하는 선과 악의 양면성을 날카롭게 드러낸 것에 비해, 손택의 이 작품은 인간 내면뿐만 아니라 사회 전체의 선과 악이라는 문제로 관점을 확장하고 있다. 원작에서 지킬 박사의 충실한 친구이자 사건을 정리하는 인물이었던 '어터슨'은 여기에서는 일종의 종교 단체 교주처럼 그려지고 있다. 그는 자신 안에 이미 선악을 내포하고 있으며, 양쪽 어느 쪽도 버려서는 안 된다고 공공연히 강조한다. 양면성 모두를 가지고 있음으로써 그것을 넘어서고 있다는 것이다. 그리고 그는 자신의 넘치는 에너지를 사람들에게 나누어 주면서 동시에 그들을 노예처럼 굴복시킨다.

지킬 박사와 하이드, 어터슨의 관계는 복잡하다. 지킬 박사는 의사이자 상류계층의 고상한 인물이고, 하이드는 범죄를 저지르곤 하던 부랑자다. 지킬은 하이드의 '자유'를 부러워하며, 하이드는 그런 지킬을 비웃는다. 둘은 모두 한때 어터슨의 종교 단체에 소속되었던 회원들로, 어터슨에 대한 미묘한 애증을 드러내면서 그에게서 벗어나 다른 방식으로 살고자 한다. 그러나 하이드는 거의 완전하게 벗어난 반면, 지킬은 여전히 어터슨과 정신적인 '줄'로 연결되어 있다. 그리고 어터슨은 지킬의 일거수일투족을 모두 알고 있으며, 지킬이 하이드를 살해하려 할 때 경찰서에 전화를 건다. 결국 지킬은 하이드를 죽이려 한 죄로 감옥에 수감되면서 역설적으로 자신이 갈망했던 자유를 얻는다.

이 작품은 사회적 선악과 종교의 구원, 개인의 자유라는 문제까지도 포함하는 다양한 층위를 가지고 있다. 선악을 벗어나 있는 어터슨은 초월적이고 구원적 존재이지만 그만큼 잔혹하고 무시무시하기도 하다. 지킬은 한때 어터슨에게서 삶의 활력과 자유를 얻었지만, 그 대가로 어터슨에게서 벗어나지 못한다. 지킬이 하이드에게 말하는 '자유'는 실상 '어터슨으로부터의 자유'라고 읽을 수도 있다. 하지만 지킬은 어터슨의 학교를 방화하려는 하이드를 죽이려 할 만큼 어터슨에게 자유롭지 못하다. 또한 마지막에 하이드가 보낸 '입술이 찍힌 편지'는 죽음을 통해 자유로워진 하이드가 지킬에게 감사 표시를 하는 것으로 읽을 수도 있다. 사회에서 용인되는 선악을 넘어선 종교적 구원은 과연 인간을 자유롭게 하는가, 인간의 진정한 자유는 어디에서 오는 것인가 등의 문제를 생각하게 하는 이 작품은 독자의 해석 앞에 풍요롭게 열려 있다.

「사후 보고」는 줄리아라는 화자의 친구에 대한 이야기이자, 뉴욕이라는 도시의 황량한 풍경에 대한 묘사다. 화재로 두 아이를 잃고 가사 도우미로 어렵게 사는 흑인 여자도 나오고, 마술에 홀려 하녀 같은 삶을 사는 대학 나온 딸을 둔 여인도 나오며 십대 소년들에게 강도를 당하고 마리화나를 피우며 살아가는 택시 기사도 나온다. 주인공 줄리아는 그다지 잘못한 일 없이 평범하게 살아온 듯한데도, 집 밖으로 나오지 않고 쓸쓸하게 살다가 결국 자살한다. 그리고 그들이 있는 공간인 '뉴욕'이라는 도시는 '우주적 얼룩'이며, '잎맥처럼 갈라진', '고통으로 몸을 뒤트는', '상처 입은 도시'다. 이제 평범함은 희귀한 것이 되어 버렸고, 사람들은 상처받지 않기 위해 '도덕적으로 치장'하고, 매사에 '신경 쓰지 않고' 무덤덤하게 살아간다. 도시에는 종교적인 주술이 넘쳐난다. 마술사와 목사는 사람들을 구원해 주겠다고 선전한다. 하지만 실상은 구원받으러 온 사람들을 노예로 삼는다.

이렇게 고통스럽고 황량한 공간에서도 삶을 이어 가야 하는가? 그래도 살아야 하는 걸까? 화자는 이렇게 말한다. "우리가 건강하지 않다고 말해 보자. 아니, 그렇게 가정해 보자. 그렇다면 세상으로 향하는 유일한 한 가지 방법만 남았다. 위안을 위해 세상으로 도피한다면, 세상에 대해 기뻐할 수 있다." 줄리아의 죽음이 갑작스럽게 드러낸 도시의 고통과 상처 앞에서, 삶의 공포와 지리멸렬함 앞에서, 화자는 그러한 모습마저 껴안아야 함을 깨닫게 되는 것이다. "잘 지내?" 하고 물으면 "끔찍해." 하고 말하면서 웃음을 짓는 것이다. 마지막에 화자는 자신을 시시포스로 묘사한다. 삶이라는 거대한 바위에 묶여 있지만 그것과 떨어질 수 없음을 인정하고, 그 무게를 다시 자신의 힘으로 온전히 밀어 올리는 일, 삶의 고통과 슬픔 속에서도 있는 힘껏 최선을 다해 살아 보는 일. 그것이 친구의 죽음 앞에서 내린 화자의 결론이다.

「미국의 영혼들」이라는 작품은 상징으로 가득한 서사다. 좋은 집안에서 태어나 평범한 아내이자 엄마로 살아가던 '평면얼굴' 아가씨는 어느 날 갑자기 자신의 일상과 규범의 세계를 버리고 '음란' 씨와 함께 '색정'의 세계로 들어간다. 그리고 이 세계를 겪으면서 그녀는 상반된 가치들 사이에서 끊임없이 유혹과 환멸을 동시에 느낀다. 미국의 영혼들은 그 순간마다 그녀의 귀에 '유혹'과 '경고'의 말을 거칠게 속삭인다. 규범적 삶에서 일탈적 삶으로, 이어 진정한 사랑을 누리는 삶으로 바뀌어 가는 평면얼굴 아가씨의 인생은, 마지막에 나오듯이 미국 사회에 대한 탐색을 상징하기도 한다.

"나는 내 인생을 그대를 발견하는 데 보냈다. 다시 말하면, 나 자신을 발견하는 데."

'상반된 가치들의 혼재'는 미국 사회의 특징이기도 하다. 미국 사회는 금욕적이고 근면 성실한 청교도적 가치와 민주주의적이고 상대주의적 가치를 표방하면서도, 내부를 들여다보면 다양한 인종의 혼합과 갈등으로 점철되어 있다는 것을 알 수 있다. 그래서 이 작품은 미국사회에 대한 알레고리적 극화劇化라고도 볼 수 있을 것이다.

「베이비」는 형식적으로 매우 실험적인 작품이다. 정신과 의사와의 상담 형식을 취하고 있지만, 의사의 말은 모두 빠져 있다. 우리는 의사가 어떤 질문을 하고 어떤 말을 하는지를 행간으로 읽어 내야 한다. 뿐만 아니라 요일이 나와 있기는 하지만 작품을 읽다 보면 시간 순서대로 되어 있지 않다는 것을 깨닫게 된다. 부모가 이야기하는 '베이비'는 갓난아이일 때도 있고 고등학생일 때도 있으며, 심지어 대학교를 졸업하거나 결혼을 한 상황일 때도 있다. 그리고 베이비에 대해 상담한다고는 하지만 어떤 점이 정말 문제인지, 실제로 베이비가 문제인지 아니면 부모가 문제인지에 대해서도 명확하게 드러나지 않는다. 실제로 월, 수, 금과 화, 목, 토요일로 나누어 진행되는 상담에서 아버지와 어머니는 상반된 진술을 여러 번 한다. 담배를 피우는 문제에 관해, 바람을 피고 있다는 사실에 관해, 그리고 상담 시간을 바꾸거나 추가 비용 발생에 대한 의견 따위에서. 그러면서 문제 있는 부모가 아닌가 하는 짐작을 하게 한다. '베이비'라는 이름은 고유명사로 제시되어 있기는 하지만, '아이' 일반을 지칭하는 보통명사라고 보아도 좋을 것이다. 부모는 아이의 이상한 점에 대해 토로하면 서도 의사가 아이를 이상하다고 생각할라치면 격렬하게 저항하며, 늘 아이에 대한 걱정에 휩싸여 산다. (심지어 아이가 자신들을 독살하려고 하는 것이 아닌지 의심하기도 한다.) 그리고 아이를 위한다는 명목으로 아이의 팔다리를 자르기까지 한다. 그리고 "아프면서 성숙하는" 것이라고 정당화한다. 자신들이 했던 모든 행동은 아이를 위한 것이었지만, 아이는 그들에게 "괴물" 같았다고 말한다. 마지막에 의사에게 절규하는 부분에서 충격적 진실이 드러난다. 아이는 이미 죽은 것이다. 손택은 이 작품을 통해 미국의 부모자식 관계를 비판적으로 그리고 있다. 소통이 제대로 이루어지지 않는 과정에서 부모가 아이의 삶에 개입하여 자신이 원하는 방식으로 이끌어 가려고 하는, 그러면서도 자신은 아이를 존중하고 있다고 내세우는 모습이 잘 나타나 있는 것이다. 청소년들의 약물 과다 복용과 총기 사건 등이 끊이지 않는 미국 사회의 초상이라고 할 수 있겠다.

「중국 여행 프로젝트」는 손택 자신의 개인사와 긴밀히 연관되어 있는 단편으로, 중국으로부터 초청을 받아 떠나기 '전에' 쓴 글이다. 그래서 '중국 여행기'가 아닌 '중국 여행 프로젝트'라는 제목을 달고 있다. 이 글의 화자 손택은 아직 중국 땅을 밟지 않았다. 자신의 삶에 그렇게 영향을 끼쳤던 중국이라는 나라를 방문하는 중대한 '사건' 전에, 중국이 자신에게 어떤 의미인지를 돌이켜보고 있는 것이다. 개인사적으로 보면 손택의 부모는 중국에서 사업을 했으며, 아버지는 그곳에서 젊은 나이에 사망했다. 손택의 어머니는 그녀를 중국에서 임신했다. 그래서 중국으로의 여행은 한 번도 방문한 적이 없는 곳으로의 '회귀'이기도 하다. 또한 중국은 손택의 유년기 기억을 지배하는 미지의 땅이었다. 자신이 중국에서 태어났다는 거짓말을 함으로써 급우들에게 자신의 존재를 각인시키려 했다는 고백에서 알 수 있듯, 중국은 어린 시절 손택의 정체성과 깊은 관련이 있다. 그리고 중국에서 아버지를 잃은 후 미국으로 돌아온 어머니의 삶이 그다지 순탄치 않았다는 것도 행간에서 읽을 수 있다. 손택은 어머니를 'M'이라고 칭하면서 간혹 애증의 감정을 미묘하게 드러낸다. 이처럼 중국은 손택의 삶을 보이지 않게 지배하는 존재였던 것이다.

뿐만 아니라 중국은 혁명과 인민의 삶, 앎과 무지, 지식과 문학의 간극을 사유하게 하는 공간이기도 하다. 혁명을 성공적으로 이룬 '붉은 별' 마오쩌둥의 나라이면서도 뿌리 깊은 과거의 전통이 혼재하고 있는 나라, 인용문과 알레고리가 넘쳐나는 나라, 서구인의 식민주의적이고 오리엔탈리즘적 시선을 반성하게 하는 나라, 손택의 표현 그대로 '불투명한 오브제'로서 존재하는 나라, 지식의 폭력성과 문학의 무구無垢한 모순을 사유하게 하는 나라. 손택에게 중국은 이러한 '과잉 결정된' 의미로 다가온다. 이러한 점에서 이 단편은 손택의 개인사적 독백이기도 하고, 현대사가 낳은 간극에 대한 사유이기도 하며, 궁극적으로는 '문학' 으로 회귀한다는 고백이기도 하다.

「오랜 불만을 다시 생각함」은 어느 운동 조직(아마도 전통이 깊은 어느 사회운동 조직)에 몸담았으며 핵심적 활동을 해 온 '회원' 의 문제제기다. 손택은 세상을 변화시키려는 사회운동에 대한 고민을 많이 했던 것 같다. 그리고 그러한 운동을 표방하는 조직 혹은 공동체의 문제에 대해서도 깊이 생각했던 것 같다. 작품의 화자는 조직을 떠나기로 결심하고, 그 이유를 설명하려 한다. 그것은 조직에 환멸을 느껴서도, 조직의 대의에 동의할 수 없어서도, 조직의 구성원과 갈등이 있어서도 아니다. 그는 조직에 너무 깊이 관여하고 있고 조직을 너무 사랑하기 때문에, 조직과 자신의 삶을 떼어내 생각할 수 없는 사람이다.

그럼에도 그는 그곳을 떠나려 한다. 굳이 그 이유를 요약하자면, 목표만을 향해 나아가는 조직 생활이 자신에게 진정한 '삶' 을 잃어버리게 했다는 것이라고 할 수 있을 것이다. 화자는 조직 안에서 소외를 느꼈기 때문에 아니라, 삶에서 소외를 느꼈기 때문에 떠나려고 한다. 그것은 조직이 회원에게 '자발적으로' 요구하는 희생이며, 이에 대해서 조직은 무심하다. 그러나 그렇다고 하여 조직이 잘못되었다거나 조직을 외면할 수 있다고 말하는 것은 아니다. 화자는 떠나려는 이유를 말하고 있지만 실상은 조직에 대한 자신의 충성심과 사랑을 다시 곱씹고 있는 것처럼 보인다. 실제 조직에 대한 정치적 박해도 계속되고 있고 그 때문에 조직 활동을 하는 것이 그만큼 가치 있는 일이기도 하지만, 그로 인해 "수세기에 걸친", "내 것이 아닌 고통의 기억"에 얽매여야 하는 점도 분명 있다. 화자가 거부하는 것은 이 지점이다. 그래서 화자는 조직에 대한 '적극적 문제제기'가 아니라 '오랜 불만'이라고 표현하고 있는 것이다.

이는 정치적 조직 활동이나 변혁적 공동체를 꿈꾸는 사람들에게는 분명 불편하고도 미묘한 문제다. 내가 보기에 손택은 '삶'에의 회귀를 바라는 화자의 목소리를 통해 정치적 운동이 담아내지 못하는 삶의 모습을 '문학'에서 찾으려고 하는 듯하다. 화자가 '번역가'로 설정되어 있다는 점, 그리고 계속해서 언어의 문제를 환기시키고 있다는 점에서 그러하다. 「사후 보고」에서도 드러났듯, 삶은 힘들고 부조리한 것이기는 하지만 그렇다고 하여 외면하거나 포기할 수도 없는 것이다. 오히려 그럴수록 더욱 삶으로 뛰어들어가야 한다. 조직에서 화자가 목마름을 느꼈던 지점도 여기일 것이다. 누구보다 현실에 적극적으로 참여하고 문학을 통해 삶을 끌어안으려 했던 손택의 고민이 이 작품에서도 오롯이 드러나고 있다.

'삶으로의 회귀.'

나는 이 작품집을 통해 드러난 주제를 이렇게 요약하고 싶다. 자칫하면 손택이 '현실의 부조리함을 문학적으로 형상화하고 있다'는 선에서 그쳐 버릴 수도 있다. 물론 손택은 부조리하고 의미 없고 덫으로 가득한 현실을 외면하지 않는다. 하지만 단지 현실이 그러하다고 인식하는 것만으로는 해답이 없다. 손택은 거기에서 한발 더 나아가, 그러한 현실을 '사랑해야 한다'고 말한다. 자신이 잉태된 중국이라는 공간으로의 '회귀'(「중국 여행 프로젝트」), 끝없이 돌을 밀어 올리는 시시포스의 '회귀'(「사후 보고」), 조직 속에서 잃어버린 삶 자체로의 '회귀'(「오랜 불만을 다시 생각함」) 등은 모두, 부조리하고 슬프고 쓰라린 삶이지만 다시 돌아가 그 안에서 부대껴야 한다는 메시지를 전달하고 있다.

손택이 작품 안에서 말하고 있듯이 "결국에는 모두가 처음으로 돌아간다." 하지만 이는 부정적 현실로의 힘없는 복귀가 아니라, 부정까지 끌어안음으로써 삶을 긍정하는 강건한 회귀다. 니체의 차라투스트라처럼, "그것이 생이었던가? 좋다! 그렇다면 다시 한 번!"이라고 말하는 손택의 목소리를 역자는 이 작품집의 행간에서 듣는다.

2007년 7월 서울에서.

수전 손택의 영혼을 닮은 여덟 편의 소설

나, 그리고 그 밖의 것들

지은이 | 수전 손택
옮긴이 | 김전유경
펴낸이 | 이명회
펴낸곳 | 도서출판 이후
편집 | 김은주, 김진한
표지 · 본문 디자인 | Studio Bemine

첫 번째 찍은 날 | 2007년 7월 20일
두 번째 찍은 날 | 2007년 11월 23일

등록 | 1998년 2월 18일 (제13-828호)
주소 | 121-836 서울시 마포구 서교동 325-1 원천빌딩 3층
전화 | 전화 (대표) 02-3141-9640 (편집) 02-3141-9643 (팩스) 02-3141-9641

ISBN 978-89-6157-001-5 03840

이 도서의 국립중앙도서관 출판시도서목록(CIP)은
e-CIP 홈페이지(http://www.nl.go.kr/cip.php)에서 이용하실 수 있습니다.
(CIP제어번호: CIP 2007002058)

값 15,000원